DE OPDRAC

Van Abdelkader Benali verschenen eerder bij De Arbeiderspers:

Bruiloft aan zee (roman)
Laat het morgen mooi weer zijn (roman)
Marokko door Nederlandse ogen 1605-2005. Verslag van een reis door de tijd (samen met Herman Obdeijn)
Panacee (gedichten)
Berichten uit een belegerde stad (reportage)
Jasser (monoloog)
Feldman en ik (roman)
Marathonloper (roman)
Zandloper (roman)
De stem van mijn moeder (roman)
De weg naar Kaapstad. Afrika en het WK voetbal in 2010 (non-fictie)
Oost = West. Reizen door de Arabische wereld en het Westen (non-fictie)
Bad Boy (roman)
Het blauw van de zee en het blauw van de stad. Een reis door Tanger met Benali en Matisse (essay)
Brief aan mijn dochter (brieven)
Casa Benali. Het Marokkaanse huis-tuin-en-keukenkookboek (samen met Saida Nadi-Benali)
Wax Hollandais (gedichten)
Asfalt, zand en stenen (hardloopverhalen)
De weekendmiljonair (roman)
Reizigers van een nieuwe tijd. Jan Janszoon, een Nederlandse piraat in Marokkaanse dienst (non-fictie)
De stilte van de ander (non-fictie)
Het andere verhaal (non-fictie)
Paradijsvogel boven de Hoge Woerd (roman)

Abdelkader Benali

De opdracht van de Moor

Roman

Uitgeverij De Arbeiderspers
Amsterdam · Antwerpen

Deze publicatie is tot stand gekomen met de ruimhartige steun van de gemeente Nijmegen.

MIX
Papier | Ondersteunt verantwoord bosbeheer
FSC® C004472
FSC
www.fsc.org

Eerste druk januari 2025
Derde druk februari 2025

Omslagontwerp: Bloemendaal & Dekkers
Omslagillustratie: Bloemendaal & Dekkers / iStock / Shutterstock
Portret auteur: Merlijn Doomernik
Typografie: Perfect Service

ISBN 978 90 295 5269 1 / NUR 301

arbeiderspers.nl

Proloog

Ik stap aan boord van de veerboot naar het Lido. Het schip komt in beweging en draait zich los van de kade. We zijn onderweg.

Terwijl de langgerekte landstrook dichterbij komt, wordt het historische centrum steeds kleiner. De koepel van de San Marcobasiliek lijkt te zweven. Ik neem de kades in me op, de mensen worden schimmen en versmelten met de façades van de hotels en paleizen. Om me heen stromen de talen van de passagiers door elkaar, soms overstemd door het lokale dialect, het Venetiaans, dat me, ondanks de kennis van de Italiaanse taal die ik heb, archaïsch in de oren klinkt. Bijna alsof ik luister naar acteurs die een oud toneelstuk aan het repeteren zijn.

Veel sterker dan ik had verwacht voelt deze oversteek als het begin van iets nieuws. Hoe zal ik verwelkomd worden? Wat voor indruk zal ik op de mensen maken? Of moet ik daar niet over inzitten, omdat niemand hier dat doet? Is dat de reden waarom ik ben gestuurd door mijn opdrachtgever, om precies die sensatie van het onbekende onder woorden te brengen? Dan kan ik melden dat ik er nooit de juiste woorden voor zal vinden. Deze sensatie lijkt eerder geneigd je sprakeloos te laten dan je te inspireren met woorden.

Het hotel is eigendom van de Al-Falak-groep, mijn mysterieuze opdrachtgever, en staat bekend als een van de meest bijzondere kroonjuwelen uit hun portefeuille. Ik snap direct waarom: gelegen aan de lagune van het Lido is de architectuur uniek in haar soort – ik heb nog nooit een gebouw gezien dat de uitdrukking 'het beste van twee werelden' zoveel recht doet. De ontstaansgeschiedenis ervan is omringd met geruchten, en blijkbaar zou er meer gekte dan wijsheid aan ten grondslag hebben gelegen. De Zwitserse architect die het ontwierp zou onder de immense druk van de Al-Falak-groep helemaal koekoek zijn geworden en kort na de oplevering van zijn ontwerp een ongelukkige val hebben gemaakt, waarmee een einde kwam aan zijn lange leven. Maar dat zijn zorgen voor later. Eerst aankomen.

Bij de receptie van het hotel word ik niet ontvangen als een special guest, maar als dé special guest. In de ogen van het personeel is zojuist de plaatsvervanger van de Baas gearriveerd. Het driekoppige management – alle drie vrouwen – presenteert zich persoonlijk aan me. Er worden handen geschud en de vrouwen lachen hun vierentwintig karaats gebit bloot. Blijkbaar is er veel aan gelegen dat ik hier een goed verblijf heb.

Moe van de reis vertel ik ze dat ik geen begeleiding nodig heb en mijn kamer wel op eigen kracht kan vinden. Helaas blijk ik daarmee de grootsheid van het hotel hevig te onderschatten, en na een halfuur dwalen door het labyrintische gebouw meld ik me opnieuw bij de receptie. Of ik toch naar mijn kamer gebracht kan worden. Eén van de vrouwen geeft me een stralende glimlach en wijst me enthousiast de weg. Met iedere stap die ik achter haar aan zet, voel ik de vernedering dieper in mijn voetzolen zinken.

Mijn kamer is groot genoeg om een gezin van vier te huisvesten en luxe op een manier die alle perken te buiten gaat: de lakens van Egyptisch katoen, de badkamer van vloer tot plafond opgetrokken uit beige Carrara-marmer, en een Frans balkonnetje dat een superieur uitzicht biedt over het kanaal, alwaar de grote kathedraal, de San Marco, fonkelt als een juweel. Alles vijf sterren en nog wat.

Ik douch snel de vernedering van me af en omwikkeld met een grote, dikke badjas duik ik op het grote, zachte bed, gelijk een worstelaar die zijn opponent de definitieve genadeklap geeft. Puur om het geluid herhaal ik mijn val een paar keer en de blijheid die ik daarbij voel brengt me aan het lachen. Ik pak mijn telefoon erbij om deze eerste ogenblikken te delen met mijn vrouw. Selfies met een *big smile*: hier ligt een man die gisteren nog een pauper was en nu het leven van een vip leidt.

Ze stuurt me onmiddellijk een berg smileys terug. 'Het is je gegund, tijger,' schrijft ze. Nooit eerder noemde ze me een tijger. Wel een slak, als ik weer eens niets wist te melden over de roman waar ik al jaren op zit te zwoegen.

Terwijl ik om me heen kijk, besef ik me dat ik toegang heb gekregen tot een pronkjuweel, en zoals alles wat groter is dan je verwacht, raak ik ervan in de war. Het zorgt voor ontzag, verbazing en lichte verwondering, zeker ook omdat ik hier nog wel een tijdje zal zitten. Helemaal alleen, dat wel.

Bovendien moet ik niet vergeten dat ik heel wat werk voor de boeg heb. Dit is geen vakantie. Ik verman mezelf, sta op en loop naar het balkonnetje. Het uitzicht kalmeert me. Mijn ogen glijden over het water van het Lido, verzamelplaats van kunstenaars, schrijvers, bohemiens. Hier verbleven grote schrijvers als Louis Couperus en Thomas Mann en streken de grootste filmsterren neer tijdens het filmfestival van Venetië. Het Lido is een stad op zich, die genoeg heeft aan zichzelf met zijn hotels, cafés, restaurants en stranden. Wie hier aankomt hoeft het nooit meer te verlaten.

Ik loop het hotel uit en maak onder de parasols door een korte wandeling naar het brede strand, om daarna neer te ploffen in een van de vele cafés. Ik bestel een caffè macchiato en schrijf in mijn boekje: 'Dit is een plek waar je komt om inspiratie op te doen, om lief te hebben, om gelukkig te zijn. Om te sterven ook. Wat het zo bijzonder maakt is dat het, geholpen door het gematigde klimaat, de bezoeker de illusie verschaft buiten dit eiland om niets anders meer nodig te hebben. In het verhaal van Robinson Crusoë spoelt Robinson aan op een eiland waar hij verstoken is van alles en zichzelf maar moet zien te redden. Dit eiland, want laat ik het een eiland noemen, is precies het omgekeerde daarvan. Robinson had niets, wij hebben alles. Hij verlangde naar een huis en bouwde er eentje, hier wordt het ons zo comfortabel gemaakt dat we niets meer verlangen, en vergeten we dat we ooit een huis hebben gehad. Ik denk dat het heel moeilijk is om deze plek te kopiëren, als je dat al zou willen. Maar zou het ons lukken om wat deze gezegende plek ons geeft te vertalen naar de nieuwe wereld die we zoeken, handelen we zoals uitvinders en kunstenaars altijd hebben gehandeld: door onze eigen weg te zoeken vinden we het nieuwe. En daarmee geluk.'

Ik leg het schrijfboekje neer, drink het laatste restje van mijn macchiato en staar wat over het water. Water is poëzie en poëzie brengt rust in mijn hoofd. Ik moet denken aan de gedichten van Sarah, de vrouw die me aan deze bizarre opdracht heeft geholpen, en besluit haar gelijk een mailtje te sturen. Dat Venetië me de adem beneemt. Dat ik me geen betere aankomst had kunnen wensen.

'Sarah, ik bof maar met jou,' begin ik. En terwijl ik haar probeer uit te leggen waarom, bezin ik me met een grote glimlach op mijn gezicht op hoe ik hier in hemelsnaam terecht ben gekomen.

1

Mijn wieg staat in Nijmegen, waar mijn ouders elkaar voor het eerst ontmoetten. Mijn vader arriveerde er dankzij een studiebeurs uit Noord-Afrika. Zij kwam uit Italië, van een eiland waar de citroenen groeien. Ze waren studenten, hij vier jaar ouder dan zij, en ze botsten tegen elkaar aan op een festival aan de Waal, waar iedereen kralen om de hals droeg. Hoewel het in de lijn der verwachting lag dat ze na hun succesvolle studie terug zouden keren naar hun vaderlanden, om hun samenlevingen te verrijken, stak de liefde daar een stokje voor. Wat hen met elkaar verbond was het ver-van-huis-zijn. De eerste gesprekken, zo vertelde mijn moeder me, gingen over eenzaamheid. Ze had het graag over die periode. Hij las Kafka, zij luisterde naar The Smiths, en het bootje waar ze samen in stapten, heette Zoete Zwaarmoedigheid.

Nijmegen, Havana aan de Waal, was in die periode een activistische stad. Er werd positie ingenomen op menselijkheid en rechtvaardigheid voor iedereen, en het initiatief laten aan de kapitalistische bovenlaag, zoals dat toen beschreven werd, zou die eerlijke wereld alleen maar vertragen. Mijn ouders waren daar gevoelig voor. Ze gingen ook lange jassen dragen, wasten hun haar niet, droegen ringen en armbanden uit Afghanistan en liepen mee in demonstraties tegen vreemdelingenhaat, voor vrouwenrechten en een kernenergievrije wereld. In studentencafés, waar de intellectuele frontsoldaten van de revolutie tot diep in de nacht zaten te bakkeleien over of de strategie maoïstisch, leninistisch of marxistisch moest zijn, groeiden mijn ouders naar elkaar toe. En hoe meer ze op elkaar gericht werden, hoe meer de politieke omgeving aan relevantie verloor.

Wat ook niet hielp was het feit dat mijn Italiaanse moeder er niet tegen kon hoe slecht er gegeten werd. 'Vieze pindakaas op drie dagen oud brood en beschimmelde kaas op een ongewassen bord. No ci credo!' Mijn vader at sowieso niet van vieze borden. Waar hij dan weer niet tegen kon, was dat aan de lange tafel het hoogste woord werd gevoerd door een – in zijn ogen – kind. Een kind dat oreerde als ware hij Fidel Castro. Hij deelde de lakens uit en de meisjes en jongens keken ademloos naar hem op.

Uiteindelijk sneuvelde de politieke betrokkenheid van mijn vader doordat hij zich begon te vervelen. Hij kon er niets aan doen. Hoe hard hij ook wilde schreeuwen en vechten en de ramen van reisbureaus die foute reizen naar foute landen organiseerden wilde kapotgooien met stenen, hij kon het niet meer. Zijn laatste demonstratie was die tegen het Apartheidsregime in Zuid-Afrika.

In een lange omtrekkende beweging begonnen mijn ouders zich te onttrekken aan de niet aflatende inzet van hun studiegenoten en vrienden om Nijmegen de stad van rechtvaardigheid en waardigheid te laten zijn. Ze onderschreven de principes nog wel, maar op afstand. Wanneer ze oude vrienden tegenkwamen uit die tijd knikten ze. En liepen snel door.

Vaders oriëntaalse wenkbrauwen waren dik en glanzend, ze konden een diepe frons maken. Gekscherend noemde mijn moeder dat de Vallei van het Verdriet. Ze hadden gestudeerd, maar vooral afgezien. Ze konden niet tegen de korte winterdagen, de overvloedige regens, de verlaten stegen en pleinen. De wereld naar binnen gejaagd stonden ze moederziel alleen op het grote plein om zich heen te kijken waar iedereen was gebleven.

Wat deden ze hier? Ze keken elkaar aan. Met hun talenten konden ze overal terecht. Italië. Tunesië. Marokko. Waarom niet? Ze begonnen plannen te maken en kwamen uit op Sicilië als het huis van hun dromen. Immers, daar waren hun culturen vermengd geraakt lang voordat zij geboren waren. Op dat eiland waren de Noormannen geweest, uit het Noorden, en daarna de Arabieren, de Moren, de Joden. Onder het relatief verlichte bewind van Federico de Tweede, die de Verbazer van de Wereld werd genoemd, omdat hij als christen het gesprek aanging met moslims en joden, ontstond een synthetische, fluïde cultuur waarin de oude invloeden van de Moren met hun muziek, wetenschap en eten een plek vond. Federico converseerde in het Arabisch over Plato en Aristoteles met geleerden. Het was een droom. Een droom die echt had bestaan. Daar zouden ze naartoe verhuizen.

Ze begonnen te plannen. Brieven te schrijven aan universiteiten. Te sparen ook, want de reis zou lang duren en vol onverwachte wendingen zijn. Om langzaam te wennen aan het idee bezochten ze Venetië, wat mijn vader altijd al had gewild sinds hij in Europa was – Venetië was voor hem het Sicilië van het Noorden, een plek van samensmelting. Daar kwamen de Turken op bezoek en daar werden de eerste Europese boeken in Arabisch schrift gedrukt, waaronder een koran. Venetië was een studiereis. Ze bezochten het Lido. Vreeën op het zand.

En toen ze op het punt stonden om de knoop definitief door te hakken werd ik geboren. Omar Lorenzo. Hun Sicilië, zei mijn moeder later, en het mooiste van twee werelden. Zelfs al maakte mijn komst een einde aan hun reisplannen. 'De reis bleef een droom. En Nijmegen werd ons Palermo.'

Jaren later, toen ikzelf op het punt stond naar de universiteit te gaan, zei mijn vader dat onder de wereld van boeken een universum aan stilte hing. Zou ik de kunst om die stilte te lezen ooit onder de knie krijgen? Het was een opdracht. De taal van de stilte leren. Ik was een puber en ik reageerde op de enige juiste wijze waarop een puber kan reageren:

'Wat is dat voor vaagpraat?'

Hij haalde zijn schouders op. 'Je ontdekt het nog wel. Vroeg of laat.'

'Leg het me dan uit!'

Maar hij stond op en verliet de keuken. Verliet het huis. Ik zag hem wegrijden. Hij moest weer aan de bak.

Mijn vader werkte als ingenieur op een bureau dat zich specialiseerde in zandopgravingen. Soms bleef hij dagen weg, soms was hij dezelfde dag nog terug. Hij hield van die onregelmatigheid. Ik herinnerde me dat we vakanties moesten overslaan, omdat hij op stel en sprong naar een project moest. Mijn moeder verzuchtte dan: 'Hij hoopt door deze offers te brengen promotie te krijgen.' Maar die bleef uit.

Ik kreeg een hekel aan mijn vader; hij stelde me voor een onmogelijke opgave, alsof hij me naar het pad dat hij bewandelde wilde trekken, om me er daarna van weg te duwen. Ik had er niks te zoeken, want ik begreep het toch niet.

Zijn leven lang had hij mensen teleurgesteld. Zijn familie sporadisch teruggezien, oude vrienden ging hij uit de weg, zijn vrouw bruuskeerde hij dat ze niet kon koken en zijn cultuur niet op waarde wist te schatten. Werk was het enige waar hij loyaal aan was; ging de mobiele telefoon over – zijn werknummer had een ringtone van een Arabisch popliedje – was hij op stel en sprong weg. Soms tijdens het eten, dan stoof hij zowat de deur uit. Die belletjes waren een teken dat hij onmisbaar was. Dat hij een redder in nood was. Hij hield daar meer van dan van ons, en soms had ik het idee dat we vreemden waren voor elkaar.

Des te heftiger kwam zijn plotselinge overlijden binnen. In elkaar gestort tijdens een zandopgraving. Hij had er driehonderd kilometer voor gereden. Hij was de eerste die werd gebeld als een klus onmiddellijk geklaard moest worden. Andere collega's pasten ervoor. Die kozen voor hun gezin, voor hun hobby en de Avondvierdaagse. Hij niet. Hij koos altijd voor het werk.

Ik was er niet bij toen hij wegreed; ik zat thuis te schrijven. Ik was er wel bij toen hij bij mijn ouderlijk huis arriveerde, in de ambulance. Het stoffelijk overschot werd snel daarna naar het mortuarium gebracht, waar het op islamitische wijze werd gewassen. We mochten de volgende dag komen kijken. Hij rook naar musk en sandelhout. Mijn moeder verstijfde.

'Houd me vast,' riep ze. 'Houd me vast!' Dus dat deed ik, en samen huilden we de krampachtigheid van ons af.

'Hij voelt niet dood,' fluisterde ik. 'Het voelt alsof hij elk moment kan opstaan om naar de volgende klus te gaan.' Ik keek naar hem. Zoveel snelheid met één klap tot stilstand gebracht. Naast zijn lichaam besloot ik dat ik niet meer ging rennen. Ik ging nergens voor rennen. Ik ging boeken lezen. Dan werd je tenminste met rust gelaten. Achter een boek kon je je verschuilen tegen de telefoontjes. Kon je ze negeren.

Eenmaal buiten, in de frisse lucht, liep ik weg van mijn moeder. Ik liep het hele stuk naar de Waal. Daar ging ik zitten kijken naar de schepen die voorbijvoeren, bestudeerde ik de lucht en liet ik de zachte regen mijn hoofd masseren. Thuisgekomen vroeg ik mijn vrouw om macaroni met gehakt te maken.

Op de dag van de begrafenis vertelde mijn vaders collega, die ter plaatse was toen het gebeurde, dat hij niet had geleden. Hij was in het harnas gestorven. In mijn hoofd werd het iets anders: hij was dóór het harnas gestorven.

Nadat in de moskee de imam het gebed voor de overledene had gedaan, werd hij het eerste lichaam dat op de zojuist geopende islamitische begraafplaats ter aarde ging. Toen een paar weken later op een steenworp afstand van zijn graf de tweede dode begraven werd, voelde dat als een opluchting. 'Nu heeft hij iemand om mee te praten,' zei mijn moeder.

Maar met wie kon ík praten? Bij wie kon ik terecht met alle vragen die mijn vader bij leven al niet had kunnen of willen beantwoorden, laat staan nu hij er niet meer was?

Jarenlang wist ik me geen raad met mijn verlies. Met mijn oorsprong. Totdat ik per toeval de Arabische poëzie ontdekte. Een dichtbundel, deel van een stapeltje teruggebrachte boeken bij de afhaalbalie van de bibliotheek. Ik pikte het op omdat de naam en achternaam van de auteur bijna identiek waren aan die van mijn vader. Kon het zijn dat hij in jeugdige overmoed gedichten had geschreven die hij onder een licht gewijzigde naam had uitgegeven? Ik wilde zo graag een band voelen dat ik het als vanzelf ging geloven. Het was een gelukkige inbeelding.

Ik plukte het boekje van de stapel, trok me terug in een hoekje, sloeg het open. Al mijn vragen vielen uiteen in duizenden antwoorden. Onmacht. Eenzaamheid. Verdrongen pijn. En sensuele, onvoorwaardelijke liefde. Een schatkamer aan uitzinnige beelden van ravijnen, woestijnen, palmbomen, oases en luchtspiegelingen, maar ook kalasjnikovs, belegerde steden, landmijnen en hongerige kinderen. Waar de woestijn eindigde, begon de kapotgeschoten stad. Mijn ogen joegen als galopperende paarden door de regels.

Het gebed van de nomaden. De aankomst in een stad die op water is gebouwd. Het verlies van de maagdelijkheid aan een cipres. Een paspoort waar een afgeschoten kogel in ligt. Mandarijnen gevuld met as. Beelden die mijn vader met zich meedroeg. Wat de poëzie me vertelde, was waar mijn vader over zweeg. Het gaf woorden aan zijn universum van stilte. Het kon niet anders. Ik was toegetreden tot een geheime plek waar een taal werd gesproken waarvan ik dacht dat mijn vader hem had verzonnen.

Zelfs wat niet mijn bekoring kon wegdragen, beschouwde ik als product van een achtergebleven neef van mijn vader. Poëzie lezen werd een gefantaseerde familieopstelling. De bombastische oom, de activistische neef, de religieuze grootvader, de spirituele tante, de losgeslagen broer. De familie die ik nooit had gehad.

In de poëzie vond ik wat er niet op het nieuws werd getoond. In de poëzie was de Arabische menselijkheid gevlucht en had ze zich een goed onderkomen verschaft. Al datgene waar mijn vader nooit over sprak, omdat hij het te druk had met het opnemen van het waterpeil in de Achterhoek, kreeg vorm, en zo werd de Arabische wereld losgeweekt van zijn masculiniteit die ik met mijn vader associeerde. Ik had dat nodig om me erin thuis te voelen. Alles wat ik in de media voorbij zag komen was een aaneenschakeling van terreur, oorlogsgeweld, ontheemding en brute onverschilligheid. Een rotzooitje. De poëzie bevrijdde me van de onlustgevoelens die ik met me meedroeg: de gedachte dat mijn vader uit een vervloekte wereld kwam en dus vervloekt was, wat betekende dat voor mij hetzelfde gold.

Uiteindelijk waren het de gedichten van Sarah die, door het vrouwelijke perspectief binnen te brengen, de Arabische wereld voor mij compleet maakte. Ik viel er als een blok voor. Ik las ze voor aan mijn vrouw, die in eerste instantie dacht dat ik ze zelf geschreven had. Ik vertelde haar over deze dichter, woonachtig in Nederland, afkomstig uit Tunesië. Haar werk ging over zelfbeschikking, lichamelijke autonomie en het verlangen naar een verzengende liefde.

Puur om het genoegen van de woorden – en om mezelf af te leiden van de roman die ik weinig succesvol aan het schrijven was – begon ik haar gedichten naar het Nederlands te vertalen. Ik wilde een veerman zijn en prees mezelf gelukkig dat mijn vader me als kind de Arabische taal had geleerd. Hij was geduldig geweest, maar eiste ook overgave. Als hij niet aan het werk was, gingen zaterdag en zondag op aan ellenlange lijstjes met werkwoordvervoegingen. Zo had ik genoeg Arabisch geleerd om het te kunnen lezen. Echter, omdat we nooit naar zijn vaderland gingen, begreep ik het los van onze gesprekken nauwelijks. En wanneer mijn vader het met anderen sprak, voelde ik vervreemding. Alsof de man die daar stond niet echt mijn vader was. Hij sprak sneller en ik kon hem nauwelijks verstaan.

Hij had me uitgelegd dat het Arabisch, naast de formele variant die hij mij had geleerd en waarmee ik kranten en boeken kon lezen, het journaal kon volgen, tevens bestond uit talloze lokale varianten. Die kon je alleen leren spreken en verstaan als je ook in dat land leefde. Toch ging mijn vader er nooit naar terug. Volgens hem bestond het niet meer, was er niets dat hem nog herinnerde aan het land waarin hij was opgegroeid. Voor de lokale variant gold hetzelfde. 'Om die te vinden moet je naar Parijs, Berlijn, Stockholm,' zei hij dan. 'En Nijmegen,' waarop hij naar zichzelf wees en in lachen uitbarstte. Herinneringen.

Hoewel beperkt stelde deze overgeleverde kennis, die er door mijn vader was ingehamerd, me in staat om de gedichten van Sarah te vertalen. Aangetrokken door mijn noeste arbeid zag ik mijn vrouw over mijn schouder meekijken. Ik had Sarahs gedichten uitgeprint en in de kantlijn voorzien van aantekeningen, een overdaad aan doorhalingen, onderstrepingen, uitroeptekens, vraagtekens en schuine strepen: een verkapte liefdesverklaring aan de taal.

Op de laptop bracht ik mijn vertaling aan. Over twee regels kon ik een paar dagen doen en dat zinde me zeer. Soms vond mijn vrouw dat ik wel erg veel tijd kwijt was aan deze dans met deze onbekende dame. Maar het vertalen was een euforische bezigheid. Elke keer dat het me lukte om een bevredigend Nederlands alternatief te vinden voor een Arabische parel, gilde ik het uit van geluk. Met het toegenomen zelfvertrouwen groeide het verlangen om het eindresultaat met Sarah te delen. Ik besloot de stoute schoenen aan te trekken, ging naar haar website, klikte op contact en voegde de vertaling toe aan de mail.

Het duurde nog geen 48 uur voordat ik een reactie in mijn mailbox ontving. Sarah overlaadde me met complimenten, waar ook wat op- en aanmerkingen onder lagen. Ik maakte eruit op dat, hoewel ik in haar ogen voortreffelijk werk had verricht, mijn vertaling geholpen zou zijn met verdiepende gesprekken. Ze las terug dat ik niet bekend was met veel culturele facetten van de wereld waar het werk uit voortkwam. 'Maar de enige manier om onwetendheid te onderwerpen is door de strijd ermee aan te gaan. En ik denk dat jij zult zegevieren. Want je weet dat ingewikkelde labyrint, een wereld die ten diepste is bepaald en beproefd door destructie, vluchtgedrag en de afwezigheid van vaders, nu al in zo'n heldere vertaling te gieten – het kan niet anders of degene die het gedicht in het Nederlands leest, zal zich geraakt voelen.

Het was altijd al mijn ambitie dat mijn werk ook hier in dit waterland concreet vorm zou krijgen. Je zou zeggen: waarom vertaal je het niet zelf? Poëzie vertalen is het moeilijkste wat er is. Vanuit de taal die ik heb omarmd, het Nederlands, kan ik vertalen naar de taal die ik verlaten heb, het Arabisch. Elke regel die ik overzet is als thuiskomen, en ik voel dan tot in mijn vezels dat ik de ene taal heb thuisgebracht in de andere. Want ik ken mijn taal, het is mijn moedermelk, daar kan niemand me over aan het twijfelen krijgen. En zelfs als ik twijfel, weet ik waarom ik twijfel. Ik kan haar aanwijzen en er wel uren over praten, de twijfel waarom ik voor dat ene woord koos en niet voor het andere, het hartstochtelijke pleidooi voor de niet aflatende zoektocht naar het juiste woord.

Maar omgekeerd kan ik het niet. Ik durf het niet. Ik voel me dan als dat meisje dat al haar zwemdiploma's heeft gehaald, maar toch niet durft te zwemmen. Het water is haar te vreemd. Ze wil niet. Het Nederlands is *jouw* moedermelk, Omar. Je bent een kind van hier. Met ouders van daar. En dat helpt duizendmaal bij een goede vertaling.

Daarvoor wil ik je bedanken. Dat het bewaard zou worden als getuigenis, die wereld van mij, die zelfs voor diegenen die 'm bewonen een soms duistere plek is, vol tochtgaten en vochtige hoeken. Jij bent daarin geslaagd. *Alf mabroek!*'

Mijn hoofde gloeide ervan.

'Heb je koorts, ofzo,' grapte mijn vrouw. Ze trok haar wenkbrauwen op toen ze zag dat een andere vrouw me zo in vuur en vlam zette. Al helemaal toen bleek dat Sarah hemelsbreed op maar slechts een paar kilometer van ons vandaan woonde.

Het had alles te maken met mijn sociale schuchterheid dat we elkaar nog nooit tegen het lijf waren gelopen. De afgelopen twee jaar waren volledig opgegaan aan het schrijven van mijn roman. Aan mensen vermijden. Ik liep met een gebogen hoofd op straat, vermeed contact met vrienden en kennissen. Het oeverloze praten matte me af. Deels omdat ik geen zin had in ellenlange gesprekken over hoe het boek vorderde, en steeds vaker uit schaamte dat ik niets te bieden had. Mijn roman had me een sociaal isolement opgeleverd – het laatste wat ik zocht had ik uiteindelijk gezaaid.

Wat ik van Sarah begreep, was dat ze een nogal intensieve baan had als tolk voor een groot internationaal ingenieursbedrijf dat uitkeek over de Waal. Wat raakte het me dat ze zich in dezelfde wereld begaf als mijn vader. Als ik haar hoorde praten over haar werk, en de ambitie die ze erin legde, was het alsof ik hem hoorde praten. Ze droegen eenzelfde hartstocht, eenzelfde geestdrift, met zich mee: die van de hoogopgeleide migrant die zich bovenmatig gekwalificeerd voelt om het gastland het beste van zichzelf te geven. Ondanks de pijn die ze me later zou doen, zou mijn genegenheid voor haar me om deze reden nooit verlaten. En ik denk dat ze dat wist. Dat ik haar totaal anders beoordeelde dan alle anderen.

Heen en weer mailen leidde tot een afspraak. We ontmoetten elkaar in het filmhuis. Om met haar in contact te komen stapte ik graag over de drempel van mijn sociale isolement heen. We bestelden Cola Light en een tosti zonder ham. Ik was bang dat ze me het gevoel zou geven dat ik een nietsnut was als ze zou horen dat ik op de zak van mijn vrouw leefde, de schamele werkbeurs die ik had gekregen allang opgesoupeerd. Niets van dat alles.

In een stil hoekje namen we mijn vertaling door. Na twee uur intensief gesproken te hebben over de mogelijkheid en onmogelijkheid om het Arabische woord voor maan – met zijn verkoelende gevoelswaarde een brenger van troost, bescherming en inzicht – over te brengen naar het Nederlands, waarin het bijna potsierlijk neutraal voelde, besloten we witte wijn te bestellen. Een tijdje later voegde mijn vrouw zich bij ons. Ze was verrast om te zien dat dit de Sarah was waar ik haar zoveel over had verteld. Ze bleken in hetzelfde yogaklasje te zitten, al was het daar nooit verder gekomen dan een vluchtig hallo.

We moesten lachen en dronken onze glazen leeg.

De eerstvolgende keer dat ik Sarah zag, was op een openluchtfestival waar dichters en schrijvers hun werk voordroegen. Ze wist niet dat ik juist dit soort evenementen wilde ontwijken, omdat daar collega's en vrienden van me rondliepen die me aan de staart zouden trekken over waar die roman nou bleef. Toch ging ik. Het was me heel wat waard om mijn vertaling uit haar mond te horen. Ik kwam als laatste aan in de tent, ging achterin zitten, trok het petje dat ik op had nog wat dieper over de kop. De in mijn ogen vaak overdreven gewijde sfeer die om poëzievoordrachten heen hing, vond ik, nu het het voorlezen van mijn vertaling betrof, wel op zijn plek. Ik besloot ervan te genieten.

'Deze vertaling is gemaakt door een bijzonder iemand. Een liefhebber die zijn hart heeft laten spreken. Zoals alle vertalers is hij bescheiden. Hij staat achter in de zaal. Ik zwaai naar hem. Hij hoeft niet terug te zwaaien. Ik weet dat je er bent. *Shukran!*'

De wijze waarop ze het gedicht voordroeg, verraste mij. Voor mijn gevoel had ik het gedicht zakelijk vertaald, uit haar mond kwam het als een warme waterval.

Stilte. Toen applaus. Ze keek me aan. Ik durfde niet terug te kijken, uit angst dat mijn gezicht zou ontploffen van gêne. Niets moeilijker voor een mens dan te accepteren dat hij iets goed heeft gedaan. Het voelt naakt. Wellicht omdat het niet zo vaak gebeurt, en wanneer het dan gebeurt, is het een complete verrassing. Dan sta je daar maar, onvoorbereid, en je weet niet wat je moet doen. Zo voelde ik me althans. Ik kwam niet om te shinen. Ik kwam om te luisteren.

Daarnaast was ik ook weer niet zó tevreden over de vertaling. Nadat woorden zijn uitgesproken, vervliegen ze. En wat blijft, is de kritiek.

Na van het podium afgekomen te zijn liep Sarah recht op me af om me te omhelzen. We gingen nog even zitten. Ik had al wat glazen drank op. Het kan zijn dat ik haar toen vertelde over de precaire financiële situatie waarin ik verkeerde. Dat ik door het schrijven aan mijn roman, die maar niet afkwam, thuis op steeds meer chagrijn kon rekenen. Dat het vele schaven aan haar gedichten het er tussen mij en mijn vrouw niet leuker op had gemaakt. Dat ik om die reden misschien op zoek moest naar ander werk.

Het was eerder enkel mogelijk geweest me volledig op het literaire schrijverschap te werpen doordat mijn vrouw – als politicoloog werkend aan een meerjarenproject dat onderzoek deed naar democratische ontwikkeling in de MENA-regio, die de landen van Noord-Afrika omvatte – de kostwinner was. Daarvóór droeg ik bij aan onze gezamenlijke bankrekening door klussen te doen voor bedrijven. Ik schreef mee aan de identiteit van ondernemingen, redigeerde en corrigeerde. Ik was er goed in, maar vond het werk ook weer niet stimulerend genoeg om er bovenmatig goed in te willen worden. En zelfs al had mijn vrouw er de voorkeur aan gegeven dat ik het in ieder geval één dag in de week zou blijven doen, zelfs dan was ik ermee gestopt. Ik wilde het niet meer. Het was alles of niets.

Toch hoorde ik mezelf mijn talenten opblazen in het gesprek met Sarah. Ik zou een goed oor hebben voor dialogen, met een paar zinnen complexe situaties kunnen terugbrengen tot hun kern en niet bang zijn om nieuwe paden te bewandelen.

Ik kon toen nog onmogelijk vermoeden dat mijn bluf zulke verstrekkende gevolgen zou hebben.

2

Het was de dag waarop de beoogde uitgever van mijn boek met een positieve reactie op de roman was gekomen. 'Het verhaal van de vluchtelingen, op zoek naar vaste grond onder de voeten, is ontroerend. Dat je teruggrijpt op de vluchtelingenopvang is een eyeopener. Je hebt je verhalen gebaseerd op mensen die je in levenden lijve lijkt te zijn tegengekomen, dat verleent de fictie die je opbouwt een diepe schaduw. Je ziet ze als het ware lopen. Ik zou het prachtig vinden als je daar nog wat meer de diepte in zocht. Breng ze nog meer tot leven, positioneer ze nog meer in de werkelijkheid. We leven in een tijd waarin je niet zomaar het verhaal van de ander als uitgangspunt kunt nemen. Punt van aandacht. Bovendien lopen er veel verschillende lijnen door elkaar, dat ontneemt bij vlagen het zicht op wat je wilt vertellen. Kunnen we daar wat in wieden? Zou mooi zijn.'

Ik ontdooide een bakje macaroni met gehakt en schrokte de inhoud naar binnen. Toen kon ik weer wat vreugde voelen, en met mijn laptop terug op schoot probeerde ik een reactie te formuleren. Maar precies op dat moment kwam er een mail van Sarah binnen.

Omar. Je weet dat ik tolk voor De Waal en Partners. Dat behelst veel meer dan de boodschap van de ene naar de andere taal overbrengen. Dat begrijp jij ook. Mettertijd ben ik hierdoor tevens een vertrouwenspersoon geworden. De Nederlandse opdrachtgever ziet me als radar van culturele gevoeligheden. Dankzij mij, zo zeg-

gen ze gekscherend, besparen ze een departement uit gewijd aan omgaan met cultuurverschillen. Mede daarom word ik uitstekend betaald. Ik gun jou datzelfde. Bestaanszekerheid. Dus heb ik een opdracht voor je die jou op het lijf geschreven is.

Dit bedrijf heeft de grote landaanwinningen in de Arabische Golf gerealiseerd en aan de basis gestaan van de ongekende economische groei die men aldaar doormaakt. Met hun expertise kon de droom van land uit water worden gerealiseerd. Het gaat hier om miljardeninvesteringen uitgesmeerd over decennia. Dit is een bedrijf dat vijftig tot honderd jaar vooruitkijkt, de langetermijnvisie zit in hun DNA.

De Arabieren, die voor de opgave staan om hun alsmaar groeiende, hoogopgeleide bevolking een duurzame toekomst te bieden, hebben in ons een betrouwbare partner gevonden. Gevangen tussen woestijn en zee ervaren ze welke gevolgen de klimaatverandering heeft voor het voortbestaan van hun volk. En wat ik zie, is dat ze niet bang zijn om te versnellen, dat ze de uitdagingen niet uit de weg gaan. Ze zijn zich terdege bewust van een muterend klimaat, hoe het weleens heel slecht kan uitpakken voor de mensheid als er niet op tijd wordt ingegrepen. De partij waar wij nu mee in contact staan wil echt iets veranderen.

Dan kom ik bij jouw project, vergeef me deze inleiding. We zijn hier bezig met een vraagstuk zonder historisch precedent.

Mensen zijn bedoeïenen. Maar als de mens is neergestreken om een stad te bouwen, wat is die stad dan? Is die stad voor eeuwig? Of is het een tijdelijke constructie, die uit elkaar gehaald kan worden als de omstandigheden daar om vragen. Of moeten we de stad domweg verlaten? In de oude tijden trokken bedoeïenen met duizenden kamelen door uitgestrekte vlakten. Wanneer ze neerstreken, werd er een tijdelijke leefomgeving opgebouwd. Tenten waren de huizen, tapijten de pleinen, de oase omringd door dadelbomen de energievoorziening. We hebben het hier over mobiele steden. Steden worden gebouwd, steden worden vernietigd.

Kunnen steden verhuizen?

Een van je mooiste vertalingen van mijn gedichten is 'Verlaten Kampement'. Je hebt het Arabische woord Al-Atlal, *dat zowel ruïne als overblijfselen van een bedoeïenentent kan betekenen, perfect gevangen. Hiermee bewees je voor mij dat je dat fenomeen van mobiliteit, de cycli van het leven die bestaan uit komen en gaan, heel goed begrepen hebt. Het is dankzij deze vertaling dat ik je vraag voor deze klus.*

Het zal je krankzinnig in de oren klinken, maar onze partner wil Venetië naar het Midden-Oosten halen. Je leest het goed: Venetië. Een megaproject is nog zacht uitgedrukt. Er is een traditie van het overzetten van gebouwen, kerken en hele straten naar andere landen. Ben je weleens in het Openluchtmuseum in Arnhem geweest? Daar staan boerderijen, barakken en windmolens. Steen voor steen afgebroken en weer opgebouwd. In New York hebben ze drie middeleeuwse kerken neergezet, gehaald uit Frankrijk.

Maar wat deze mensen willen is beyond *episch. Het betreft een iconische stad waarvan de uiterste houdbaarheidsdatum is bereikt. Zoals het nu gaat, is deze stad, op die locatie, niet meer houdbaar. Dit alles is wetenschappelijk onderbouwd. Cijfers liegen niet, en ondanks alle tegenwerpingen moeten we er rekening mee houden dat de monumenten van Europa aangetast zullen raken door klimatologische rampen. Dit vooralsnog geheime project is erop gericht om Venetië te redden en de Arabische wereld meer aanzien te verschaffen. De meest vernuftige technologieën van deconstructie en constructie zullen toegepast worden om deze transplantatie mogelijk te maken.*

Het benauwt ons echter ook, deze enorme opgave. Daarom opperde ik in een vergadering dat het misschien een goed idee is een schrijver naar de stad te sturen om met verhalen te komen, om onszelf wat lucht te geven. Op de vraag van enkele kritische partners wat dit ons zou opleveren, antwoordde ik dat onze Arabische opdrachtgever, de sjeik, een gecultiveerd man is, een telg uit een familie van verhalenvertellers, met een liefde voor gedichten. Verhalen bieden perspectief. Ze brengen vergezichten, zorgen voor verbinding. Zie het als ons cadeau aan de sjeik om hem te verblijden met verhalen over de stad die hij zo graag wil redden. Aan de hand daarvan kunnen we de cijfers inkleuren. Immers, niets bereikt het hart sneller dan het verhaal.

Toen vroegen ze me of ik iemand op het oog had. Ze hebben geen netwerk. De meesten doen aan hardlopen, literaire boeken lezen laten ze liever over aan hun partners. Het zijn allemaal superspecialisten, en hun 80-urige werkweek laat weinig ruimte voor een wijde blik. Ik wist wel iemand, zei ik. Iemand die beide werelden in zich draagt. De zoon van een Arabier en een Italiaanse. Hoe meer ik over jou begon te vertellen, hoe enthousiaster ik werd. Kind van de Middellandse Zee, gewassen in het water van de Waal.

Sorry, ik heb je al aan ze verkocht.

Deze stad zal onze stad zijn. Een stad gebouwd door mensen die hun eigen stad moesten ontvluchten. Een stad gemaakt door landverhuizers.

Mag ik ze met je in contact brengen? Als het klikt zal het een onvergetelijke ervaring opleveren.

Groetjes aan je vrouw
Sarah

Op YouTube vond ik gedetailleerde uitwerkingen van de megalomane projecten die Sarah kort had aangestipt in haar mail. Dit bedrijf, waarvan het hoofdkantoor als een haviksnest uitkeek over Nijmegen, omschreef zichzelf als vormgever van de toekomst. Echter, dat bouwen deden ze niet met beton, maar met ideeën.

Wat ik las voelde als een ontdekking. Op een steenworp afstand van ons huis was een bedrijf dat al jarenlang wereldwijd bezig was landen te helpen in de vaart der volkeren mee te gaan. Wat begon als een ingenieursbedrijf dat spoorverbindingen aanlegde, bruggen bouwde en dijken maakte, was een ideeënbureau geworden dat eilanden creëerde, steden oprichtte en woestijnen in tuinen veranderde. Sciencefiction aan de Waal.

Om mijn verbazing te delen liet ik hun missionstatement en wat video's aan mijn vrouw zien. Ze knikte een paar keer met haar hoofd en zei dat ze wel van De Waal en Partners had gehoord, maar dat ze er nooit bij had stilgestaan dat het bedrijf zo'n verregaande invloed had. 'In principe zitten ze aan de tafels van de hoogste politieke organen in die landen. Je zou kunnen zeggen dat ze, door middel van hun werken en projecten, meeregeren en een veel grotere invloed hebben op de bevolking dan de politieke partijen aldaar. Ik vind dat iets waar ik over moet nadenken.'

Hun website liet zich lezen als een Evangelie van constructief denken, en zoals in elk evangelie zat de kracht ervan hem in het feit dat er geen ruimte was voor twijfel, voor pessimisme of terughoudendheid. Vooruit met de geit! Een Nederlands bedrijf dat elke dag de klok honderd jaar vooruitzette, zoals ze al gewend waren te doen vanaf het moment waarop de twee oprichters, broers, meer dan honderd jaar geleden een snel industrialiserend Nederland van weg- en waterwerken voorzagen: ontelbare bruggen, vaarwegen, kanalen, viaducten en overkappingen die er nog altijd stonden. De Waal en Partners kon bogen op zero mislukkingen, en hun website was er een waarin gerealiseerde successen tot in detail werden gepresenteerd, begeleid door vrolijke koppies van de superspecialisten die dit alles hadden gerealiseerd. Immers: 'a clean sheet for the now is a clean sheet for the future.'

Ik las over de mobiele stad – een planologische constructie, die, naargelang de demografische ontwikkeling, kon groeien of krimpen; over steden die totaal zelfvoorzienend waren, omdat het afval honderd procent als energie werd teruggewonnen; een vijfhonderd meter lang flatgebouw met een groene façade, bestaande uit planten en natuurlijk mos, dat airconditioning overbodig maakte; een koepelstad waar zonlicht dusdanig werd gefilterd dat men er op klaarlichte dag een marathon kon lopen, midden in de woestijn; een stad ingebed in een luchthaven; een luchthaven ingebed in een stad; een cruiseschip dat op gebruikt bakvet voer; en voetbalstadions die door hun reflecterende buitenkant dienstdeden als zonnepanelen. Kortom: hun baanbrekende denkwerk zorgde ervoor dat opkomende economieën minder afhankelijk zouden zijn van de grillen van de internationale energiemarkt.

In die zelfstandigheid zat natuurlijk ook de politieke winst verdisconteerd. Een land dat zichzelf kon bedruipen met gratis energie, en toeristen en expats aanlokte vanwege het aangename leefklimaat en veiligheid, had minder te duchten van de wereld om zich heen. Groen was hier vooral een diplomatieke reddingsboei. Wie duurzaamheid regelde voor zijn bevolking kon op een streepje voor rekenen bij de Verenigde Naties en op de lange termijn misschien zelfs op een vaste zetel in de Veiligheidsraad. Als de wereldbevolking te kiezen had tussen een steenkool verbrandend imperium of een solaire stadstaat was die laatste een zeer aantrekkelijk alternatief. Kosten noch moeite werden daarom gespaard om een grandioos verhaal te schetsen over het emissievrij wonen van de komende honderd jaar. Het ging om bouwen, maar tevens over werken en recreatie. Het alles-in-een-pakket van de nomadische mens, die waar hij ook was kon rekenen op een vijfsterrenbehandeling.

Veel van deze projecten werden gerealiseerd, of stonden op het punt gerealiseerd te worden, met Al-Falak, het investeringsvehikel van de Arabische familie waar Sarah nauw mee in contact stond. Hun website was een herhaling van de Engelstalige website van De Waal en Partners, maar dan nog grootser. Geen hotels met gouden kranen, van die protserigheid was allang afscheid genomen, maar wel landen waar criminaliteit door het ingenieuze surveillancesysteem tot nul was teruggebracht. Steden met alle charme van Marrakesh en Caïro, maar zonder de verkeersopstoppingen of buikloop.

Na haar initiële bedachtzaamheid werd mijn vrouw steeds enthousiaster. 'Het maakt me trots,' zei ze, 'dat we in onze stad zo'n progressief bedrijf hebben. Je kan niet aan de zijlijn blijven staan. Verandering is een zaak van de lange adem. Alleen door je ermee te bemoeien kun je dingen veranderen.'

Toen mijn vader nog leefde, had ze stevige discussies met hem gevoerd over de Arabische Lente, de opstanden in Tunesië en Egypte die regimes aan het wankelen hadden gebracht. Als pas afgestudeerd politicologe, met een master in populistische opstanden, vond ze er het hare van. Ze bezocht Caïro en Istanbul regelmatig, om aldaar onderzoek te doen naar de Egyptische diaspora, en stopte daar pas mee toen de Egyptische autoriteiten vonden dat ze wel erg vaak kwam en haar de toegang ontzegden.

Ik had haar ontmoet toen ze voor haar gevoel aangespoeld was in Nijmegen. Dat ze Caïro niet meer in kon vrat aan haar. We werden op een verjaardag van gemeenschappelijke vrienden aan elkaar voorgesteld. Ze was afwezig in het gesprek. Ik kon mijn ogen niet van haar afhouden, zelfs al zag ik dat ze met haar gedachten ergens anders was. Ik begon over mijn vader, wat haar belangstelling trok. Ik kende de wereld waar ze onderzoek naar deed. Hij interesseerde me, al was het maar omdat ik er zo weinig van afwist en ik hem ook nooit had durven bezoeken, uit angst er onmacht te voelen, of teleurgesteld te raken.

Uiteindelijk waren we de laatsten die de verjaardag verlieten.

Langzaamaan begon ook bij mij het enthousiasme te groeien. De kracht van De Waal en Partners was dat hun verhaal las als iets wat ik nog nooit eerder had gelezen. Het overrompelde me met een beeldtaal die een nieuwe wereld heel dichtbij bracht, en hun website vertroetelde me met een aangename afwisseling van beelden en films vol realiseerbare utopieën. Alles even gelikt en overtuigend, en gestut met teksten die van de daken schreeuwden dat morgen beter zou zijn dan vandaag. Dat was ook meteen de zwakte van die boodschap: moest morgen wel beter zijn dan vandaag? En, als je Venetië ging overhevelen, was je dan niet juist bezig het verleden reusachtig voorrang te geven op het heden? Je moest wel met heel goede verhalen komen om je publiek mee te krijgen in die megalomane droom. Was dat waarom ze mij nodig hadden? Om gisteren, vandaag en morgen aan elkaar te verbinden? Om, net als Al-Falak en De Waal en Partners, twee werelden met elkaar te versmelten – een culturele kernfusie die de wereld een uitweg bood uit de politieke misère. Hoopgevend, gezond, stabiel.

Waar men in de westerse wereld door oprukkend populisme en vergrijzing vergeten was na te denken over de toekomst, hadden de mensen uit het Midden-Oosten de ruimte, juist omdat hun jonge bevolking de toekomst was. En waar wij te maken hadden met teruglopende inkomsten, klotste daar het geld over de plinten. De olie-inkomsten, die door de oorlog in Oekraïne door het dak schoten, maakten de transitie naar een schone wereld mogelijk. De één zijn dood, de ander zijn groene zone.

Maar, kon dit allemaal wel zonder arbeiders uit te buiten? Mensenrechtenschendingen zag ik niet, ook hun honderdduizenden werknemers schenen ze fatsoenlijk en conform een eerlijke cao te belonen. Lokale kranten schreven vooral over de bouwsuccessen. Ik werd achterdochtig van het ontbreken van minpuntjes.

Op de fiets begaf ik me naar de eerste afspraak bij De Waal en Partners. Het was een ritje van nog geen twintig minuten.

Het gebouw was gestapeld, zodanig dat elke hogere verdieping korter uitviel dan de voorgaande, waardoor het de vorm van een ziggoerat kreeg, de piramidevormige bouwwerken die in Irak veel voorkomen. Zo vaak had ik het gebouw al gezien dat het onzichtbaar voor me was geworden. En nu stond ik plots op het punt naar binnen te gaan.

De glazen schuifdeuren schoven open en sloten zich achter me. Alsof er niets was gebeurd, zo geruisloos was het gegaan. Daar stonden ze me op te wachten: drie mannen in identieke blauwe pakken. Het soort waardoor ik me klein en belachelijk voelde, omdat ik niet wist hoe ik zo'n pak zou moeten dragen.

Het nogal serieuze karakter van de reis had me nerveus gemaakt, maar gelukkig was daar ook Sarah. Gekleed in een mantelpakje, duurder dan de drie pakken van de mannen bij elkaar. Een prachtig harnas. Ik ontspande. Bij haar was ik veilig. Ik gaf haar een lach. Ze schudde me de hand – geen omhelzing, zoals we gewoon waren – en stelde me voor aan de mannen. Die noemden hun naam, glimlachten. Ze bogen nog net niet. Een van hen zei dat hij een verhaal van me had gelezen. Hij vond het 'uitzonderlijk'.

De lift bracht ons naar de bovenste etage. Het adelaarsnest. Aan het einde van de gang opende zich een deur naar een glazen kamer. Een vierkant aquarium, dat tussen de wolken hing en waarvandaan je een weids uitzicht had over de rivier en het Duitse achterland. Draaide je honderdtachtig graden zag je de oude stad aan je voeten liggen.

Maar de blik was vandaag duidelijk naar binnen gericht; er was op mij na niemand die naar buiten keek. De lange ovalen tafel, een enorme surfplank, was aan alle zijden gevuld met nog meer mannen in pak. Aan de ene zijde de Hollanders, aan de andere kant de Arabieren, zoals je weleens zag op van die foto's wanneer politieke delegaties uit Oost en West elkaar ontmoetten voor een topoverleg over een brandhaard. De verlegenheid om dit gezelschap toe te moeten spreken overrompelde me. Sarah, die naast me stond, voelde mijn weerstand en fluisterde: 'Jij bent een schrijver. Je kan dit.'

Aan het hoofd van de tafel zat de man waar het allemaal om draaide. De sjeik. Hij deed me vaag denken aan mijn vader. Bij iedere beweging die hij maakte bewoog iedereen met hem mee. Hij, en hij alleen, bepaalde het zwaartepunt. Alles hing af van zijn nukken, humeuren en dromen.

Ik nam plaats in een van de aluminium Vitra-vergaderstoelen – de fauteuil van *corporate succes*. Een stoel die ik lange tijd op het netvlies had als begeerlijk hebbeding, waarvan ik droomde er op een dag, als het me voor de wind ging, een te kunnen kopen. Zo comfortabel bleek hij echter helemaal niet te zitten. Terwijl ik mijn kont er in heen en weer schoof, werd er koffie gebracht. Ik knabbelde zenuwachtig op een koekje. Het moest allemaal nog beginnen, maar ik was nu al helemaal op. Mijn gedachten schoten alle kanten op. Vitra. Sjeik. Sarah. Misschien was deze uitputting wel door ze ingecalculeerd. Begrepen ze hier als geen ander hoe nerveus, onrustig en gestrest mensen raken van onverwachte ontmoetingen met onbereikbare macht. Ik voelde me plots een pionnetje. Het was een grote vergissing om hiernaartoe te komen. Ze zouden over me heen walsen. Ik zou naar adem happen. Schreeuwen om bevrijding.

Toen begon wat ik als niets anders dan een overweldigende, vrij brutale show kon omschrijven. Het deed me denken aan de sensatie wanneer mijn vader me meenam naar de bioscoop om een sciencefictionfilm te bekijken. Films met een jaartal en de woorden *war*, *space* of *future* in de titel. Mijn vader was er dol op, en ergens begreep ik wel waarom. Hij had, in tegenstelling tot mijn moeder, geen geduld voor het lezen van boeken, en films brachten hem heel snel waar hij wezen moest. Ver weg. Het was voor hem de droom van de toekomst, van ontsnappen aan je lot. De ruimte veroveren stond symbool voor jezelf veroveren, de ongekende werelden die nog ontdekt konden worden.

Het licht werd gedimd en een scherm van anderhalve meter breed en een meter hoog ging aan. Wat verscheen was Venetië. In vogelvlucht kwam de geschiedenis voorbij, van het moeras dat het was tot de trotse stadstaat die de wereld aan een touwtje had, de Instagramhit waar nooit een einde aan leek te komen. Maar eveneens gigantische cruiseschepen, die het kanaal binnenvoeren en het uitzicht op alle pracht en praal versperden. De ongekende mensenmassa's die zorgden voor een opeenhoping van afval, en de lange rijen die resulteerden in chagrijn en knokpartijen veroorzaakten. De stad der beschaving werd er een die het slechtste in de mens naar boven haalde. En na dat voorlopige 'hoogtepunt' begon het omringende water steeds verder te stijgen, totdat ze de stad volledig verzwolg. Venetië was Atlantis geworden.

Het licht ging weer aan. 'Wie zal deze beschaving redden?' zei de sjeik. Hij vervolgde, in het Engels: '"But since all things of men are in motion and cannot stay steady, they must either rise or fall; and to many things that reason does not bring you, necessity brings you." Dit schreef een wijs man vijfhonderd jaar geleden, toen deze stad op het toppunt van haar macht verkeerde. Zijn naam was Machiavelli.'

'Ja, die ken ik wel,' prevelde ik tussen neus en lippen door.

'Noodzakelijkheid dwingt de mens zijn koers te verleggen. Dat geldt voor ons allemaal. Migratie wordt gedreven door noodzakelijkheid. Migratie is een gegeven.
Wanneer migreer je? Als je leven in gevaar is.

De stad Venetië zie ik als mens. Een mens die in gevaar is. Als deze sterft, sterft de mensheid. Dat zou een kolossaal verlies zijn. Dat moeten we niet willen. Echt niet willen. Venetië moet leven. Dus gaan we de stad, die samenballing van miljoenen migranten, redden, om al hun verhalen te waarborgen voor de toekomst. Venetië is tenslotte een spiegel. Kijk je naar de stad dan zien we onszelf. Het is een bibliotheek. Een film. Een lied. Een ansichtkaart. Een droom.

We brengen Venetië naar een veilige plek. Voor honderd jaar, tweehonderd jaar. Wie zal het zeggen? Als de omstandigheden beter worden, wanneer we de klimaatopwarming hebben weten te keren, brengen we Venetië weer terug. Dat garandeer ik u, zelfs al zult u daar nooit een bewijs van zien. Tegen die tijd zijn we immers allemaal dood.'

We moesten lachen. De opdracht was duidelijk.

'Dan is Europa in één klap van zijn hoofdpijndossier af, en het Midden-Oosten een kroonjuweel rijker. Geen slechte uitruil,' reageerde ik. De sjeik knikte, en de mannen om hem heen volgden gedwee zijn voorbeeld. Sarah glom.

Het werd weer stil en ik kreeg het woord. Ik vertelde over mijn vader en moeder. 'De een uit de woestijn, de ander uit de stad. De één een moslim, de ander een katholiek.' Ik vertelde dat ze elkaar in deze stad waren tegengekomen. Dat ze de wereld beter wilden maken. Dat ze eigenlijk naar Sicilië wilden. Dat ze Venetië hadden bezocht, en dat ik was opgegroeid met die oude droom van *convivenza*, het samenleven van de culturen in Moors Spanje, toen moslims, christenen en joden een beschaving deelden. Ik vertelde over mijn vader en hoe hij zijn activisme kanaliseerde in zijn werk. Hij wilde van de wereld een betere plek maken door de juiste voorwaarden te scheppen. Het ophogen van de aarde had zijn diepe interesse. Hij gaf er zijn leven voor. Letterlijk. Hij had ook graag de Arabische landen willen helpen, daar kwam hij immers vandaan, maar hij stierf te jong om deze droom te verwezenlijken.

Deze opdracht was een opdracht die mijn vader met beide handen aan zou hebben gegrepen. In zijn plaats zou ik daarom het stokje van hem overnemen.

Na afloop liep Sarah met me mee naar beneden. Ze zei dat ik het fantastisch had gedaan.

'Dat van je vader wist ik niet.'

'Nu weet je het.'

3

Als ik na mijn kennismaking met de sjeik al vraagtekens had bij waarom een schrijver zich zou moeten lenen voor het verwezenlijken van zo'n grotesk idee, verdampten die toen het honorariumvoorstel werd gedaan. Eerst geloofde ik niet wat ik zag, en vervolgens bleef ik me er alsnog tegen verzetten. Het was vooral het verzet tegen de gedachte dat ik uiteindelijk zou vallen voor het geld. Na besloten te hebben dat ik mezelf op dit vlak persoonlijke groei moest toestaan, begon ik te wennen aan het idee dat een goedbetaalde opdracht niet meteen een immorele was. Echter, die overweging uit de weg geruimd, maakte zich een ander gevoel van me meester. Dat van schaamte.

Dit verdiende ik niet. Hier was ik niet voor geboren, om zoveel geld te verdienen. Wat ik bij elkaar schraapte met mijn schrijverschap was genoeg om de vaste lasten mee te betalen. Soms hield ik wat geld over en dat sloeg ik dan met mijn vrouw stuk aan een stedentrip in Spanje. Córdoba, Sevilla en natuurlijk Granada – elk jaar een andere historische stad, waar ik meende het verhaal van mijn trotse voorouders, de Moren, te vinden. Voor mijn vrouw was het geen straf. Ze hield van Spanje, tapas en de zinderende hitte.

Met geld komen verantwoordelijkheden. En stel dat ik deze aan zou kunnen, moest dan het slijk der aarde al die verantwoordelijkheden rechtvaardigen? Moest ik accepteren dat er over mijn schouder mee werd gekeken? Dat ik aan een opdracht gehouden was enkel omdat ik er zoveel mee verdiende? Had dat de wereld ooit beter gemaakt? Was er ooit een mens geweest die enkel om die reden boven zichzelf was uitgestegen?

Dat zij mij de juiste man vonden voor deze klus betekende nog niet dat ik het daarmee eens was. Wat zij zochten, zo stelde ik me voor, was een gelikte, commerciële jongen, die jarenlang ervaring had met het schrijven voor reistijdschriften. Iemand die zijn hand niet zou omdraaien voor een culturele reis en in staat was om van ingewikkelde materie, zoals de oorsprong van steden, waarom de Ottomanen in hun expansiedrift nooit verder waren gekomen dan Wenen, of waarom het Venetiaanse carnaval een duister randje heeft, een scherp, helder en lekker sappig verhaal te maken. Niet mij. Ik zou gaan twijfelen, gaan tobben over het gekozen perspectief en me suf gaan documenteren, omdat ik bang was dat ik anders af zou gaan als een gieter wanneer de vragen kwamen over data of exacte locaties.

Gelukkig had ik een volhardende vrouw aan mijn zijde. Ze hoorde aan wat voor een kans zich had aangediend en ik zag aan haar ogen wat ze ervan vond. Ze zuchtte en vertelde me de aanbieding serieus te nemen, al was het maar om iets nieuws te proberen. Ik besloot naar haar te luisteren. Ze was nog altijd in afwachting van wat het schrijverschap me zou brengen, en ik voelde me steeds schuldiger over het moeten leunen op haar inkomen. We droegen gezamenlijk de kosten van de hypotheek, alleen zij toch veel meer dan ik en dat liep in de loop der jaren alleen maar op. Haar loon was met recente loonstijgingen gestegen, mijn werkbeurzen waren door de bezuinigingen op cultuur juist gekrompen. En dan had ik het nog niet eens over de stoffige studieschuld die ik nog altijd af moest betalen. Ik behoorde niet tot de groep mannen die vinden dat ze meer moeten verdienen dan hun echtgenote, maar toch knaagde het. Mijn vrouw maakte lange uren op de universiteit, was vaker dan haar lief was gestrest door de werkdruk en ze had een hekel aan haar baas, die ze middelmatig en vrouwonvriendelijk vond.

Bovendien voelde ik aan alles dat ze klaar was met mijn eindeloze gezwoeg op een roman, waarvan ze in twee jaar tijd tot voleinding nog geen jota had gelezen. Ze hoefde me niets uit te leggen, de teleurstelling droop van haar gezicht af, en ze vroeg zich steeds vaker hardop af of ik wel aan een boek bezig was. Wat eerst plagerig uit haar mond rolde, begon allengs zijn speelse randje te verliezen.

Als het aan haar lag, was ik daarom gisteren al begonnen met de klus. 'Je verdoet je tijd met onnodige gedachtenoefeningen waarom je iets niet zou doen. Je verdient mijn liefde, maar je verliest zo mijn respect.'

Dit soort dingen zei ze wel vaker, het werd als dagelijkse confetti over mijn hoofd uitgestrooid. Sporadisch schoot ik dan in de verdediging, wat ze wel kon waarderen. Het was de lijdzaamheid waarmee ik het onderging waar ze de pest aan had. We kwamen er geen steek mee verder. Haar leven speelde zich af in de academische wereld – niemand die voor het geld jarenlang werkt aan onderzoek dat slechts een heel klein publiek bereikt.

'Ik denk er ook weleens aan om buiten de gebaande paden te gaan. Jij krijgt hier een gouden mogelijkheid in je schoot geworpen. Laten we het experiment aangaan. Mijn steun heb je.'

Ik houd meer van mijn vrouw dan van mijn schrijverschap, maar het schrijverschap hield me gegijzeld op een manier die zij nooit kon bevroeden. Nochtans raakten haar woorden me. Wel haar liefde, niet haar respect. Die kwam binnen waar ik 'm niet had verwacht, dus besloot ik naar haar te luisteren en het aanbod serieus te nemen. Steeds meer groeide het vertrouwen in de rol die ik te spelen had, al was het maar door de gedachte toe te laten. Het ongewone normaliseert opmerkelijk snel zodra men zichzelf een open blik op de zaken vergunt; met het geld van de sjeik kon ik al mijn problemen met een klap verhelpen. Ik zou er zelfs nog wat aan overhouden. En lag het ergens ook niet in de lijn van de ontwikkelingen dat een schrijver die uitsluitend van zijn boeken wilde leven een uitstervende soort was?

Ik sliep er een nachtje over. En toen nog een nachtje. En na nog een nachtje ontwaakte ik gemotiveerder dan ooit, zag ik de zaken eindelijk weer helder. Ik wist wat me te doen stond: de opdracht aannemen. Ik ging achter mijn laptop zitten en in een omslachtige mail ging ik mijn verbinding met het grootse bedrijf van de sjeik aan.

Mijn vrouw vloog in mijn armen toen ik haar mededeelde dat ik goed naar haar had geluisterd. Het kastanjebruine haar dat ze los droeg zwiepte me om de oren, en ze beet me ondeugend in mijn hals.

Eerlijk is eerlijk, financieel succes doet wat met het liefdesleven. We gingen vaker uit eten. En mijn partner gaf me een kookboek van de mediterrane keuken cadeau om thuis nieuwe gerechten uit te proberen. We sloegen nieuw bestek en keukenapparatuur in bij een kookwinkel. Ik raakte erdoor geïnspireerd en begon wat anders te koken dan mijn macaroni met gehakt. Ik zette een moussaka op tafel, daarna een tajine en toen uiteindelijk ook een couscous. De tranen biggelden over haar wangen toen ze mijn couscous proefde: ‘Het kan nog wat zout gebruiken. Voor de rest: goddelijk.’ Ze beloonde me met diepe genegenheid tussen de lakens.

En dat was het niet alleen. Het was een geloof in eigen kunnen dat ze zag. Een man die op een dood punt aangekomen was, dat was wat zij ervan vond, en een innerlijke kracht had gevonden om daaraan voorbij te gaan. Ze zag een man die ‘ja’ tegen het leven zei, en wat ze zag beviel haar zeer.

Eenmaal ja gezegd, lieten ze er bij De Waal en Partners geen gras over groeien. Het ging van ‘ja,’ naar ‘ja-ja-ja-ja.’ Ik kwam erachter dat het kenmerk van dit soort bedrijven is dat de dynamiek die ze uitstralen vooral heel veel haast betekent. Een achtbaan zonder stopknop. Het financiële jaar bestond uit vier momentopnamen waarin de jaarcijfers werden gepresenteerd, en deze bepaalden of het bedrijf nog sneller kon gaan of dat het een aflopende zaak was. Men leefde van kwartaal naar kwartaal.

Stilstaan was onmogelijk. Stilstaan was terminaal zijn.

Het bedrijfsaccount dat me werd verleend ging vergezeld met een waslijst aan instructies. Het schrijven van een mail was aan regels onderhevig, maar ook de kleding die ik te dragen had bij perspresentaties, mochten die er komen. En dan was er nog een document vol culturele gevoeligheden waar ik rekening mee te houden had. Omdat ze zich zo streng beschermden tegen ongewenste invloeden van buitenaf kreeg ik de indruk me bij een sekte aan te sluiten.

Misschien was dat ook wel precies de indruk die gewekt moest worden: dat ik, door te werken voor El-Falak, een nieuwe identiteit ging opbouwen. Eentje waarvoor die andere identiteit, die ik al mijn hele leven lang met me meezeulde, van nul en generlei waarde was. Sektes wisten ontzettend goed een onderscheid aan te brengen in de persoon die je was en de persoon die je werd door je bij hen aan te sluiten. De belofte van volledige transformatie die alle pijn zou wegnemen was aanlokkelijk. En ik moet eerlijk zeggen dat ik er geen weerstand tegen kon bieden. De professionaliteit van alles overdonderde me, wond me op en liet me geen rust. Ook ikzelf leefde in de overtuiging dat mijn identiteit verdiept zou gaan worden.

De eerste dagen van mijn aanstelling stond ik 'aan', was ik bereid alles voor ze te doen en wel meteen. Hun razende dynamiek werkte aanstekelijk; de mailbox ontplofte vol dankbaarheid en welkomstgroeten. De hele trage opbouw om een paar bladzijden per dag aan mijn roman te schrijven – als dat al lukte – maakte plaats voor een rits mails die ik nog voor de lunch schreef.

Mijn vrouw ontging het opgeschroefde ritme ook niet. Ze leek onder de indruk dat ik veel vroeger dan normaal gesproken opstond om achter de laptop te schuiven, lurkend aan een lauwe beker koffie. 'Werktijgertje van me, ik hoor vanavond wel hoe het ging,' zei ze dan, waarna ze me op de mond zoende en het huis verliet. Wat ik voorheen had gedaan, namelijk het nest weer opzoeken om verder te dutten, kwam niet eens meer in me op. Ik wilde door!

Maar, wat omvatte mijn functie eigenlijk, in het licht van de *corporate identity* waar ik plots deel van uitmaakte? Ook hier verwachtte ik heil van het bedrijf zelf. Zij zouden in hun oneindige wijsheid allang weten wat ze precies met me van plan waren. Toch werd ik ongeduldig. Het maakte me niet uit dat mijn aanstelling moeilijk te omschrijven was, en naar alle waarschijnlijkheid in geen enkel ander bedrijf ooit zou mogen bestaan: wat ik voor ze ging doen moest een *naam* hebben. Zonder naam stelde het niets voor. Stelde ík niets voor. Elke dag dat ik leefde zonder functienaam voelde als een teleurstelling.

Net toen de twijfel weer toe begon te slaan, kwam gelukkig het doorslaggevende mailtje binnen. Mijn functie werd die van Chief Officer Storytelling, de naam waarmee ik binnen de virtuele en reële wanden van het bedrijf door het leven zou gaan. Deze titel bracht direct rust in mijn leven. Ik ademde diep, voelde een tinteling in mijn tenen. De titel ging vergezeld van een contract dat bestond uit zevenenvijftig pagina's vol dichtgetimmerde condities. Er werd mij in een daaropvolgende mail op het hart gedrukt het contract heel goed te lezen.

Van latere zorg. Eerst wilde ik genieten van deze transformatie. Ik bleef er gebiologeerd naar kijken: Chief Officer Storytelling. Dat was nog beter dan chef-kok of Captain of Your Flight of Hoofd Evacuaties. Als je er goed over nadacht vatte het heel goed samen wat ik al mijn hele leven lang had gepoogd. Wat ik probeerde te bereiken werd hier voor me waargemaakt. Omdat zij besloten hadden dat het bestond, bestond ik. Ook dat was de kracht van storytelling.

Die avond bestelden we chinees. Mijn vrouw was beretrots op me. 'Ik noem je voortaan Chief Storytelling. Mijn Chief Storytelling.' We gingen in de tuin zitten en luisterden naar het ruisen van de wind. Morgen zou een dag vol verhalen zijn. Er was iets voor ons gekanteld in de wereld. Noem het geluk. Het zonlicht dat door de bladeren scheen leek net een goudenregen.

De grootste verrassing moest nog komen. Het was aangetekend verstuurd en werd bezorgd door een pakketbezorger die in een zwarte Mercedes-bus kwam voorrijden. Het type wagen waarmee filmsterren voorafgaand aan een première naar de rode loper worden gereden. 'Kijk eens wat voor glimmende koets daar staat,' wees mijn vrouw naar buiten.

'Laat mij maar,' zei ik en ik liep stoer naar de deur. De bezorger droeg een zwarte zonnebril, met touwtjes aan weerszijden, en zette deze pas af toen hij mij voor zich had. Het pakketje lag bedolven onder de buitenlandse tariefstempels, de meeste in Arabisch schrift. Overal stond FRAGILE, SECURE en ATTENTION NEEDED. Zomaar dit pakje overhandigen kon niet.

'We zijn wel even bezig,' zei de bezorger. Ik moest hem mijn paspoort laten zien, waarna hij me vroeg of hij met zijn bedrijfstelefoon een foto van me mocht maken. 'Extra controle die we bij bijzonder transport moeten uitvoeren.' Hij verontschuldigde zich dat ik zoveel persoonlijke info moest overleggen.

'Het lijkt wel alsof ik een visum aanvraag.'

'Dit doen we alleen bij heel kostbare of belangrijke voorwerpen. U kunt het pakketje ook weigeren. Dan gaat het terug naar de afzender en wordt er later weer een poging gedaan. Door iemand anders die precies dezelfde vragen zal hebben.' Al die formaliteiten joegen de verwachting over wat er in het doosje zat naar een bijkans onhoudbaar niveau.

'Wat nou weer,' zei mijn vrouw toen ze mijn blije hoofd zag.

Ik wees naar het pakket. 'Samen openmaken.'

Ze haalde een schaar uit de besteklade om het karton aan weerszijden weg te knippen. Ik liet dat aan haar over – ik was te nerveus om mijn vingers in bedwang te houden.

Wat ze hadden gestuurd was een lakgrijs doosje. Het was goed ingepakt, in van dat harde karton dat met de hand was uitgesneden, zodat het kleinood er perfect in paste. Ik tilde het vierkante dekseltje op, wat een aangenaam geluid veroorzaakte, alsof een hand over satijn veegde.

Verzonken in het doosje, ingebed in een zachte substantie van zwart schuim, verborgen onder wit vliegpapier, bleek een visitekaartje van goud verborgen te zijn; mijn naam en titel waren er in reliëf uit geperst. Het lettertype was de Futura, een ogenschijnlijk eenvoudig lettertype dat mooi balans bracht in het goud. Ik bevond me duidelijk in de sfeer van een bedrijf dat over elk detail had nagedacht. Het had iets intimiderends. Zoveel doordachtheid betekende dat ze een soortgelijke instelling ook van mij zouden verwachten.

Ik presenteerde het kostbare kleinood aan mijn vrouw, die het op haar hand liet glijden en vervolgens naar haar wang bracht.

'Denk jij wat ik denk dat het is?' vroeg ik. Ik woog het op mijn hand.

Zij woog het op haar hand. 'Puur goud. Zijn ze nou helemaal gek geworden.'

'Het zal te maken hebben met de aard van het bedrijf. Ze willen zich afficheren als een exclusieve gemeenschap. Een club waar slechts weinigen toegang toe krijgen. Daarmee eisen ze ook geheimhouding.'

'Ik weet niet wat ik ervan moet vinden,' zei ze. 'Maar indrukwekkend is het zeker.' Ze gaf het visitekaartje aan me terug. 'Dit bevestigt nogmaals dat je altijd moet doen wat je vrouw zegt.'

Een paar dagen later al zou ik uit Nijmegen vertrekken. Mijn dienstverband zou eindelijk een aanvang nemen.

De avond voor vertrek zaten mijn vrouw en ik voor een laatste keer samen in de tuin. We aten macaroni met kaas – het eerste eenpansgerecht dat ik had leren maken. Ik had iets anders kunnen maken, maar had geen zin in uitgebreid kokkerellen. De kookboeken bleven dicht. Het gesprek kwam, zoals wel vaker, terecht bij de periode waarin we elkaar hadden leren kennen.

'Ik ben altijd bang geweest om lief te hebben, omdat ik bang was dat ik het ook weer kwijt zou raken. Maar eveneens omdat ik bang was dat ik wie of wat ik liefhad pijn zou doen. Het duurde heel lang voordat ik wist dat ik ook een *beetje* kon liefhebben. Geen verwachtingen.'

'Toen ik je leerde kennen was je vooral op je schrijven gericht,' reageerde mijn vrouw.

'Je hebt me ervan losgeweekt. Ik vond dat heel prettig. Dat er iemand in mijn leven was gekomen die me afleidde van altijd maar denken aan het verhaal. Loslaten is lastig voor mij. Maar ik wil me niet meer hopeloos voelen.'

'Je vader was een kind van nomaden. Je zou zeggen dat loslaten een constante is.'

'Een nomade laat niet los. Hij komt weer terug op de plek die hij verlaten heeft. Hij ruikt waar het water opborrelt uit de droge grond. Misschien is dat wel wat me zo obsessief maakt: dat ik werkelijk denk dat alles met elkaar verband houdt en dat ik daarnaar moet leven. Dat maakt het schrijven soms onnodig ingewikkeld.'

'En je leven ook. Althans, toen ik je ontmoette. Je bezweek zowat onder de opdracht die je jezelf had gesteld.'

'Toen kwam jij en ging ik soepeler om met de dingen. Totdat ik op een dag een gouden visitekaartje kreeg en nu zomaar op het punt sta te vertrekken naar Venetië.'

Pas na het eten pakte ik mijn koffer in. Mijn vrouw hielp me. Ze zag aan me dat ik gespannen was.

'Ben je nerveus? Je kijkt zo streng.'

'De macaroni is slecht gevallen.' Ik ging op bed zitten. 'Ik weet niet of ik de klus aankan. Twijfel vreet aan me.'

Ze trok me omhoog en sleurde me mee naar buiten. Samen fietsten we de Waalbrug over, om de spanning te verdrijven. Mijn vrouw sprintte naar voren, ik kon haar niet meer inhalen. Soepele kuiten. Altijd al gehad.

Toen ik haar net leerde kennen maakte ze twee keer per week lange ritten door de Ooijpolder met haar vriendinnen, op snelle racefietsen. Soms pakten ze ook een stuk Duitsland mee. Ik schreef op die momenten stug door en ik keek pas weer uit het raam wanneer zij zich aandiende: bezweet, hongerig, warm.

Later, de pandemie had zich net aangediend, moest mijn vrouw plots thuiswerken en werden we dichter tot elkaar gebracht. Wanneer ik uit mijn zolderkamer klom om een eitje te bakken, hoorde ik haar achter de laptop in een call met twintig andere deelnemers praten. Noodgedwongen moesten we van ons leven een eiland maken. Afstand houden.

Het was in die periode dat we steeds vaker naar 'ons' strandje gingen. We fietsten ernaartoe en zorgden ervoor ruim voor de avondklok weer thuis te zijn. In diezelfde stille dagen begon ik de poëzie te lezen die me dichter bij mijn vader bracht. Soms droomde ik zelfs over hem. Dan pakte hij me bij de hand en liep met me door de verlaten stad, waarbij hij honderduit praatte over de ontmoetingen met mijn moeder.

De avond voor mijn vertrek zat het strandje vol met barbecueende studenten. Mijn vrouw en ik gingen aan het water zitten. Als je lang genoeg naar de Waalbrug keek, zag je het gevaarte met de zon de rivier in zakken. Ik trok mijn schoenen uit en drukte mijn tenen in het zand. Aan de waterkant zat een man te vissen; zijn twee kleine zoons keken van een afstandje toe.

'Ik ken die man,' zei ik.

'De man die nooit op straat komt, kent iemand?' reageerde mijn vrouw.

Ze had gelijk. Ik kwam niet veel buiten. Maar deze man kende ik wel degelijk. Hij had in de krant gestaan. De vissende Koerd. 'Hij is met zijn gezin uit Irak gevlucht. Hier opgevangen in het kamp. Hij werd gek van verveling en in afwachting van de asielaanvraag is hij gaan vissen. Handhaving zag hem een lijntje uitgooien en kwam vragen of hij wel een vergunning had. Die man snapte er niks van. In de landen waar hij had gewoond had nooit iemand naar een vergunning gevraagd.'

De man zag me en zwaaide naar me.

'Hij kent je!'

'Ik heb hem hier vaker zien vissen. Ik heb hem een keer aangesproken. Hij vertelde me dat hij iets niet had gezegd in het artikel. En dat was dat hij viste om Nederland te vergeten. Alleen dan lukte het om deze wereld even van zich af te schudden. De argwanende blikken, de verplichtingen en de onzekerheid. Het vastpakken van de hengel, het uitwerpen en gewoon wachten tot het Lot hem een vis zou brengen bevrijdde hem. Hij had de controle terug. En kon daarna zijn gezin weer met wat meer vertrouwen tegemoettreden. Dat maakte indruk op me.'

'Je bent geknipt voor de opdracht,' zei ze en gaf me een por. 'Je gaat veel gesprekken voeren.'

Ik stond op en liep op hem af. Hij omhelsde me.

'Waar hadden jullie het over?' vroeg mijn vrouw toen ik weer naast haar ging zitten.

'Of hij iets had gevangen.'

'En?'

'Een baars. Maar die ging hij niet opeten, verzekerde hij me.'

'Geloof je het zelf,' zei ze. Ze lachte. We pakten onze fietsen op en trapten heel rustig terug naar huis.

Ik was denk ik wel klaar om te gaan.

4

Midden in de nacht word ik wakker in een bezweet bed. In slaap komen gaat me niet meer lukken, dat voel ik aan alles. Te veel spanning de dag voor mijn eerste echte werkdag. Ik kruip onder de dekens vandaan en loop naar het balkonnetje, dat uitzicht biedt over het water. Het water en de stad lijken één.

Als een van de eersten meld ik me bij het ontbijt. Ik haat ontbijten in hotels. Voel alle ogen op me gericht. Ik bestel een omelet. Ik breek het brood. Smeer er boter op. De ontbijtzaal vult zich langzaam, maar ik ben al klaar om te gaan. Ik giet het laatste bodempje koffie naar binnen en sta op.

Wie zou zijn plicht jegens zijn opdrachtgever niet vergeten wanneer hij geparachuteerd is in een stad als Venetië? Het klotsen van het water, de roeispanen van de gondeliers, het slaan van de klokken, het geroezemoes van mensen en de opvliegende duiven – alleen al de geluiden maken dat ik direct mijn opdracht vergeet zodra ik het hotel verlaat. Van Venetië is er maar één, een boodschap waar de stad honderden jaren naartoe heeft gewerkt middels prachtige kerken, statige huizen en barokke paleizen, om er daarna honderden jaren lang haar bezoekers mee te blijven overrompelen.

Dit is niet mijn eerste keer in de stad. Ik ben hier eerder geweest. Met het gaan der jaren is dat eerste bezoek, in gezelschap van een Levantijnse schone, blijkbaar weggezakt in het moeras van mijn herinneringen. Maar nu ik de straten hier opnieuw betreed, komt ze uit het gewoel van bezoekers tevoorschijn, alsof ze al die tijd op me heeft staan wachten. Ze buigt naar me toe, omhelst me. Ze ruikt naar jasmijn. Het klopt, het klopt te goed.

Ze had me destijds kundig verleid om Venetië samen met haar te bezoeken. Het hotelraam dat we opengooiden keek uit op de kade, een cruise schreed gelijk een schildpad voor onze ogen voort. Daarachter het Lido. De ochtend was blauw. We bezochten alles: het eiland der doden waar Stravinsky lag begraven; het eiland van Glas, Murano, waar de glasblazers ver weg werden gehouden van pottenkijkers die de kunst kwamen stelen; de oude binnenplaatsen. Ze was mijn gids geweest, ze bracht haar eigen omlijsting aan rond de stad. 'Alsof ik hier mijn wereld uitpak, alleen met een ander licht erop.'

Ze leek de stad te kennen, al was ze er net als ik voor het eerst. Maar iets in haar opvoeding, haar overgeleverde beschaving wellicht, had haar op dit bezoek voorbereid. Ik bedacht dat alles omdat ik haar niet durfde te vragen wat het was dat haar zo zelfverzekerd maakte. We waren tenslotte pas geliefden geworden, ik wilde niet overvragen, niet overkomen als die hongerige man uit het Westen die een oriëntaalse schat aan het uitpakken is.

Op een brug kwamen we een dichter tegen. Hij liep met een jongere vrouw. Mijn Levantijnse omhelsde hen. Mijn mond viel open.

'Dat is een van de grootste Arabische dichters, hoe ken je hem?' vroeg ik toen we verder liepen.

'Dat was zijn dochter en die is bevriend met een goede vriendin.'

'Zijn jullie allemaal één grote familie?'

Ze moest lachen. 'Welkom in het Midden-Oosten.' En zo bleef ze me plagen. Ze vertelde over Leo Africanus, een voor mij onbekende naam. Een geleerde uit Andalusië, die door Italiaanse piraten op de Middellandse Zee gevangen was genomen. Ze kwamen er al snel achter dat dit niet zomaar een gevangene was. Hij sprak vloeiend Italiaans en overdonderde de piraten met diepe kennis van krachttermen in hun taal. Onder de indruk brachten ze hem naar Rome. Zo iemand moest naar de paus. Ook de paus was onder de indruk, meer nog zelfs, en hij nam Leo aan als naaste adviseur. Echter, daarvoor moest hij wel katholiek worden. 'En dat deed hij. Want: "when in Rome do as the Romans." Hij schreef een boek over de volkeren en dieren van Afrika, vandaar zijn bijnaam Africanus. Zijn echte naam was Hasan Mohammed al-Wazzan al-Fasi, maar dat wist je natuurlijk al.'

'Dat wist ik niet.'

'Cultuurbarbaar.'

'Waarom vertel je me dit verhaal?'

'Zijn boek over Afrika werd in deze stad gedrukt en via deze stad kwam de kennis over Afrika Europa in.'

'Hoe is het met Leo afgelopen?'

'Hij is teruggegaan naar Marokko en weer moslim geworden. Want: "when in Fes do as the people of Fes."'

Ik was haar cultuurbarbaar. En die rol droeg ik met verve; hoe meer ik mijn onwetendheid etaleerde, hoe meer ze vertelde. Ze las de stad als de palm van haar hand. En toen verliet ze me. Volgens haar was het geen doen met mij. Ik liep te hard. Was te afgeleid. Zo kon ze de stad niet met me delen. 'Het geeft niet,' zei ze, waarna ze naar een van de klaarliggende bootjes liep, die haar naar de overkant zou brengen. Ik moest zelfstandig verder. De *vaporetto* met haar aan boord tufte weg, en werd een stipje aan de horizon.

En nu ben ik hier dus voor de tweede keer. Alleen, maar met haar opnieuw aan mijn zijde. Ik zie haar wijzen. Vertellen. En tot rust komen, terwijl ze over het water tuurt. Ik raak weer verliefd. Op de stad en het geluk dat hij me toen bracht.

De eerste paar uur loop ik extatisch rond, verdwaasd over alle herkenning. Waar komen al deze herinneringen zomaar ineens vandaan? Ik vervloek de tijd, alsof de tijd er iets aan kan doen. Maar je moet iets te vervloeken hebben, anders ben je geen mens. In een cafeetje, waar ik ook met de Levantijnse schone een espresso dronk, probeer ik te kalmeren. Kan ik mijn vrouw vertellen over de duizelingwekkende opwinding die ik hier ervaar? Of moet ik al mijn gevoelens voor nu lekker voor me houden? Straks denkt ze nog dat ik met een ander door de stad loop.

Ik kijk op naar de klok boven de toonbank en schrik. Er wacht een rondleiding op me! Snel pak ik mijn spullen en zet het op een hollen. De wandeling start op het plein, voor de deuren van de basiliek, waar zo'n beetje alles hier begint en eindigt.

Ik heb de tour gisteren online gereserveerd. Alles gaat hier met QR-codes, en ik was een klein uur bezig geweest om mijn weg te vinden in het oneindige aanbod van rondleidingen. Je kunt het zo gek niet bedenken of er is wel een rondleiding over. Venetië en het water. Venetië en de renaissance. Venetië en de moderne kunst. Venetië en Alexandrië. Venetië en pasta. Venetië en de vrouwen. Venetië en lhbtq – de halve stad hangt vol met kunstwerken van homoseksuele mannen, al werden ze vroeger niet zo genoemd. De kunstenaar was dan 'androgyn', tweeslachtig, bewoner van een rijk vol ambivalentie en mogelijkheden, een wervelwind van verrassingen.

Voor in mijn aantekeningen: in het nieuwe Venetië staat alles in het teken van rondleidingen. Voor elke bezoeker een gepersonaliseerde rondleiding op basis van zijn voorkeuren, uitgekamd door algoritmes, ingevuld door AI. Verrassingen zijn uitgesloten, want daar houden bezoekers niet van. En als er bezoekers zijn die dat wél doen, moet dat zo snel mogelijk de kop in worden gedrukt. De stad is er op gemaakt de bezoeker nog voordat hij er erg in heeft al tegemoet te komen. Daarom is het zo belangrijk om rondleidingen te hebben: het is wat de oude stad onderscheidt van de nieuwe. Het aantal rondleidingen drukt de anciënniteit van Venetië uit, zoals de jaarringen in de boom. Daarnaast is de gids een perfect instrument om de immense stroom van bezoekers in goede banen te leiden; de rondleiding reguleert het doorgaande verkeer.

Ik ben net op tijd voor de basisrondleiding. Venetië in nog geen drie uur, het is doorlopen geblazen. De gids heeft dit verhaal al zo vaak verteld dat hij meer robot dan mens lijkt. De taal dicteert het wandeltempo en dat ligt hoog. Te hoog.

Na afloop schrijf ik me direct in voor nog een tour: Venetië en de islam.

Deze gids raakt niet uitgepraat over de uitstekende balkonnetjes, en citeert de Engelse schrijver John Ruskin, die in zijn vuistdikke overzichtswerk van de gebouwen en façades van de stad de typerende Venetiaans-Arabische stijl beschrijft. Volgens Ruskin kwam de klad er qua schoonheid in toen Venetië zich afwendde van de oosterse invloeden, en als alle andere steden in Europa werd: lomp, egocentrisch en geestdodend. Blijkbaar was precies de vermenging nodig om het wonderbaarlijke wezen dat deze stad is te maken; de ongekende, architectonische pracht is te danken aan een continue kruisbestuiving met het ontzagwekkende achterland dat de Levant werd genoemd.

Ik hang aan de lippen van de welbespraakte gids en na afloop check ik bij hem of Ruskin dat echt allemaal heeft gezegd. Hij knikt, trekt een stukgelezen paperback van Ruskins *Venetië* uit zijn rugzakje en bladert naar de desbetreffende passage. Het staat er zwart op wit. Die Ruskin had het scherp gezien. Zonder in politiek-correcte prietpraat te vervallen concludeerde hij dat Venetië zijn immense schoonheid aan de moslims te danken had.

Terug in het hotel tel ik de uren op die ik op pad ben geweest: een halve dag! De tijd is voorbijgevlogen. De vermoeidheid is in de benen gaan zitten, en mijn hoofd tolt van alle indrukken, het rumoer van de mensenmassa. Ik ga op de rand van het bed zitten en neem een slok water uit het glas op het nachtkastje. Ik lik mijn lippen af, zijg terug neer op bed en val terstond in slaap.

Midden in de nacht word ik wakker en het eerste wat ik doe, is me ontladen van de indrukken die in me broeien. Ik schrijf ze aan mijn vrouw.

'Ik heb een zakkenroller gevolgd, gewoon uit genot om iemand op het spoor te zijn die op het punt stond een misdrijf te plegen. Toen ik mijn interesse in hem verloor, draaide hij zich naar me om en zei hij al die tijd geweten te hebben dat ik hem op de hielen zat. Zijn afkomst wilde hij niet prijsgeven. Wel de dagopbrengst. Een kaartje voor de opera.

Een jochie griste het wisselgeld van een terrastafel.

Ik werd afgebekt door een Roemeense. Ze moest niets van me hebben. Ze dacht dat ik haar hinderlijk aan het volgen was. Ik zette mijn beste glimlach op. Toen smolt ze. Ze was getrouwd geweest met een Turk. Die haar had verlaten voor een mandolinespeler.

In de basiliek ben ik binnengetreden met het nodige respect. Je gaat er vanzelf langzamer lopen. Het was alles goud en glans wat er blonk. Ik dacht aan Leo Africanus, waarvan ik niet weet of hij Venetië had bezocht. Wat zou hij van de kerk hebben gevonden? Ik neem me voor dat uit te zoeken. Of misschien kan jij dat voor me doen. Jij bent goed in dingen opzoeken.

Een Zweed was de weg kwijt. Hij vroeg me de weg. Ik kon hem niet helpen, maar wilde dat wel. Dus ging ik doen alsof ik de weg wist. En kwamen we vanzelf uit op de plek waar hij wezen moest. Is dit een metafoor voor iets?

Je ziet meteen het verschil tussen Arabische toeristen en Arabische vluchtelingen. De toeristen zijn licht gekleed, wetende dat het hotel dichtbij is. De vluchtelingen zijn dikker gekleed, voorbereid op de volgende ramp.

Ik begrijp dat deze stad gered moet worden. Pas als de hele wereld deze stad heeft gezien, mag onze wereld ten einde komen.

Een paar keer ben ik een straatje in gelopen waar niemand te bekennen was. Niet eens ramen of spiegels om mezelf in te zien. Dat waren de mooiste momenten. Op een dag zal deze stad overgeplaatst worden en zal dan geruime tijd leeg staan. De lege stad is iets beangstigends. Maar een verdronken stad is pas echt tragisch. De lege stad laat je dromen. De verdronken stad is een nachtmerrie.

Dit zijn enkele indrukken waarmee ik je wilde verrassen, er volgen er nog meer!'

De volgende dag besluit ik het anders aan te pakken. Ik onttrek me aan de rondleidingen, aan de toeristische feestvreugde, door als een krab achterwaarts de oude wijkjes in te lopen. Straten die men links laat liggen, waar de klok instemmend boven de stilte luidt en de verdwaalde toerist die dan toch mijn pad kruist schuchter de andere kant opkijkt, alsof hij is betrapt op roekeloos gedrag. Er staat geen enkel venster open; bijna alsof de stad op vakantie is gegaan. De overgang van kermis naar crematorium. Als achter die gesloten luiken een bewoner zijn laatste adem uitblaast, zal de hele buurt het horen, zo rustig is het.

Ik struin door de ontelbare steegjes, straten, pleinen en kades, op weg naar een onverwachte ontmoeting. Ik kan wel blijven lopen, want die zo gewenste spontane ontmoetingen zijn nergens te bekennen.

Dan dient de honger zich met soldatenlaarzen aan. Lunch kan je maar een keer op een dag eten, dus ik zijg neer in een plastic tuinstoel en werk aan een wiebelig formicatafeltje een pasta naar binnen. De paar lokale mensen die zitten te knibbelen aan een broodje kijken me glazig aan – een buitenaards wezen dat de verkeerde afslag heeft genomen. Ik laat het teruggekregen wisselgeld achter en snel voort. Wat ik het liefst wil, is zomaar een kerk, palazzo of museum binnenstappen, om los te komen van mijn opdracht. Maar het is te vroeg voor deze beloning; terugkomen in het hotel zonder materiaal voor De Waal en Partners en de sjeik zou te gênant zijn.

Bij een bruggetje dat twee pleintjes verbindt houd ik even stil. Ik kijk over het water. Je kan er zomaar in vallen, bedenk ik me. Zou ik dan gered worden? Of toch in ieder geval hulp krijgen? Tot wat voor ontmoetingen zou dat leiden? Of is deze stad in zo'n verregaande staat van onverschilligheid dat ze hier zelfs een drenkeling niet op zouden merken?

Ik tijg verder, en kom als vanzelf weer terug op het San Marcoplein. Alle wegen leiden misschien naar Rome, maar zeker ook naar dit plein. Ik pauzeer even bij een buitenkraan om mijn waterfles te vullen. De kameel en de oase. Wat is er mis met rust, dat ik er onrustig van word? Is rust niet een voorwaarde voor weldadige onthaasting?

Ongeduldig besluit ik opnieuw de steegjes in te lopen. Elke stad kent een spanning tussen het centrum en zijn buitengebied, een niemandsland bevolkt door langdurige bewoners, studenten, illegalen en gelukszoekers. Dit is de plek waar de verhalen liggen. Althans, dat heb ik mezelf wijsgemaakt. Mijn zoektocht lijkt tevergeefs, en misschien helpt opgeven van mijn verwachtingen in het openstaan voor echte ontmoetingen. Wat ik nu doe, is vooral een uitgestippeld plan uitwerken, zonder enig resultaat als gevolg. Ik erken de nederlaag.

De middag die volgt gaat op aan schimmen zoeken. Ik werd er door de literatuur die ik over Venetië gelezen had al voor gewaarschuwd: je ontdekt hier eerder een Caravaggio, of een prachtig leegstaand huis aan het kanaal – opgekocht door rijkaards die er soms een weekje of twee doorbrengen, hooguit, om snel door te vliegen naar de volgende kortstondige verblijfsbestemming – dan dat je een spraakzame local tegen het lijf loopt. Ze zijn natuurlijk al vijftienhonderd jaar gewend aan pottenkijkers, dan bouw je resistentie op tegen kortstondige gasten. Wat ook niet helpt, is dat de oorspronkelijke bewoners steeds minder een emotionele band hebben met hun stad. De continue stroom van dagjesmensen heeft Venetië tot behang gemaakt. Het is moeilijk wortelen in een stad die voor het grootste deel in dienst staat van vreemdelingen die er maar een paar uur doorbrengen.

Als ik op een van de bruggetjes een wat oudere dame, volgeladen met boodschappen, zie wankelen, schiet ik te hulp. Nadat ze mijn hulp dankbaar heeft aanvaard, we rustig het bruggetje aflopen zodat ze haar weg kan vervolgen, begint ze tegen me aan te praten in het Venetiaanse patois. Hoewel door mijn moeder opgevoed met genoeg Italiaans om een gesprek te voeren, kan ik hier geen touw aan vastknopen. Wat ik voel is dat het haar niet zint, hoe Jan en alleman haar maar de pas afsnijdt. Als we lang genoeg hebben gelopen en zij lang genoeg heeft gepraat om mij in staat te stellen haar dialect beter te begrijpen, trippelt ze een klein straatje in, duwt een piepklein voordeurtje open en verdwijnt.

Het voorlopige hoogtepunt van de dag.

Langzaam begint de twijfel aan me te knagen. Ik hoor de stem van mijn vader, die me vertelt dat ik door te schrijven mezelf in een vrije val heb gebracht. Volgens hem zou ik nooit meer vaste grond onder de voeten voelen. Altijd maar dromen van een mooie zin, die dan natuurlijk niet komt. De leegte schrapen, dat was wat hem betrof mijn lot.

Ik neem de vaporetto terug naar het Lido, om tenminste iets van een aanzet tot een nieuwsbrief te maken. Bij gebrek aan ontmoetingen schrijf ik een wat algemener verhaal.

'De explosieve groei van Venetië heeft de lokale bewoner uit zijn leefomgeving verjaagd. Hij is mensenschuw geworden. Het is een van nature ingekeerd volk, en deze stad heeft kunnen groeien en bloeien juist door zijn afstandelijke karakter. Wat voor hautain doorgaat, is pure zelfbescherming. Het is wat deze stad onderscheidt van alle andere. Zijn ongenaakbaarheid. De drukte heeft de mensen hier doofstom gemaakt, ze zijn het spreken verleerd. Kan het zijn dat Venetië domweg te klein is voor wat het overkomt? Dat dit het lot is van alle oude Europese steden, de prachtige kroonjuwelen van leefbaarheid, schoonheid en opgeruimdheid?

Het moet verschrikkelijk zijn om te wonen op een plek waar niemand weg wil. Waar alleen maar mensen bij komen. Waar met elke toename ook de zucht naar winstbejag toeneemt. Hoe als stad uit deze vicieuze cirkel te geraken? Door te verdwijnen.'

Ik sta op vanachter mijn laptop en loop naar het Franse balkonnetje. De stad glimt in het zoete namiddaglicht. Weldra zal het donker worden. Hoelang kan Venetië nog zo voortbestaan? Een steeds drukker wordend centrum, dat zucht onder de aanzwellende mensenstroom, de uitgestorven wijken eromheen. Misschien is de transitie naar een andere wereld helemaal zo'n slecht idee niet.

Vlak na middernacht schrik ik op door een binnenkomende notificatie op de mobiele telefoon. Een bericht van Sarah. 'Namens heel het team: je eerste brief is met een groot hart ontvangen. Wees niet bang om ons te verrassen, zelfs als het pijn doet. De toekomst mag een cactus zijn!'

Ik bedenk me dat ik er, als ik deze opdracht in de tijd die me is gesteld tot een goed einde wil brengen, goed aan doe vanaf nu uit de buurt te blijven van de locals, zelfs als ze me ter wille zijn en hun verhaal vertellen. Hun verhalen halen het niet bij die van de nieuwkomers, die, hoewel ze pijn en trauma meedragen, gedwongen door de nieuwe omstandigheden waaraan ze zich aan te passen hebben, een frisse en urgente blik op de stad werpen wanneer ze geconfronteerd worden met een luisterend oor. Precies wat mijn opdrachtgever behoeft. De menselijke maat zal dit Venetië redden, en het is aan mij om die op te schrijven en veilig te stellen voor het nageslacht, zonder de gemeenheid uit het oog te verliezen waar mensen ook uit kunnen putten.

5

Iedere dag berust ik een stukje verder in mijn rol, en zo nauwgezet mogelijk breng ik de ogenschijnlijk spontane ontmoetingen tussen bezoeker en stad in kaart. De ogen van verwondering, de schok geconfronteerd te zijn met zoveel schoonheid, de hypnose die optreedt door langdurig te turen naar de gondola's, de lichte wanhoop zodra men verstrikt raakt in het labyrint van de binnenstad, de tranen van ontroering, totaal onverwacht en des te heftiger, wanneer men oog in oog staat met Madonna met Kind in een slecht verlicht kerkje, het moment van verliefdheid wanneer de vaporetto zich losmaakt van de kade, de bruine bladeren die op het water drijven. De gedachte dat plagen, branden en oorlogen deze stad niet op de knieën hebben gekregen. Met elke stap groeit de verbinding met de stad.

Sinds ik heb besloten om mijn vooringenomenheid jegens de stad te laten varen, begint Venetië mijn kant op te bewegen. Ik ervaar dit als een overwinning, dat magische moment waarop de reiziger de stad die hij bezoekt beschouwt als de zijne. Wat me te binnen schiet om te benoemen in mijn volgende nieuwsbrief is het 'adoptiemoment'. Jij denkt de stad gekozen te hebben, maar het is precies andersom. En het zal nooit meer anders zijn. Dit betekent dat je het ook moet accepteren wanneer de stad jou níét kiest. De wispelturigheid van Venetië is de aantrekkingskracht van een begeerde stad. Het is de reden waarom we het bezoeken, in de hoop dat we iets gaan meemaken wat we, als we thuis waren gebleven, niet zouden meemaken. En teleurstelling of totale deceptie kan die verrassing zijn.

Observeren is een oefening in toelaten. Ik loop zonder oordopjes door de stad, luister naar het geluid, het rumoer, het geschreeuw, het gehuil en de spontane gesprekken. Naderhand kan ik uit die ogenschijnlijk ondoordringbare massa van indrukken vormpjes kneden. Elke stad heeft een eigen soundtrack. New York klinkt anders dan Berlijn. Of reguleren we het geluid? Wie is eigenlijk de baas over de chaotische kosmos?

Waar ik voor moet oppassen is sentimentaliteit, niet te buigen voor zoetsappigheid. Teneinde hier vrij van te blijven moet mijn oog continu verfrist worden; ik vergeet onmiddellijk wat ik heb gezien, om voorbereid te zijn op het nieuwe dat komen gaat. Gelijk een camera. Het kost bakken met energie. Ik vreet me ongans aan pasta en macaroni, bestel het beste Florentijnse vlees, gegrild vlees dat van de hete houtskool komt, drink glazen rode huiswijn weg en sluip midden op de dag naar mijn hotel voor een hazenslaapje.

Ik verander ook van schoeisel, dat versleten is. Hoe haalde ik het ook in mijn hoofd op afgetrapte gympen van New Balance deze stad te belopen? Ik koop sterke wandelschoenen in een luxe sportzaak. Ze zijn duur – mijn corporate voeten verdienen alleen het allerbeste – en ik maak er een foto van voor mijn vrouw, met als ondertitel: klein stapje voor één mens, grote stap voor de mensheid. De vrouw die me aan het schoeisel helpt is weinig spraakzaam. Woorden zijn hier vele malen schaarser dan fresco's. Dat spraakzaamheid niet afgekocht kan worden is ergens ook wel weer geruststellend.

Door de nieuwe schoenen loop ik rechter. Alsof ik over matrassen stuiter, gelijk een maanwandelaar. Plots meen ik boven de menigtes uit te stijgen. Twee keer zo hard te gaan, ook, wat me in staat stelt snel en behendig grote massa's te omzeilen. Ik overzie het hele terrein. De kracht van goede schoenen is dat ze je het gevoel geven dat de stad letterlijk aan je voeten ligt. Blijkbaar begint goed observeren met goed schoeisel.

Na verloop van tijd dicteert de stad het lijf. Hij wijst het aan waar het moet rusten, wat het moet eten, wat het moet kopen. Het opgaan in de stad is je lichaam eraan overgeven. En de bewandelbaarheid ervan voorkomt dat het lichaam uitgeput raakt. Want een uitgeput lichaam, daar heeft de stad geen plek voor.

Dat Venetië goedkope arbeidskrachten nodig heeft om te kunnen voldoen aan de vraag zie je overal. Bangali's, Indiërs en Pakistanen runnen de souvenirwinkeltjes, koptische Egyptenaren de belwinkeltjes. In de restaurants word ik bediend door Slovenen, en als ik achterom loop zie ik Algerijnen en Marokkanen gezamenlijk een sigaretje roken, voordat ze weer de keukens in worden gezogen om aardappels te schillen en borden af te wassen. Ze zien me op een afstandje staan en laten zich bekijken. Sommigen brengen even hun hand naar het hart, om dan weer op te gaan in hun routine.

Ze verstaan elkaar door een gemeenschappelijke taal, die bestaat uit een eigenaardig mengseltje van Engels, Italiaans, Arabisch en Hindi. De stad, van oudsher multicultureel, is in het huidige tijdsgewricht een potpourri van etniciteiten. In die zin is er sprake van een terugkeer naar oude tijden; de nationalistische partijen kunnen hoog en laag springen dat Venetië haar 'Europese' karakter kwijtraakt, maar historisch gesproken is er eerder sprake van een restauratie.

De middeleeuwse Venetiaan zou niet gek hebben opgekeken van de wereldtalen die er in zijn stad worden gesproken, en nog minder van het feit dat die spreker een tulband of lang gewaad draagt. Eerder nog zou de Venetiaan op de plek van samenkomst, het Rialto, waar alle reizigers vroeg of laat komen, de vreemdeling vragen hoe hij aan dat mooie, zijden gewaad komt, in plaats van hem te berispen om zijn vreemde tong. De vreemde tong is hier de geredde tong. Net zo bekend en vertrouwd als de linkerhand.

'Het nieuwe Venetië lijkt wat dat betreft op het oude. Het is om te kunnen bestaan afhankelijk van goedkope arbeidskrachten. In ruil voor een huisje in Bengalore, India, vormen ze het infuus dat deze stad levend houdt,' schrijf ik.

Meer dan dat durf ik me in mijn nieuwsbrieven niet te wagen aan verhandelingen over het nut en de noodzaak van migratie. Daar hebben ze hun superspecialisten voor. Sarah had me eerder op het hart gedrukt niet te veel bezig te zijn met de 'harde kant' van al deze demografische verhalen. 'Mijd de grote verhalen, Omar,' schreef ze telkens weer, 'en vertel ons over het kleine gebrek.' De Waal en Partners willen vooral beelden. Immers, het migratiedebat is door de hoogoplopende polarisatie over welke kant het op moet met de instroom helemaal dichtgeslibd, en het praten erover ontaardt telkens weer in een viezig moddergooien met alsmaar uitgekauwde argumenten. Niemand die daar wijzer van wordt, en niemand die nog naar elkaar luistert. Migratie heeft de emoties gegijzeld en emoties hebben elke poging tot realisme verstikt. Het is misschien wel makkelijker om een reis naar Mars te realiseren dan een werkbaar alternatief te bieden voor migratie.

Ik stuur mijn vrouw een berichtje: 'Gek genoeg is hier zijn ook thuiskomen. De mensen die deze stad draaiende houden lijken op mijn vader. Niet alleen in hun gezicht, maar ook in hun manieren. Ik zag een man, aan zijn Arabisch te horen waarschijnlijk een Egyptenaar, de wenkbrauwen gefronst. In zijn blik voelde ik iets vertrouwds, iets wat me terugbracht naar de blik van mijn vader. Hoe hij de wereld bezag, met een bepaald optimisme dat achter alle ellende altijd wel weer een reddende instantie zou verschijnen om de boel enigszins in het gareel te brengen. Dat raakte me en zie ik terug in deze man. Je zou het voor dromerigheid kunnen aanzien. Dromerigheid is een prachtige bescherming tegen cynisme. Een mooie plek om je in te verschuilen.

Door mijn dubbelbloedachtergrond ben ik natuurlijk ook extra getriggerd wanneer ik een gemengd stel zie. Mediterraan-Arabische stelletjes zijn er hier genoeg. Eentje ving mijn aandacht. Ze stonden voor een palazzo dat opgetrokken was met van die bogen en gebogen ramen, waar ik je constant foto's van stuur. Ik observeerde ze van een afstandje. Vraag me niet hoe ik wist dat hij van de overkant van onze Middellandse zee kwam en zij van deze. Ik voelde het. Ze staarden aandachtig naar het paleis, hielden elkaar vast. Hoe langer ze keken, hoe inniger hun omhelzing werd. En toen ze zich omdraaiden leken hun gezichten met elkaar versmolten. Ik kon niet anders dan terugdenken aan de reis die mijn ouders hiernaartoe hadden gemaakt, bijna alsof dit stel bestond uit twee acteurs die waren gestuurd om deze voorstelling mogelijk te maken, waardoor ik nog sterker ging geloven in het welslagen van dit plan.'

Stel, je bent een Egyptenaar, Syriër of Marokkaan – kortom, je bent een oosterling met wortels in steden tussen Tanger en Teheran – en je maakt, om aan armoede, oorlog of liefdesverdriet te ontkomen, een lange tocht door de oostelijke Balkan, met als einddoel de welvarende steden van westelijk Europa, waar je hoopt dat betere tijden zullen aanvangen. Tenslotte heb je daar de meeste verhalen over gehoord, en je hebt gezien dat wie er naartoe ging en vandaan kwam er fris en energiek uitzag. En stel nou dat je, om wat voor reden dan ook, in plaats van op Duitsland, of het erachter gelegen Nederland, of het dáárachter gelegen Engeland te koersen, besluit om links af te buigen, waarop je in Venetië strandt. Niet als toerist, wat het merendeel van de bezoekers is, maar als reiziger. Wat voel je dan?

Ten eerste zal je verbaasd zijn om Venetië te zien, omdat het je doet denken aan datgene wat je achtergelaten meende te hebben. Het lijkt, en dan vooral in de ochtend, wanneer de stad gevangen is in een mist van dauw, bedrieglijk veel op de nauwe straatjes van de oude stad van Caïro, als je je ogen sluit, je de oproep tot het gebed hoort, een muffe, leerachtige geur ruikt zoals in de Tal'a kbira van Fès, je de kronkelige, brede hoofdstraat in glijdt die je regelrecht naar de buik van de oude binnenstad brengt, en je het licht ziet vallen door de mozaïekachtige luifels, net als in de grote bazaar van Damascus... Heimwee, die spot met de enorme ambitie die is opgebracht om van daar naar hier te komen, overvalt je, en dwingt je tot de realisatie dat ver van huis zijn betekent dat je moet worstelen met conflicterende gevoelens, terwijl je, om vooruit te komen in dit aardse bestaan, juist elke gedachte aan thuis, het verloren paradijs, uit moet bannen.

Venetië komt aan als een klap in je gezicht. Het gooit zijn masker af. Het is een nachtmerrie die je met zijn culturele rijkdom keihard wakker schudt. Wat je de hele reis had opgebouwd, dat vermogen om niet om te kijken, een talent om het gemis te weerstaan, raak je hier in één tel kwijt. En dat terwijl je liever donkere kringen om je ogen hebt, een hondenbeet in de kuit, dan de herinnering aan moeder die op de vrijdagochtendmarkt bij de groenteverkoper op de prijs van peen en uien af staat te dingen.

Je reageert steeds minder op telefoontjes van familie, want hun stem horen veroorzaakt wrevel in je hart. Venetië zet je op het verkeerde been, brengt je aan het twijfelen, maakt je tot een toerist in je lotsbestemming. Dit wil je niet voelen. Je hebt geen tijd voor zoveel schoonheid, want ze maakt een giftige cocktail van heimwee en wrok los. Van schuldgevoel en spijt. Je kijkt in het water en ziet je gezicht terug van toen je acht was, volle wangen, gehuld in een schoon gewaad op weg naar de moskee. Moest je zo nodig weg?

En in dit spiegelpaleis van Oost en West – waar vijftienhonderd jaar aan is gewerkt door ingenieuze architecten en kunstenaars, die ervoor zorgden dat wie eenmaal in het labyrint van deze stad is gevangen, er nooit meer uit kan ontsnappen – besef je je dat alle inspanningen om te ontkomen aan het verleden, de bakken met geld die ze hebben gekost, nutteloos zijn geweest. Je springt in het kanaal. Ze mogen je redden. Liever niet.

'Ze mogen me redden. Liever niet.'

Dat laatste teken ik op uit de mond van een reiziger uit Damascus. Het San Marcoplein is net aan het leeglopen; ik begin het ritme ervan steeds beter te begrijpen. Wanneer het overstroomt, en wanneer de luwte intreedt. Uit die luwte komt deze man tevoorschijn. Kleine wratjes op de slapen, de ogen samengetrokken door systematisch slaapgebrek. Hij verwijst naar zijn familie, die in het land dat hij achterliet droomt van zijn terugkeer. Hij is gevlucht voor de dienstplicht.

'Ik ben niet per se tegen geweld. Oorlog is een constante. Ik ben tegen geweld als martelwerktuig. En ik ben ervan overtuigd dat men het martelwerktuig overschat als een manier om de waarheid boven water te krijgen. Het maakt enkel troebeler wat al troebel was. Kortom, ik pas ervoor om me te laten gebruiken.'

Hij maakt verder weinig woorden vuil aan zijn desertie. Hij had gewoonweg geen zin om naar een front gestuurd te worden waar hij op zijn eigen mensen zou moeten schieten.

'Ik ben weggegaan omdat ik geweldloosheid predikte. Dat maakte me verdacht. Mijn ouders werden erop aangesproken. Ik had hun niets uit te leggen over mijn neiging tot passiviteit. Moest ik wat ik als vanzelfsprekend beschouwde verder verduidelijken? Ik houd van mijn ouders, en ik zag hun geworstel met de druk van buiten. Een soldaat die zijn dienstplicht ontduikt, dat kon toch niet hun zoon zijn? Ik begreep dat hun lippendiensten aan het regime hun veel gebracht hadden. Zij geloofden in het systeem. Ik niet. En wanneer het geweten spreekt dan krijgt geen macht in de wereld het weer tot zwijgen.'

Hij vluchtte met achterlating van een mogelijk familiefortuin. Ze hadden landerijen, onroerend goed en industrie. Als kind was hij al een keer in Venetië geweest en verbleef hij met zijn ouders in een van de beste hotels op het Lido. Hij had er een vage herinnering aan. Spelen op het strand en een dienstmeisje dat constant achter hem aanliep.

'Moest ik mijn vrijheid opgeven voor al die rijkdom? Ik dacht het niet. En nu ben ik in een stad en bewoon samen met drie anderen een kamer van nog geen twintig vierkante meter. Heel anders dan het hotel op het Lido van toen. Ik wist niet dat vrijheid met ruimtetekort gepaard ging. Maar dat krappe kamertje voelt alsnog vrijer dan honderd hectaren aan leefruimte.'

Hij vraagt me om een sigaret, die ik hem helaas niet kan bieden.

'Arabier?'

Ik knik. 'Mijn voorouders trokken door de woestijn. Volgden de sterren. Beminden de maan.'

'Aha, een dichter,' reageert de man. 'Onversneden romantiek in de schaduw van de San Marcobasiliek.'

'Schrijver,' verbeter ik hem. 'Wat je zegt over die schaduw is mooi. Want mijn vader had de schaduw lief en daar dankte hij de zon voor.'

'Schrijver? De aangelengde soort van de dichter.'

Ons lachen stijgt samen met de duiven op boven het San Marcoplein. Het verbroedert. We hebben het plein in een literaire salon veranderd, een oosterse divan waar verhalen worden verteld. Deze plek is van ons, ons gekeuvel het geklets van twee vreemdelingen die weten dat ze elkaar nooit meer zullen zien.

Het historische plein geeft mensen het gevoel dat hun aanwezigheid eveneens historisch is, tilt ze als het ware op boven het alledaagse. Het laat ons ons niet alleen beter voelen over onszelf, het laat ons ons ook beter voelen over de geschiedenis. Het maakt even niet uit waar je vandaan komt. Het is in die zin een magische plek. Eén waar de mens, ongeacht zijn afkomst, leeftijd of geaardheid, wordt overvallen door een kinderlijke ontvankelijkheid voor de wereld. De ontmoeting bewijst waarom ik dit plein, ondanks de drukte, lief ben gaan hebben. Als er een plek was waar mijn vader zich op zijn gemak zou voelen dan is het hier; hij zou voelen dat hier zijn voorouders waren aangekomen, dat ze hier hun ladingen aan de kade hadden gebracht. Dit is een plek die hij als een soort van 'thuis' zou hebben beschouwd.

Op de vraag waar ik vandaan kom, antwoord ik 'Nederland', wat de man uit Damascus hogelijk verbaast. Mij ontbreken immers de bleke huid, blauwe ogen en grote oren die hij associeert met Hollanders. Hoe hij aan dat van die oren komt, vraag ik hem, waarop hij aanhaalt dat Nederlandse voetballers grote oren hebben, en daarom alle Nederlanders dus wel in bezit moeten zijn van een groot stel oren.

Hij doet alsof hij aan me snuffelt.

'Je ruikt niet Dutch.' Zijns inziens geef ik niet de geur af die hij associeert met de noordelijke volkeren: Omo-wasmiddel met een vleugje zure melk.

'Hoe kom je aan die wijsheid, broeder?'

Een vriend in de Lage Landen schreef hem erover via WhatsApp. Hij vertelde hem dat hij in het land der reuzen was. Iedereen rook er zo schoon dat hij er duizelig van werd.

'Broeder,' vraagt hij. 'Waar kom je echt vandaan?'

Ik geef toe dat mijn wieg onder de straat van Gibraltar ligt, in het land waarvan de kroniekschrijvers schreven dat de zon er in de Atlantische Oceaan kopje-onder ging, opdat ze de volgende dag aan de andere kant van de Middellandse Zee weer kon oprijzen. Wat is de Middellandse Zee anders dan een getijdenklok die zweeft boven water?

'Al-Maghreb. Dat meende ik al te bespeuren in je Arabisch,' zegt hij. 'De plek waar de zon ondergaat. Het land van pelgrims en tovenaars. Althans, dat was wat wij kinderen over jullie land met de paplepel ingegoten kregen. Jullie vrouwen zijn mysterieuze, meeslepende duistere verschijningen die, als ze eenmaal hun zinnen op een mannenhart hebben gezet, in staat zijn om djinns en andere geesten aan te roepen om hem aan zich te binden.'

Wat hij me vertelt komt me bekend voor. Mijn vader sprak vroeger ook over de stereotypen waarmee hij te kampen had gehad toen hij een keer in Libanon was om te praten over een mogelijk project. De taxichauffeurs van Beiroet raakten niet uitgepraat over het Land waar de Zon Ondergaat; het zou een occulte regio zijn, waar zwarte magie door vrouwen werd bedreven om mannen te beheersen. Moe van het tegenspreken was hij het bijgeloof gaan bevestigen. Ook hij had wat van die toegekende toverkracht meegenomen, en als ze niet oppasten zou hij het op hen gebruiken. De ontwapenende wijze waarop mijn vader het vooroordeel in zijn voordeel liet werken had hem vrienden opgeleverd, maar helaas geen projectbaan, en onverrichter zake keerde hij terug naar Nederland. Het was de eerste en enige keer dat hij een kans zou krijgen om in dat deel van de wereld werkuren te maken.

'Dat mythische beeld, dat wordt gevoed door stereotypen over Marokkaanse vrouwen – daar trap je toch niet in?' reageer ik. 'Als iemand die zelf met vooroordelen te maken krijgt, moet je als geen ander weten hoe schadelijk dit soort denkbeelden zijn.' Ik spreek op zachte toon, om duidelijk te maken dat ik het hem niet aanreken. Ik wil deze nieuwe vriend niet kwijtraken. Er wachten verhalen op mij.

'En hoe!' proest hij het bijna uit. 'Toen ik met ze overstak naar Griekenland, kwam ik erachter dat er ook azijnpissers, judassen en schijtlaarzen tussen zitten. En het is allemaal evenredig verdeeld over de mannen en de vrouwen. De enkele Marokkaanse vrouw die ik aantrof, verpletterde me met haar zakelijkheid. Ze keurde me geen blik waardig, hoewel ik alles deed om het haar naar de zin te maken. Ze moest over grote innerlijke kracht beschikken, want angst heb ik niet in haar ogen gezien. Ergens hoopte ik dat mijn gevlei haar wat zou verzachten. Met haar aan mijn zijde kon ik de hele wereld aan, ik wist het zeker. Deze vrouw had geen talisman nodig, zij wás de talisman.

Ach, de mens fantaseert wat af wanneer het erom spant. Wat dat betreft is zo'n reis heus niet alleen maar kommer en kwel. Je ontmoet nieuwe mensen. Hoort verhalen. Leert van elkaar. Verliefd worden op een lotgenoot is toch geen schande? De reis is de beste manier om dingen over jezelf te ontdekken die je van thuis uit nog niet wist. In mijn geval was het dat ik hoteldebotel verliefd kon worden op iemand van wie ik niet meer wist dan dat ze uit Casablanca kwam, roze nepnagels had en een handtas met een bijna onuitputtelijke voorraad aan hygiënedoekjes droeg. Gaandeweg ons samenzijn wist ik zeker dat het Lot ons had samengebracht. En dat alleen het Lot ons kon scheiden. En zolang ik de uitkomst van ons samenzijn overliet aan het Lot, kon ik schaamteloos fantaseren over hoe ik zou willen dat het verder ging verlopen. We zouden samen optrekken. Een nestje bouwen. Ik zou een Mercedes op de kop tikken. Een oudje, dat gerust twintig jaar oud mocht zijn, om haar naar Casablanca te rijden en haar ouders officieel om haar hand te vragen.

Helaas liet ze weinig heel van mijn fantasie. Haar scherpe tong, waarmee ze me op afstand hield, maakte diepe gaten in de weg naar Casablanca, en mijn genegenheid beantwoordde ze met een kille houding. Ze wilde er niks van weten. En telkens wanneer ze wat ontdooide, werd ik als een bal in de flipperkast naar haar toegezogen, om daarna met een flinke zwiep weer weggeslagen te worden.'

De man wrijft even over zijn gezicht, alsof de wond daar nog nabrandt.

'Haar geliefde was Frankrijk. Niet dat daar een geliefde woonde. Ik wist zeker dat ze er geen had. Maar ze wilde naar Frankrijk. Het land. De paar keer dat ze haar mobiele telefoon pakte, scrolde ze langs Franse plaatjes, Frans nieuws en af en toe een Frans liedje. Ik hoorde haar fluisteren: "Ik kom eraan." Ze had er een zus wonen, ik vermoed dat die van haar een francofiel had gemaakt. Ik, daarentegen, wilde naar Duitsland. Toen ik nog niet wist dat ze zelfs in het Frans droomde, sprak ik over de groene, Duitse weiden. Ik kreeg er al snel spijt van, want Duitsland mocht dan wel Duitsland zijn, met z'n Siemens, Mieles, Audi's en BMW's, maar het was geen Frankrijk. En zou dat ook nooit worden. Wat ik ook aandroeg over Duitsland, ze werd alleen maar stelliger dat het Frankrijk moest zijn. Ingeprente lotsbestemmingen maken sommige mensen intolerant.'

Inmiddels kan hij erom lachen, het was *ma'lisj*, alles goed.

Gedurende het praten blijft hij goed om zich heen kijken. Hij ziet dat ik zijn oplettendheid opmerk.

'Alles onder controle. Ik ben niet bang voor de vreemdelingen-politie,' geeft hij aan. 'Maar ik heb hier wel vijanden rondlopen. Mensen met oud zeer. Weet je: oorlog drijft mensen uit elkaar. Voormalige beulen, die me in mijn vaderland maar wat graag te grazen zouden nemen, zijn ook hier neergestreken. Sommigen van hen sloegen, net als ik, op de vlucht, op zoek naar een wereld waar ze een nieuwe identiteit kunnen opbouwen. Die gasten, sommige zijn nog maar knaapjes, kan ik hier tegen het lijf lopen. En als ze me hier zien, geven ze dat door aan het thuisfront. Als ze mijn moeder vertellen dat ik ben gesignaleerd, zal haar dat enorme pijn doen. Daar ben ik bevreesd voor: dat het gerucht haar te gronde zal richten. Dus als ik plotseling verdwijn, voel je dan niet beledigd. Ik heb dan mijn toevlucht gezocht in een snackbar.'

Ik knik. Vraag hem of ik op mag schrijven wat hij me allemaal heeft verteld.

'Doe er je voordeel mee,' zegt hij. 'Maar wie wil mijn verhaal aanhoren? Een triest verhaal over een man die dacht dat hij het hart van een meisje uit Casablanca kon veroveren.'

Ik leg hem uit dat deze verhalen de stad misschien van haar ondergang kunnen redden.

'Daar help ik graag aan mee, de stad redden. Dat Arabieren zo ver zijn gekomen dat ze deze taak op zich nemen is reden tot trots. Is ons moment eindelijk gekomen? De generatie van mijn vader vroeg zich af wie de doodsklok zou luiden over de Arabieren; interne strijd, crises en geopolitieke machinaties hadden de regimes in wanstaltige dictaturen veranderd. Deze tijd is anders. De Arabieren denken groot. Ze denken vooruit. Ik hoorde een sjeik een keer op tv zeggen dat het Midden-Oosten, als aan de voorwaarden van modernisatie werd voldaan, het volgende Europa zou worden. Een baken van verlichting en verandering. Een applaus dat hem dat opleverde! En toen dat applaus was gekalmeerd riep hij hardop: "En nu aan de slag. Met applaus alleen komen we er niet."'

'Wellicht kan mijn verhaal als voorbeeld dienen,' gaat de man verder. 'Een stad zonder vrijheid is geen stad.' Hij knikt in zuidelijke richting, alsof hij met zijn blik een sprong naar huis maakt. 'Een ijsje van pistacchio eten bij de Bab Touma, de Knoflookpoort, waar de christenen wonen en men toegang krijgt tot de grote bazaar. Daar zou ik nu willen zijn, in mijn geliefde Damascus.'

'Maar je bent in Venetië.'

'Bundukkia,' reageert hij. 'Zo noemen wij deze stad. Weet jij wat het betekent? Het is een verbastering van *funduk*, de plek waar je overnacht. En Fundukkia is dan de stad waar je overnacht. In feite is dus elke plaats waar je slaapt Venetië.'

'Misschien is de kracht van deze stad dat iedereen er een keertje geslapen wil hebben. Genoeg voor een mensenleven aan verhalen.'

'De Grieken zeiden het al,' fluistert hij. 'Panta rhei. Alles stroomt. Niet als bevestiging, maar als onontkoombare opdracht. We moeten het laten stromen, want anders sterft het.'

Ik schrijf het op, en vraag hem om zijn naam, al is het maar ter herinnering. De man schudt licht met zijn hoofd.

'Wat me heeft gered is dat ik vele namen ken, zonder ooit mijn ware naam prijs te geven. Zou ik dat doen, ben ik mijn geheim kwijt. En mijn geheim is mijn kracht. Noem me maar Abou Battih, Zoon van de Meloenman. Mijn vader verkocht meloenen. In het voorjaar duur, in de zomer goedkoop. Hij wist precies wanneer de vrucht zo uit zijn krachten was gegroeid dat hij zijn smaak verloor. Ik herinner me hem als een goede man.'

Hij overhandigt me zijn telefoonnummer.

'Dan kan je mij bellen. En kan ik jou bellen als ik in jouw land ben. Dan gaan we praten. Over wat er na vandaag is gebeurd.'

Ik laat het nummer overgaan, en de zoon van de Meloenman haalt drie telefoons uit zijn zak. Eentje gaat er over.

'Vanaf nu zijn we verbonden,' zegt hij. En weg is hij.

6

Wat Sarah me schrijft is kort en bondig, wat ik haar schrijf is uitgebreid. Een schrijven dat aanvoelt als gulzig drinken. Deze stad. De ziltige smaak van haar water maakt me alleen maar dorstiger! Dit enthousiasme bevalt Sarah wel.

'Wat ook helpt is dat ik niets hoef te doen, behalve dit: eten, ontmoeten en noteren. Soms loop ik van het hotel naar het strand, waar ik tot mijn grote genoegen op een paar zonderlinge wandelaars na heerlijk alleen ben. Ook hier kwam het trouwens tot een ontmoeting. Een Senegalese man, dun en lang als een cipres, probeerde me wat Afrikaanse overhemden aan te smeren. Hij had ze alleen in XL, want dat past iedereen. Goede marketing, wierp ik hem toe, waarna hij in lachten uitbarstte. Het verkopen van kleding was voor hem een bijzaak. In Dakar had hij antropologie gestudeerd, en hij was naar het Westen gekomen om de Europese mens te bestuderen. Het liefst een sappig exemplaar met wat vet op de heupen, bij voorkeur een vrouw. Wederom gelach, want het laatste wat je moet doen is cynisch worden. Word je cynisch, ga je nog bij leven dood.'

Na mijn bericht voor Sarah te hebben geschreven, stuur ik mijn vrouw dezelfde mail, met hier en daar wat wijzigingen. Het verhaal met de Senegalees breid ik uit. Ik had aangeboden koffie te drinken, wat hij afsloeg – hij was tenslotte aan het werk en in de verte ontwaarde hij een groepje mensen, 'waarschijnlijk Russen, ik zie dat,' die hij ging overrompelen met zijn gulle lach en het woordje Russisch dat hij sprak.

Later die middag tijg ik naar de overkant van de stad. De vaporetto drukt zijn neus door het water, en vanaf de brede, lange kade die prachtig uitzicht biedt over het wateroppervlak, spoed ik me naar het Arsenaal. Ik loop snel, alsof ik op tijd wil komen voor een afspraak. Wat ik hier zoek? Ik jaag op andermans dromen.

Ik betreed het complex, waar kunstenaars de dienst uitmaken. Dit is niet altijd zo geweest. Vroeger bewaarden de Venetianen in het Arsenaal hun wapentuig. Hier kwam het hout uit het achterland aan, waarmee de machtige schepen werden gebouwd die de Republiek gebruikte om haar economische belangen militaire kracht bij te zetten. Richt je kanon op de vijandelijke kust en werelden openen zich. De leeuw met zijn vleugels, het wapen van Venetië, kijkt me uitgehouwen in marmer en steen aan vanaf de daken en deuren. Na de Tweede Wereldoorlog besloot men juist hier de kunsttentoonstelling te houden.

De hallen van de Biënnale zijn verlaten. De tentoonstelling, het tweejaarlijkse evenement vol spraakmakende kunst, is ten einde gekomen en wordt leeggehaald. Honderdduizenden nieuwsgierigen hebben hier de afgelopen maanden tientallen paviljoens afgelopen, om te kijken naar het werk van honderden kunstenaars uit alle windstreken. Er zijn geen toeristen meer te bekennen. Ik ben toeschouwer van een uitruiming. De laatste bezoeker.

De kunstwerken worden overgeheveld in grote en kleine houten kisten, klaar om terug naar afzender te gaan. Overal zijn mannen in de weer met heftrucks om de kisten op pallets te laden, waarna ze richting de gereedstaande vrachtwagens worden gebracht.

Ik kom niet voor de kunst. Ik kom voor het gezwoeg. Het wordt een korte werkdag; wat ik hier zie is al genoeg voor een pagina of twee. Terwijl ik om me heen kijk ben ik al bezig de informatie te verwerken tot hapklare stukken. Het schrijven begint niet achter het bureau, het begint op straat.

Bengalen, Egyptenaren en Jemenieten helpen de vervoersbedrijven met het inladen van de kunstwerken. Ze zijn de zakkendragers van de internationale kunstwereld, aan wie niets wordt verteld over de rijkdom die ze vervoeren, een deel daarvan buiten hun weten om zelfs gemaakt door landgenoten van hen. Ze werken gehaast en zien er vermoeid uit. Hun bewegingen beantwoorden aan de marsorders die ik hoor.

Als de Biënnale in de woestijn zou worden gehouden, ben je dicht bij een gigantisch aanbod van arbeidskrachten. Een onuitputtelijke voorraad van getalenteerde, ambitieuze en gezonde mensen, die, leergierig als ze zijn, met de juiste begeleiding en ondersteuning de verhuisde stad op kunnen bouwen. Wat een verlies van menselijk kapitaal, ze duizenden hachelijke en levensgevaarlijke kilometers te laten reizen, opdat ze hier kisten en kasten kunnen optillen, terwijl ze dichter bij huis gebleven onmiddellijk inzetbaar zouden zijn. Als er al een argument was om de migratie van de stad te verkiezen boven de migratie van mensen, zie ik het zich hier voor mijn ogen ontvouwen.

Wat alle sjouwers met elkaar gemeen hebben is hun jeugd. Nauwelijks ouder dan twintig, tweeëntwintig jaar, en waarschijnlijk niet in bezit van de juiste papieren om dit werk te mogen doen. Men ziet het door de vingers, want wie moet het anders doen? De vaste kern van dragers met papieren is rijkelijk aangevuld met losse krachten zonder vaste woon- of verblijfplaats, die na het contante loon ontvangen te hebben in rook op zullen gaan. Gedurende deze twee dagen kijkt de arbeidsinspectie gemakshalve de andere kant op; controle, en daarmee stopzetting, zou tot de gênante situatie van een totale stilstand leiden. En stilstand kan deze stad zich niet veroorloven.

Ik stap op een van de jongens af om hem, na een allerbeste *salaam alaikoem*, te vragen wat hij met het werk verdient. Het is de eerste vraag die in me opkomt.

De jongen geeft rustig antwoord. In zijn ogen zie ik dat hij het ook een belachelijk laag bedrag vindt. Hij drukt zijn handschoenen in zijn zij en puft een paar keer.

‘Maar, broeder, beter dat dan op de handen zitten.’

‘Hoelang ben je nog bezig voor dat geld?’

Hij wuift met de handen. ‘Nog een paar uur.’

‘Weet je wat je daar vervoert?’

Hij schudt met zijn hoofd. ‘Dat vertellen ze ons nooit. Ik weet wel dat het kostbaar is. Om het halfuur komt er iemand die ons aanwijzingen geeft en maant dat we rustiger aan moeten doen. Maar wie heeft er ooit geluisterd naar iemand die zegt dat je het rustiger aan moet doen?’

Hij loopt weg, en terwijl ik hem nakijk, verwonder ik me over de instroom van nieuwkomers hier. Een instroom die Venetië optilt. Want als al deze mensen er niet waren, was deze stad slechts een verzameling bakstenen geweest, bij elkaar gehouden door pleinen en straten. Toch heeft de stad zich in de loop der eeuwen tot de tanden gewapend tegen deze nieuwkomers. Als het moet is de lagune, met zijn paleizen en kerken, ook een vuist die genadeloos kan slaan.

En dat terwijl het rijk der Venetianen zich vroeger uitstrekte over de hele toenmalige beschaafde wereld. Niemand was haar gelijke. Er woonden Joden en Turken binnen haar gemeente. Het woord ghetto, de middeleeuwse naam voor de plek waar de Joden wonen, komt hier vandaan. De Venetianen trokken zich tevens weinig aan van de Inquisitie, het religieuze opsporingsapparaat dat stelde dat moslims vijandig waren, en er dus voor Moren geen plaats was in Europa. De stad had bijvoorbeeld, als enige plaats in Europa, een Turkse wijk, om de handel met het islamitische achterland gaande te houden. De uitwisseling van goederen, die de ontzagwekkende rijkdom van de trotse stadstaat mogelijk maakte, was niet gebaat bij religieuze sancties. In naam katholiek, in wezen gedicteerd door handel en commercie. Het patina van het geloof is er in de loop der eeuwen wel afgegaan, de zucht naar rijkdom is alleen maar toegenomen. Een perfecte samenvatting van de rusteloze ziel die de stad in feite nog altijd is, met haar niet aflatende drang om mee te spelen in de wereld.

'Hé, jij!' Ik schrik op, en zie een andere jongeman op me afstappen. 'Wat kom je hier doen?' vraagt hij.

'Verhalen halen.'

'Laat mij je dan wat vertellen. Ik heb dan wel geen pauze, maar ze stikken er maar in. Slavendrijvers zijn het. Waar is Amnesty International als je ze nodig hebt?'

'Kom je van ver?'

'Wat is ver? Er is altijd wel iemand die van verder komt. Of laten we zeggen dat wie in deze stad neerstrijkt nooit bepaald om de hoek woont. Toch bevalt het me wel hier.'

Hij trekt zijn handschoenen uit en komt naast me zitten. We schudden elkaar de hand. Die van hem is ruw. Hard. 'Zie je deze?' Hij laat me zijn massief bruine handen zien, alsof ze kunstwerken zijn. 'Een jaar geleden waren ze nog zo glad als die van een baby. Nu zijn ze blokken hout, aan alle kanten kapotgeslagen. Ik geef niemand de schuld. Dit heb ik zelf gedaan. Moest ik moedertje maar niet verlaten. Het moment dat je je moeder verlaat, kan je van alles overkomen.'

Hij vraagt in het Arabisch of ik een sigaret heb.

'Ik rook niet,' zeg ik.

'Ik wist meteen dat je er een van ons bent,' gaat hij verder. 'Maar wel eentje met een Europees paspoort.'

'Hoe zag je dat?'

'Nette kleding. Onbekommerde uitstraling. En een mooi gebit, te danken aan een goed werkend gezondheidssysteem. Laat me je tanden zien en ik zeg wie je bent. Ik heet trouwens Majied, maar iedereen hier noemt me Jad.'

'Aangenaam. Mijn naam is Omar. Wilde je altijd al naar Italië komen, Jad?'

'Voor Tunesiërs is het niet ver weg. Je stapt op een bootje en je tikt Italië aan. En vergeet niet dat ons land lang geleden een Romeinse kolonie was. Ze bouwden er steden met pleinen, theaters en badhuizen. Daarna kwam de islam, maar het besef dat we een intieme band hadden met de tuniekdragers is altijd gebleven.

Bij mij, in ieder geval. Mijn favoriete film is *Gladiator*, van die slaaf die in het Colosseum iedereen de kop afhakt. Ik ben ook een gladiator. Alleen bevecht ik niet de leeuwen, maar de slechte werkomstandigheden. Toch gedraag ik me als een ambassadeur van mijn volk wanneer ik in contact kom met Italianen. En dat is nodig, ook! Ik ontdekte hier dat er nogal wat vooroordelen over ons bestaan. Zo zouden we allemaal per boot komen, wat op de keper beschouwd niet waar is. Wist je dat de meeste migranten vliegen? Die bootjes maken domweg veel meer indruk als het gaat om het bespelen van de publieke opinie. Zodra je een bootje vol met migranten hebt gezien, krijg je dat nooit meer van je netvlies af. Met een vol vliegtuig gaat dat makkelijker. Afijn, waar was ik gebleven.'

'De Italianen.'

'Oh ja. Voor hen zijn we nog altijd die Saracenen, waar ze als kinderen de schrik mee werd aangejaagd. "Ga slapen, anders komt de Moor je halen!" Onze voorouders plukten hun knappe dochters en zonen van de stranden, om ze op de slavenmarkt van Algiers te verkopen. Eerlijk is eerlijk, we waren dol op die bellezza's. Maar zij kaapten op hun beurt ónze mensen voor hún markten. In Livorno staat zelfs een standbeeld met geketende Moren, dat aan die tijd herinnert. Je kunt maar ergens trots op zijn. Van mij hoeven ze niet weg hoor. Als de schandvlek geen fysieke schade aanricht, kan het een leerstuk zijn voor de komende generaties. Nooit meer slavernij. Maar we moeten niet kinderachtig doen over het verleden. Het was behoorlijk ruig. Mensen zagen geen grenzen, alleen maar mogelijkheden. Hoe denk je dat Venetië zo schathemeltjerijk is geworden? *Opportunities*, *opportunities*. Pakken wat je pakken kan.'

'Het was een nare tijd als je kind of vrouw was. Of toevallig het verkeerde geloof had. Een zwarte huidskleur droeg.'

Hij wijst naar zijn huidskleur. 'Er is niet veel veranderd, broer. Ik ben dan wel geen galeislaaf, maar net als de galeislaaf bivakkeer ik ergens in het onderruim. Onzichtbaar.' Zijn ogen draaien afwisselend naar mij en het groepje werkers. 'Omdat het altijd oorlog was, wist iedereen precies waar hij aan toe was. Met vrede is er meer instabiliteit en onduidelijkheid. Toch heb ik liever vrede dan oorlog.

Toen Amerika Irak binnenviel, gingen verzetshaarden en extremisten over tot het gijzelen van soldaten, burgers en journalisten. Ik heb me erover verbaasd dat dat nooit in verband is gebracht met de oude kaperspraktijken, uit de tijd dat de Spanjaarden op de Noord-Afrikaanse kusten beukten. De speldenprikjes van de Barbarijse zeerovers, zoals ze toentertijd vol achting werden genoemd, groeiden, vanaf het moment dat de Ottomanen besloten deze geloofsbroeders te ondersteunen, langzaam uit tot een echte bedreiging. In heel Europa werd de strijdkreet van deze Barbarijse zeerovers, vaak gesteund tot door de islam bekeerde Nederlanders en Engelsen, gevreesd en gehoord: "God is de grootste."

In Tunesië, waar ik vandaan kom, ben ik afgestudeerd op deze kaperspraktijken. Precies tijdens mijn onderzoek brak de oorlog in Irak uit, en kwamen al die verschrikkelijke onthoofdingsfilmpjes langs. Ik verafschuwde het. Maar de historische bronnen die ik onderzocht hadden het net zo goed over martelingen van gegijzelden, om de families van de gevangenen tot actie te dwingen. Gijzelen is de ultieme machtsgreep van de wanhopige. Hij die zich gegijzeld voelt, zal gijzelen.

Zo hebben we elkaar eeuwenlang over en weer bevochten; dan weer naar de slavenmarkt van Livorno gebracht, in Italië, en dan weer naar Algiers, kaperhoofdstad van de Ottomanen. Die tijd is voorbij.

Maar we worden ergens nog altijd gegijzeld. Door iets ongrijpbaars. De macht die Europa op ons uitoefent, is misschien wel destructiever dan die van vroeger – we zijn gegijzeld door de belofte van een betere toekomst. Het is een oud verhaal in een nieuw jasje. Hier zit ik. Gekaapt door mijn verlangen om te ontkomen aan een uiterst voorspelbaar leven. Ik heb mezelf uitgeleverd aan de omstandigheden hier. Omdat ik niet weet wat morgen brengen zal, vermoei ik je met verhalen uit het verleden. Oude verhalen. Die in mijn hart zitten, omdat ik weet dat mijn voorouders erbij betrokken waren. In een vorig leven was ik misschien ook wel een zeerover geweest.'

'Wanneer begon volgens jou dat oude verhaal?'

'Dat hangt ervan af wie het verhaal vertelt. Ik zal je vertellen met welk verhaal ik ben opgegroeid. Zeshonderd jaar geleden hebben de katholieken ons eruit gegooid, toen we hier leefden en bijdroegen aan hun beschaving en welvaart. Het is een verhaal waarin we de tuinen van Palermo verrijkten met citroen, hun keukens de couscous gaven, en in Córdoba duizelingwekkende gebouwen neerzetten. De Europese Moren, die er al eeuwen waren, vielen tussen hamer en aambeeld en moesten hun boeltje pakken. Enkeltje Noord-Afrika. Tot nooit-meer-ziens.'

'Maar wij waren in de tijd ook geen lieverdjes,' reageer ik. 'Vergeet niet dat wij – als je in die termen wilt spreken – veertig jaar eerder voor hun poorten stonden. Moslims waren klaar om Europa te veroveren, zo ver ging de macht van de Turken.'

'Dat klopt. Het was een over en weer. Hoe het ook zij, mijn vader was bezeten van deze geschiedenis, en hij bleef maar terugkomen op hoe rond 1500 de deur op slot ging voor moslims in Europa. En dat terwijl ze tot die tijd onderdeel waren geweest van de cultuur van het continent! Er waren Moren geweest in Andalusië, op Sicilië, in de Balkan. Ze bouwden prachtige paleizen, maakten schitterende mozaïeken, brachten fijn eten mee en introduceerden hier hun gewassen en muziek. Ik luisterde zelden naar mijn vader, en dacht vaak alleen maar: het is echt te lang geleden om daar nog wakker van te liggen.'

'En toch weet je er nu zoveel vanaf?'

'U kent het Arabische spreekwoord wel: "Lezen is de beste vorm van ontspanning." Ik heb een paar boeken gelezen. En door die boeken raakte ik alsnog geïnteresseerd in onze gemeenschappelijke geschiedenis. Maar vóór de boeken kwamen de verhalen.'

'Die van je vader?'

'Inderdaad. Ik kom uit een geslacht van verhalenvertellers. Ze traceren hun afkomst tot de grote koninkrijken van Granada en Córdoba. Ze hebben thuis sleutels liggen van de huizen van hun voorouders in Spanje. Die zouden nog op deuren passen. Het zal wel mythevorming zijn: ergens wordt een oude sleutel gevonden, men begint te fantaseren, en een generatie later is het plots onderdeel van de familiegeschiedenis.

Daar spelen ze dan mee, met die sleutel, en met de gedachte dat hij past op een deur in Andalusië. Is het niet zoet?'

Voorzichtig knik ik, benieuwd waar dit naartoe gaat.

'Ik ben opgegroeid met die sleutel, zonder hem ooit te hebben gezien. Zou er echt eentje zijn die op een deur ergens in een zijstraat van Granada past? Geef me die dan, ik open die deur wel.

Het kan niet anders of ik ben voortgedreven om die sleutel te vinden. Die deur. In een moment van troost maak ik mezelf wijs dat ik het niet ben die de beslissing heeft genomen naar het continent van deuren zonder sleutels te komen. Het waren mijn voorouders. Geesten. Een bezetenheid om terug te keren.

En hier ben ik. Denk niet dat dit mijn eindstation is.' Hij slaat zichzelf op de borst. 'Eerlijk gezegd interesseert die sleutel me niet meer. Ik wil niks te maken hebben met die geschiedenis. Ik wil eten en drinken. Ik wil vrijen en liefhebben. Ik wil het gevoel hebben dat ik in een rivier zwem.'

Plots meen ik een eenzaamheid in zijn stem te ontwaren. Alsof onder zijn zoektocht naar vrijheid een nederlaag schuilgaat. Ik ben er nog niet, ik weet niet of ik er nog zal komen. Zijn ruwe, sterke handen liggen voor het eerst slap in zijn schoot.

'Mis je je familie niet?' vraag ik.

'Met de feestdagen whatsapp ik met mijn ouders. Of we videobellen. Ik trek voor de gelegenheid dan een goed pak aan, doe een das om. Ik ga naar de kapper. In de weken voorafgaand aan het gesprek eet ik steviger voedsel, want ik moet ten minste twee kilo aankomen om een frisse blos op mijn wangen te krijgen. Ik zoek een mooie locatie.' Hij wijst naar de overkant. 'Dat hotel daar, van Al-Falak, is een geweldige plek om te videobellen. Ik ga er in de foyer zitten. Op een rustige plek. Zet mijn beste glimlach op. En bel. Wat ze zien is niet wie ik ben. Mijn ouders zouden het gesprek uren willen laten duren, maar ik heb met beveiliging te maken, en om geen argwaan te wekken moet ik het kort houden. Nadat het gesprek is afgelopen loop ik zo nonchalant mogelijk naar buiten. Dan voel ik me een zeerover, iemand die het Lot te slim af is.'

'Waarom Venetië?' vraag ik.

'Het was nooit per se Venetië. Het had ook Napels kunnen zijn. Of Marseille. Of Athene. De lange tocht die ik aan het maken ben, kent hier slechts een tussenstop. Geen slechte tussenstop, toch? Een plek waar de meditaties die ik placht te doen op het heden en verleden goed tot hun recht komen. De stad is voor mij een spiegel waarin ik mijn voorouders mag zien. En op een dag zal ik verder gaan. Naar een plek met wat minder geschiedenis, misschien.'

Zijn verhaal maakt me verdrietiger dan ik zou willen, en het kost me moeite de vinger te leggen op het waarom. 'Bevalt het echt?' vraag ik hem. 'Deze vrijheid?'

Hij kijkt me aan alsof ik hem probeer te beledigen.

'Ik moet je wat vertellen. Over iets wat hier in onze handen is gevallen. Wat we moesten demonteren en in kleine stukken op moesten bergen in grote kisten. Het was een kunstwerk. Een huis gebouwd van leem, zoals ze het in de oude culturen deden. Mali. Senegal. Je kent het wel. Het was van alle gemakken voorzien. Televisie. Wifi. Alles. Alleen woedde er om de vijftien minuten een hoosbui boven het lemen huis, waardoor de ruimte volliep met aarde en leem. De bui kwam uit een gigantische douchekop, en om het hozen te stoppen moest je naar buiten lopen en daar op een knop drukken. Daarna kon je dan besluiten of je weer terug naar binnen wilde. Maar ja, als je eenmaal nat bent, wordt het heel moeilijk om je die behaaglijkheid die je eerder ervoer nog voor te stellen. Dat raakte me. Wij hebben ook een paar van die hoosbuien meegemaakt. We hebben op de knop gedrukt. Maar we durven niet meer terug. Want wanneer we denken aan wat destijds de moeite waard was, worden we geconfronteerd met de pijn van al die hoosbuien. We zijn afgesloten van de vrijheid die we toen voelden. Als ik ooit een rijk man ben, zal ik dat kunstwerk kopen. Voor mijn nageslacht.'

In de verte wordt een naam geroepen. De jongeman staat op.

'Ik ben een hond die zijn baasje hoort.' Hij schudt me de hand. 'Als ze je vragen wie je hier ontmoet hebt, neem het dan voor ons op. Niet door ons te verdedigen alsof we heiligen zijn – God weet dat we vuile handen hebben gemaakt. Ik ook. Ik ben op het paspoort van een neef, die als twee druppels water op me lijkt, naar dit continent gevlogen. Hij woonde al jaren in Frankrijk. Op vakantie overhandigde hij me het paspoort en pas nadat ik vertrokken was, gaf hij het op als vermist. Er kraaide geen haan naar. Hij kreeg een nieuw paspoort. Maar ik kan niet meer terug, zelfs al zou hij mij zijn paspoort opnieuw geven. We lijken allang niet meer op elkaar.'

Hij omhelst me en loopt pesterig traag richting de arbeid die hem te wachten staat.

Terug in het hotel schrijf ik: 'Je verplaatst een stad. Maar verhuist het verlangen naar die stad dan mee? Of zal uit het achtergelaten gat de weggenomen stad opnieuw groeien, als een paddenstoel? Is de stad een schimmel?

Als het verlangen is een streep te zetten door de geschiedenis die ons heeft verdeeld in winnaars en verliezers, moeten we wellicht een grenzeloze stad zijn. Als voorbeeld voor de mensheid.'

Ik klap de laptop dicht en voel een steek in mijn kies. Tijd voor een tandartsbezoek als ik weer thuis ben. Waar anders hebben we dat goed werkende gezondheidssysteem voor.

7

Midden in de nacht word ik wakker met een opstandige maag. Linea recta ren ik naar het toilet, waar alles eruit komt. De avond ervoor dronk ik tijdens het diner in mijn eentje een kostelijke fles wijn op – de eerste uitspatting die ik me hier veroorloofde heeft meteen tot schade geleid.

Wanneer de zon opkomt bel ik mijn vrouw, om mijn pijntjes met haar te delen. Haar voorstel is me even af te sluiten voor het geroezemoes; de zintuigen kunnen maar zoveel aan. De ontspanning die ze me adviseert, spoort me aan precies het tegenovergestelde te doen. Ik moet echt naar buiten. Had mijn vader ook: om raad vragen en dat meteen aan zijn laars lappen. Het is een familietrekje, mijn vrouw kan het wel hebben. Op wandeltochten heeft ze er lol in als ik onverrichter zake terugkeer van een loopje dat ik heb ingezet, tegenovergesteld aan de weg die zij voorstelde. Zij wist dat me een ravijn of klif te wachten stond. 'Op een dag val je erin,' zei ze een keer. 'Dan zal ik bloemen neerleggen en verder wandelen.' Het is die laconieke toon die ons huwelijk doet overleven.

Op mijn verzoek liet het hotelmanagement een dokter komen. De arts die zich meldt gaat er eens goed voor zitten, en wat volgt is misschien wel het langste consult uit mijn leven. Ze behandelt me alsof ik op het punt sta een ruimtereis te maken, en in haar handen begrijp ik pas goed de omzichtigheid die mijn verblijf hier oproept. Ik ben de speciale gast en moet dus een speciale behandeling krijgen.

De vrouw vertelt me over haar aanstelling: geboren in Slovenië, een opleiding gedaan in Duitsland, en via een headhunter gerekruteerd om de inpandige arts van dit hotel te worden. Het hotel herbergt zo'n beetje alle nationaliteiten om het gaande te houden; ze somt er een paar op. In de waskamer lopen Filipijnen rond, bij de ontvangst wijzen Spaanse dames je de weg, in de lobby houden Nigeriaanse beveiligers, gekleed in comfortabele kleding, de boel in de gaten. Dan zijn er natuurlijk nog wat Indonesiërs in de spa, Japanners in het sushirestaurant, Marokkanen die de couscous maken en een Irakveteraan uit Texas die de helikoptertochtjes doet. 'Ons hotel verdient een zetel in de Veiligheidsraad,' grapt ze.

Nadat ze mijn bloeddruk heeft opgenomen en eens goed naar mijn huig heeft gekeken, stelt ze, precies zoals mijn vrouw, een dag rust voor. Maar antibiotica behoren ook tot de mogelijkheden, mocht ik weer snel op de been willen zijn.

Ik twijfel geen moment en laat het medicijn brengen. Om niet té hard van stapel te lopen besluit ik de ochtend binnenskamers af te maken. Wanneer ik aan het begin van de middag weer wakker word, is er een berichtje binnengekomen. De zoon van de Meloenman. De afgelopen dagen heeft hij me al een paar keer geappt. Meestal met filmpjes van het San Marcoplein, alsof hij het heel belangrijk vindt dat ik weet waar hij is. Ik antwoord altijd met een smiley en een opgestoken duim.

Dit bericht is anders. Hij appt me dat ik op een bepaald tijdstip op het plein een interessante gast kan vinden. 'Een kunstenaar. Echt iemand voor jou.'

Bij aankomst trekt er net een donderbui over de stad, en het plein is, op een paar Aziatische groepen na, zo goed als verlaten.

Daar is hij, hij wenkt me al, staat nog net niet met de armen te zwaaien. Blije kop. Kalend bij de slapen. Vlezige lippen. Levendige blik. Aan de kraaienpootjes om de ogen zag ik dat zijn leven weinig ruimte liet voor slaap. Mijn eerste instinct is om hem een goede maaltijd aan te bieden – tegen ingevallen wangen aankijken vind ik een hoogst onaantrekkelijk vooruitzicht. Het minste wat ik kan doen is hem na het gesprek meenemen naar een goed restaurant om eens flink te eten. Aardappelen met jus, een flink stuk rundvlees en een bakje met groenten.

We omhelzen elkaar, dat gaat intuïtief. De broeder van mijn broeder is mijn broeder. Hij heeft uitgekeken naar onze ontmoeting, geeft hij toe. We gaan in een café zitten, waar ik wat gebak voor hem bestel. De jongeman tegenover me schrokt zijn taartje naar binnen en giet er de koffie achteraan. Ik bestel nog een rondje. Het eerste halfuur gaat zo op aan het naar binnen werken van versnaperingen. Eten verbroedert, en ik concludeer dat hij een echte kunstenaar is, want echte kunstenaars zeggen nooit 'nee' tegen eten. Op de vraag of ik aantekeningen mag maken van ons gesprek, antwoordt hij met bolle wangen positief en tikt met zijn vingers in het luchtledige, ten teken dat ik vooral moet doen waarvoor ik gekomen ben. Dan veegt hij de laatste kruimels van het gebak naar binnen.

Hij vertelt me dat hij Palestijn is en dat ik hem Mahmoud mag noemen, wat niet zijn ware naam is. Zijn ouders zijn geboren op de Westelijke Jordaanoever, maar daar groeide hij niet op. Oorlog maakte al vroeg een vluchteling van hem, en sinds hij zich kan herinneren was zijn familie bezig nieuwe onderkomens te zoeken – het woord rust kwam niet in zijn woordenboek voor. Hij somt de landen op waar hij kortstondig heeft gewoond. Via Egypte, Jordanië was hij uiteindelijk in Syrië beland. Als vluchteling had hij geen status, en zijn familie sloot zich aan bij een andere familie die er al generaties woonde. Zo hielp men elkaar.

'Vormgeven aan je leven betekent voor mij voortdurend op je hoede zijn. Mijn bestaan is in scherven gevallen. Mijn familie verspreid over vele plaatsen. De droom van het thuisland jaagt ons op.'

'Wat doet dat met je, altijd op je hoede moeten zijn?'

'Het heeft me gedwongen mijn blik te scherpen. Misschien

wel omdat de eerste blik vaak ook de laatste kon zijn, zo vaak moesten we verhuizen. Ik kan gezichten die ik twintig jaar geleden als kind heb gezien nog steeds haarscherp tekenen. Wat er in de loop der jaren is veranderd, is dat ik die blik beter ben gaan begrijpen. Destijds vroeg ik me af waarom iedereen zo verdrietig keek, nu vraag ik me soms af hoe het mogelijk is om níét verdrietig te kijken.

Ik begon al heel vroeg met tekenen. Uit de mand met houtskool die mijn ouders gebruikten om tijdens het Offerfeest delen van het geslachte schaap te grillen – ik zal daarvoor gezien hebben hoe de huid van het beest na de slachting werd afgewikkeld – pikte ik een splintertje. Het gruis dat het afgaf op mijn vingers bezorgde me het gevoel dat mijn huid een blad was. Ik associeer tekenen met toevoegen en weghalen; een proces dat begint en eindigt wanneer jij dat wil. En niemand anders. Tekenen gaf me een enorme vrijheid, en tussen alle plichtplegingen van de grote mensen in, het bezoek dat binnenkwam en zich toegang verschafte tot ons huis, alsof het de normaalste zaak van de wereld was, de televisie die aanstond op Al Jazeera, waar de meest verschrikkelijk beelden van bombardementen op onze mensen binnenkwamen, was ik in mijn eigen concentratie opgesloten, was ik op wat lege velletjes met houtskool in de weer.'

'Wat tekende je?'

'Een donkere man en vrouw die mijn ouders moesten voorstellen. Een blatend schaap. Een mes ook, met druppels bloed eraan.'

'Wat een scherpe herinnering.'

'Hoe kan ik dit ooit vergeten? Al snel begreep ik dat elke verhuizing chaos betekende en dat ik zuinig moest zijn op mijn tekenspullen. Die werden als eerste terzijde gelegd wanneer we halsoverkop naar een nieuw woonadres moesten hollen. Ik leerde dit *the hard way*, nadat ik een keer niet goed had opgelet toen we op een dag overhaast in een Ford Transit werden gestopt. Ik zou me geen tweede keer laten verrassen. Voortaan hield ik mijn tekenspullen dicht bij me, waar ik ook ging, in een rugzakje waar niemand omkijken naar had.

'Wat tekende je nog meer?'

'Het gedroomde land, dat van de wereld niet mocht bestaan. En mijn oudere zussen. Zij waren achteraf gezien mijn eerste modellen. Ze lieten zich blijmoedig door me tekenen; de fluwelen gewaden die ze droegen, het haar dat los viel over hun schouders, de hoofddoek die een van hen omdeed als ze de deur uitging. Ook in hun kwetsbare momenten grepen mijn vingers naar de houtskool, en soms een aquarelstift, om wat ik voelde in hun gezichten vast te leggen. Nooit zeiden ze dat wat ik deed ongehoord was. Voor die openheid ben ik ze nog altijd dankbaar. Ze waren de beschermengelen die in de prille fase van mijn talentontwikkeling om me heen stonden om de kwade wereld van me weg te houden. De mens moet kunnen vergeten in wat voor wereld hij leeft, wil hij ontdekken waar hij echt goed in is.

Mijn zussen moedigden me aan, complimenteerden me. Ze hadden nog nooit een museum van binnen gezien, ze keken niet in kunstboeken, maar hun scherpe ogen zagen alles. Ze vraten me op met hun zachte oordeel. Een zus, die ik had getekend terwijl ze sliep, kreeg tranen in haar ogen toen ik haar de houtskooltekening gaf. Ze zei dat alles wat ze was in die tekening besloten lag. Ik weet zeker dat ze alle tekeningen die ik ze heb gegeven hebben bewaard.'

'Waar zijn ze nu?'

'Dat is politiek, daar praat ik liever niet over. Waar ik ook ga, ik neem mijn zussen met me mee. Het past niet om over ze uit te weiden buiten wat ze me hebben meegegeven.'

'Wat hebben ze je meegegeven?'

'Dat je kunst een wapen kan zijn.'

'Snapte je wat ze daarmee bedoelden? Je was nog zo jong.'

'Ik ben het later pas echt goed gaan begrijpen. Het is een steeds sterker wapen geworden. Een wapen waar ik me comfortabel bij voel. Maar laat me je vertellen hoe het verder met me ging.

Hoe meer ik tekende, hoe minder het me boeide wat er in de echte wereld gebeurde. Met mijn houtskool binnen handbereik kon ik overal thuiskomen.'

Mahmoud vertelt me dat de ontdekking van het talent in hem begon, maar ook in hem stopte. Dat het gebrek aan thuis dierbaren om hem heen verstikte, boos en ziek maakte.

'Om hun troost te brengen, fleurde ik mijn tekeningen op met vogels, het oude symbool van vrijheid, van vruchtbaarheid. Nageslacht. We shall overcome. Overal vogels. En die tekeningen gaf ik aan mijn zussen, die de tekeningen weer doorgaven aan dierbaren. Zo kon mijn werk duizenden kilometers verderop belanden, als een liefdesbrief. En wat ik terugkreeg, was dat het troost had gebracht. Een troost die een foto of een ontmoeting niet kon brengen. De gedachte dat iemand van hun gemeenschap onder moeilijke omstandigheden iets had gemaakt om aan hen te geven.'

'Welke vogel vloog het verst?'

Mahmouds ogen worden fel en meteen erop zacht.

'De vogel die door de spijlen van een gevangenisraam kroop om in de handen van mijn een-na-jongste zus te belanden.'

In vliegende vaart krabbel ik alles neer in mijn notitieboekje. Geen idee of ik dit kwijt kan in een verslag, maar misschien wel in mijn roman. Ik wil meer weten over die zussen in de gevangenis.

'Bezocht je haar?'

'Dat was onmogelijk. Zij en de andere gevangenen gingen in hongerstaking. Of de vrijheid of de dood.'

'Waarom deden ze dat?'

'Om hun zusters vrij te krijgen. Om aan de wereld te laten zien dat ze niet passief waren. Ze zetten het enige wapen dat ze tot hun beschikking hadden in: hun lichaam. Uiteindelijk gaven ze de staking op. Maar ze hadden hun doel bereikt. Hun zusters kregen het beter. Zij kregen het zwaarder. Een prijs die ze graag betaalden.'

‘Wanneer wist je dat je kunstenaar wilde worden?’

‘Dat wist ik niet. Ik was het al voordat ik wist dat wat ik deed kunst genoemd kon worden. Het voelde als het allerbelangrijkste in mijn leven. Ook omdat mijn zussen er zo’n waarde aan hechtten. Je moet begrijpen: er was veel verdriet in het gezin. Familieleden werden opgepakt, sommige verdwenen op klaarlichte dag, of werden ’s nachts van hun bed gelicht. Ik groeide op met de kennis dat ook ik op een dag kon verdwijnen. Mijn zussen haalden hun hart op aan mijn tekeningen. Ik deed ze de ellende even vergeten en dat is belangrijker voor me dan welke onderscheiding of prijs dan ook.’

‘Belangrijker nog dan in een museum hangen?’ Ik lach naar hem.

‘Ik zal de tentoonstelling “Tekeningen voor Fatima, Zohra en Salma” noemen, want zo heten ze. In die titel zit alles.’

We kijken naar buiten. Er valt even niets te zeggen.

‘Op een dag stond mijn vader voor de televisie te schreeuwen. De eerste en enige keer dat hij dat deed. De schreeuw trok mijn aandacht en ik haastte me naar hem toe. Ik dacht dat er iets was gebeurd, dat hij pijn had. Ik ben een nakomeling, mijn oudste zus is dertig jaar ouder dan ik, en ik wist dat mijn ouders sneller ouder werden dan ik. Er bleken twee vliegtuigen in twee grote flatgebouwen gevlogen te zijn, rook kwam uit de toppen. Ik moest denken aan de talloze sigaretten die mijn ooms rookten en rende naar mijn kamer, om daar tientallen vogels die rond een brandende sigaret vlogen te tekenen.

Vanaf dat moment gingen alle gesprekken over het naderende geweld. De tijd van vrede, als die ooit al had bestaan, was nu definitief voorbij. Alle hoop erop moest worden opgegeven om het vege lijf te redden. Mijn generatie was door wat er in New York was gebeurd een schietschijf geworden. Mijn manier om weg te duiken voor het gevaar was mezelf opsluiten in mijn tekenkunst. Ik bouwde met waskrijt, papier, houtskool en lijm een burcht tegen de nieuwe tijd. Ik moest kunstenaar worden wilde ik wat er komen ging overleven. Ik moest wat er komen ging tekenen. Het vastleggen. Niet vergeten. En zo overleven.

Tijdens mijn kunstopleiding in Damascus hoorde ik over de grote kunsttentoonstelling die hier elke twee jaar plaatsvindt. Eentje waar je als jonge kunstenaar alleen maar van kan dromen om er te mogen exposeren. Ik zag plaatjes van Venetië, en het Arabische karakter van de gebouwen trok me aan. Hier wilde ik naartoe, ooit op een dag.

Sinds ik van de Biënnale weet, droom ik ervan. Dit is de plek waar de culturen samenkomen en de internationale taal van de kunst wordt gesproken. We drukken ons hier uit in beelden in plaats van woorden. Woorden zijn giftiger en giftiger geworden. Woorden moeten vertaald worden om begrijpelijk te zijn, maar wie vertaalt doet de betekenis van die woorden geweld aan. Dus zal er verlies zijn.'

'Ik ben schrijver. Ik leef van de woorden, en geloof dat ze, naast heel veel ellende, ook heel veel goeds kunnen aanrichten. Ze kunnen het ongezegde aan de oppervlakte brengen. Juist het omgekeerde doen van wat jij stelt. Woorden kunnen laten zien wat er mist.'

'Een secuur werk om dat voor elkaar te krijgen. Schrijven lijkt me het moeilijkste wat er is, omdat het aankomt op nauwkeurigheid. Zonder precisie geen leven. Maar te veel precisie is de dood. Het leven dat ik leid, komt me soms voor als een droom. Een droom waar niets van klopt. En die zeker niet nauwkeurig is. Ik zou ook niet willen dat je de droom precies vertelt, dan verdwijnt hij. Verdwijn ik. Met tekenen kan ik dergelijke chaos veel beter verbeelden. Ik zet iets op z'n kop, ik laat iets weg, ik zet de contouren onscherp aan, zelfs slordig. Daarmee doe ik recht aan dit incomplete leven dat ik leid.

Sinds ik van de Biënnale weet, heb ik mezelf ingebeeld dat ik een trap aan het beklimmen ben.' Hij wijst naar een punt in de verte. 'Die trap gaat met me mee, en bij elke grens die ik overga, elke rivier die ik passeer, elk obstakel dat ik overwin, klim ik een klein stukje hoger. En die trap moet ergens eindigen. Een trap zonder einde is om moedeloos van te worden. Dus heb ik mezelf ingeprent dat de laatste trede van de trap de Biënnale is. Het gaat me niet om de plek. Venetië had ook Parijs kunnen zijn. Maar we worden hiernaartoe gezogen, willen allemaal hier zijn, hier thuiskomen. Een huis bouwen. Een huis dat we voor het oog van de mensheid weer laten afbranden.'

Ik moet denken aan het lemen hutje met de watersproeier. Aan de sjouwers die de kunstwerken naar buiten brachten, de vaart en snelheid waarmee het ging. Het zweet op hun voorhoofd. De frustratie dat het werk nooit af is.

Het plan zat al volledig gevormd in zijn hoofd; zou ik hem pen en papier geven en wat houtskool dan zou hij het paviljoen helemaal voor me uit kunnen tekenen. Enkel een sponsor ontbrak nog.

'Omdat de Palestijnen geen officiële status hebben, nog altijd op erkenning als land wachten, zal ik onderdak moeten vinden bij een van de andere landenpaviljoens. Ik hoop dat ze zo gastvrij zijn me die ruimte te schenken. Ik sluit geen enkel land uit. Zolang ik maar alle vrijheid krijg om mijn kunstzinnig plan te ontvouwen.'

'En zo niet?'

'Dan maak ik met een meegenomen vluchtelingentent mijn eigen paviljoen. En dan zal ik doen wat ik als kind deed en tekeningen maken waarmee ik mijn zussen een glimlach op het gezicht bezorgde.'

'Mag ik je werk zien?'

Mahmoud pakt zijn mobiele telefoon en opent de foto's. Vogels die kogels dragen. Vogels met het hoofd eraf. Vogels met mensengezichten. Vogels die kopje-onder gaan in een lagune. Heel veel vogels.

Hij vertelt over een terugkerende droom. 'Een geheimzinnig virus houdt huis in de stad. Alleen verschoppelingen blijken resistent, aangezien die onderweg naar de poorten van Europa zoveel ziekten hebben opgelopen dat dit virus geen schijn van kans maakt. Toeristen daarentegen sterven een voor een. De woede richt zich op de migranten, maar omdat de westerse migranten ook sterven is dat van korte duur. Uiteindelijk blijven alleen de zuidelijke mensen over. De illegalen. De ongedocumenteerden. De asielzoekers. De economische vluchtelingen.

Mensen als wij, dus. Aangespoeld wrakhout. En die bevolken het paviljoen. Ik kleed hen in de kleding van Prada en Louis Vuitton, de winkels zijn immers verlaten. Men kan naar wens shoppen. De migranten beginnen er een restaurant met het eten dat zij lekker vinden, maken de muziek die hun prettig in de oren klinkt, maar ze wagen zich niet op het water. Daar ligt trauma. Ze vervloeken het, want om het te kunnen overwinnen hebben ze offers moeten brengen. Op de bodem van de zee liggen hun kinderen, hun ouders. Hun geschiedenis en toekomst. Deze mensen hebben enkel het heden tot hun beschikking, omdat het water ze verder alles heeft afgenomen. Omdat de stad verstoken is van zijn kapitalistische impuls krijgen wij nieuwkomers eindelijk de kans een nieuwe wereld op te bouwen.'

Ik schrijf het op. Dit moet vanavond nog naar Sarah. Een stad waar verschoppelingen koningen zijn. Je bouwt een stad niet op geld, je bouwt haar op mensen. De hoeveelheid mensen die je weet aan te trekken, bepaalt de kracht van je stad.

Mahmoud is nog niet klaar. 'In Europa deed ik wat ik in mijn thuisland nooit had gedaan: vijf keer per dag bidden. Ik smeekte Hogerhand om vergiffenis. Ik smeekte om kracht. Als ik bad, deed ik dat in het volle besef dat in mijn thuisland mijn mensen hetzelfde deden. Het waren de onzichtbare draden die ik spon om alle werelden die ik in me droeg bij elkaar te houden. Ik ben een maker van spinnenwebben. Wanneer we aan ons lot overgeleverd zijn moeten we leren van de spin.'

Ik sla mijn notitieboekje dicht en bedank hem. 'Is er nog iets wat je wilt zeggen?' vraag ik.

'Het is veel makkelijker om een wereld te vernietigen dan op te bouwen. Een paar bommen doen het werk wel. Voor het opbouwen heb je vertrouwen in de toekomst nodig. Als je dat vertrouwen verliest, kan je net zo goed in een hol gaan wonen.' Hij vertelt me dat hij heel wat steden met de grond gelijkgemaakt zag worden zonder dat er een verhaal bij was gegeven. 'Vernietiging komt zonder gebruiksaanwijzing. Vernietiging heeft geen plan. En ook geen toekomst.'

We staan op. 'Ik neem je mee naar een restaurant,' zeg ik. 'Dat is wel het minste wat ik voor je kan doen.'

In een *trattoria* bestelt Mahmoud een voor-, hoofd- en nagerecht en omdat ik niet wil achterblijven doe ik hetzelfde. Tijdens het eten zeggen we geen woord. Wanneer alles op is, legt Mahmoud het servet op tafel, schudt me de hand en loopt weg uit de zaak.

8

Ik laat me van het hotelbed af rollen en kruip op handen en voeten dichter naar het raam toe, waar ik de zon op zie komen. Hoe kan ik hier in stilte lekker liggen slapen, terwijl op een steenworp afstand hele gezinnen aanspoelen, als sardines uitgekotst door de zee. Wat mij betreft is die stilte medeschuldig aan het zwijgen rond de onschuldige doden. De stilte van wanneer weer een bootje verzwolgen wordt door de zee. Prik mij maar lek.

Snel trek ik wat kleren aan, de veters van mijn nieuwe schoenen snoer ik iets harder aan dan normaal. Er is werk aan de winkel: de enige manier om aan deze stilte te ontkomen is door me er zo snel mogelijk van te distantiëren. Ik wil er niks van weten.

De reden waarom de autoriteiten het kampement niet hebben ontruimd, heeft te maken met een geschil dat loopt tussen de hoteleigenaren – de dochtermaatschappij die volledig onder Al-Falak valt – en de lokale overheid. Die laatste meent, op basis van een clausule die terugloopt tot de oorsprongsgeschiedenis van de stad, dat het achterliggende, braakliggende perceel van een hectare, ondanks wat er op papier is overeengekomen met de voormalige pachter, tot in de eeuwigheid gebonden is aan het dictaat van het stadsbestuur. Een regeling waar ook het hotelmanagement, ondanks alle legale aanspraken, zich aan dient te houden. De Arabische eigenaren zijn het hier niet mee eens. Ze vermoeden vooringenomenheid, gevoed door racisme. Zou er bezwaar worden gemaakt als de hoteleigenaar een blauwogige Zwitser was geweest?

Al-Falak stuurde er een razende reporter uit de Golf op af om er een vlammend dertig minuten durend journalistiek schotschrift over te maken, zodat honderden miljoenen Arabieren konden zien hoe het gesteld was met de zakelijke omgangsvormen in de Waterstad. De ontstane pr-schade kon de stad wel velen. Hij haalde zijn schouders erover op en hield vast aan de stoffige clausule. Maar de Arabieren lieten het er niet bij zitten. Ze blokkeerden de toegang tot het land, zetten er prikkeldraad omheen, hingen een carré aan beveiligingscamera's op, bouwden tiny houses om een stoet beveiligers te huisvesten, trokken waar nodig de muren twee meter op en rekruteerden een bataljon peperdure Italiaanse juristen om de weg naar de rechtbank met juridische modder te besmeren. Ze speelden op tijd. En ergens vond de investeerder het zelfs wel eervol dat de Waterstad, die toch bekendstaat om zijn onverschilligheid, hautaine gereserveerdheid en koppige zwijgzaamheid, alles uit de kast haalde om hen, oosterlingen, te verslaan.

Zo is het niemandsland achter het hotel ontstaan, dat beetje bij beetje bewoond wordt door nieuwe mensen, die er gratis en voor niks logeren. De ontstane status quo biedt voorbijgangers op zoek naar ademruimte de kans om neer te strijken. De overheid kan ze met geen vinger aanraken, want dan maken ze zich schuldig aan inbreuk op privéterrein, en het hotelmanagement zelf doet niets om het terrein af te grendelen voor menselijk verkeer. De beveiligers, zelf veelal van Arabische afkomst, spreken in hun moerstaal met de nieuwkomers; zolang vanuit de Emiraten de orders uitblijven, laten ze de druppelende instroom begaan. Maar als iets maar lang genoeg druppelt, verandert het vanzelf in een flinke plas. En precies dat is hier gebeurd.

De vlakte wordt in de kranten een provisorisch tentenkamp genoemd, al zien de nieuwkomers het zelf absoluut niet zo, gewend als ze zijn om in hun thuislanden in tenten te bivakkeren. Voor deze mensen staat het kamp gelijk aan een stad. Je kan er telefoons kopen, een mensensmokkelaar regelen, eten en drinken kopen om een bruiloft mee te vieren. Er lopen artsen rond die in geval van een besnijdenis het mes kunnen hanteren. Er worden hennaworkshops gegeven, verse sapjes genuttigd in een cocktailbar en tijdens grote voetbaltoernooien wordt er een laken opgetrokken om daar de wedstrijd op te projecteren.

Toen ik Sarah vroeg of zij inlichtingen had over deze bruisende community antwoordde ze dat dit niemandsland, wat Al-Falak betreft, niet bestaat. Vanuit hun toren in Abu Dhabi zien ze het niet. Dus dan moet ik het maar zien. Een van de wereldwonderen.

Het gaat er niet om of wat ik ga zien door mij aanvaard moet worden of niet. Daarvoor is het nog te vroeg. Alles is in ontwikkeling. Over een pasgeboren kind vel je toch ook geen oordeel? Het gaat erom de zaken met een zacht oog te bezien. Het is allemaal nog zo nieuw, en wat nieuw is komt ter wereld in een bedje van onmogelijke omstandigheden, omdat de wereld vol onmogelijke omstandigheden zit. Oorlog. Crisis. Vuilophoping. Armoede. Uitbuiting. Geweld.

Vingers zonder rouwranden zijn geen vingers. Toch grijpen ze heel aardig om zich heen, die vingers. Als de Waterstad dacht vrij te kunnen blijven van rouwranden, zegt ze eigenlijk dat ze niet van deze wereld is. Maar als je niet van deze wereld bent, heb je ook niks in deze wereld te zoeken. Dan ben je misschien het beste geholpen door weggenomen te worden. Het zijn allemaal gedachten die door me heen gaan terwijl ik naar buiten stap, en ik begrijp ineens beter waarom de sjeik zijn koortsdroom zo graag vervuld ziet.

Buitengekomen loop ik om het hotel heen, verwijder me van de continue stroom van bolides, strandgasten, en geraak aan de oostelijke vleugel, die begrensd is met prachtige palmbomen en grote rotsen. Ik weet heus wel dat daarmee wat hierachter gebeurt aan het oog onttrokken moet worden – de meeste gasten hebben totaal geen weet van het kampement, als ze al uit het raam kijken. De kijkrichting van het hotel is bijna rigide op de

Waterstad gericht. De kracht van dit paleis is dat het je kijken regisseert zonder dat je daar erg in hebt.

Ik klim, de knieën hoog opgetrokken, de handen tegen het mos aan, glijd tussen de bananenbomen door naar beneden, en het enige wat me nu nog scheidt van hen en deze wereld is het prikkeldraad. Wat ik vermoed is dat het prikkeldraad ergens een opening biedt: geen afbakening zo hermetisch of er zit wel een gaatje in. Een totaal gesloten grens kan niet bestaan. Behalve misschien op een begraafplaats, al zou ik zelfs dat niet als een plek van mogelijkheden willen afschrijven. Op heel wat begraafplaatsen wordt geleefd. Niet alleen door pissebedden en mieren, maar ook door mensen, die er wonen, kinderen baren en uiteindelijk sterven. De wereld is langzamerhand één grote begraafplaats aan het worden. Hoe gaan we al die hoogopgeleide doden herbergen? Het naderende ruimtegebrek is nóg een reden om deze stad te verplaatsen.

Het kamp is geheim en toch ook weer niet: de bereidheid om naar binnen te willen gaan maakt het verschil. Onder andere omstandigheden zou ik er ook aan voorbij zijn gegaan. Het is de nabijheid ervan, recht onder de neus van de miljardairs van deze wereld, die aan mij de doorslag geeft om deze verborgen plek te betreden. De plek die bewijst dat ontstellende rijkdom ontstellende armoede aantrekt. We kunnen weg proberen te wensen wat we willen, maar aan het einde van de dag komt de maan toch weer op om de zon af te lossen.

Wat ik aantref is de jeugd, die in roedels bezig is om de grens van hun wereld te verkennen. In die zin is deze ontmoeting een ontmoeting tussen grensgangers, met als enige verschil dat hun de vrijheid om mijn wereld nog verder te verkennen totaal is ontzegd. De kinderen die op me afspringen, vinden het wel leuk, een vreemdeling op bezoek. Dat zorgt tenminste voor afleiding. Althans, dat is hoe ik het opvat, maar ik blijk er al snel naast te zitten. Ze denken dat ik een hulpverlener ben. Vragen me om poedermelk, talkpoeder en luiers voor hun jongste broertjes en zusjes, en voor zichzelf om energierepen, kleurboeken en internettegoed. Voor hun oudere broers, zussen en ouders vragen ze om werkvergunningen, visa en schoenen met stalen punt, voor hun grootouders om witbrood, wasknijpers en mobiele telefoons.

Een wat oudere man, de druipsnor aan de punten grijs, het voorhoofd kalend, maar nog wel gezegend met dik haar aan de zijkanten, begroet me als een oude vriend. Ook hij denkt dat ik een van de schaarse hulpverleners ben die toestemming heeft gekregen om binnen te komen. Wijselijk besluit ik op te gaan in die rol. Mijn bezoek is geplaveid met goede bedoelingen, en de aanmerking dat ik van plan ben alles op te schrijven zou alleen maar tot verwarring leiden. De open blik is gebaat bij geheimhouding. De Syriër, hij heeft inmiddels zijn herkomst met me gedeeld, trekt me aan de arm mee dieper het land in.

Op een houtskoolvuurtje staat een ketel water te pruttelen in voorbereiding op de ouderwetse bedoeïenenthee, de geur van lamsvlees gebraden in komijn en koriander vliegt me al van verre tegemoet. Wie de ogen sluit zou zich op een foodfestival wanen, maar niets is minder waar. De vrouwen hangen de was op, de mannen halen hun broek op, de kinderen verjagen de verveling met gemakzuchtige tikspelletjes, die ontaarden in agressieve pesterijen. Elkaar afmatten haalt de druk van de ketel, en de ene ruzie is nog niet gesust of de volgende breekt alweer uit.

Opvoeden is hier geen topprioriteit, dat wordt me wel duidelijk, al kan ik mijn ogen niet sluiten voor de ambulante klasjes in de openlucht, waar een moedige juf, Ethiopisch of Eritrees, kinderen lessen rekenen en Italiaans geeft. Ze loopt tussen de groepen door – er zijn tenslotte geen wandjes om ze van elkaar te isoleren – en naargelang de leeftijd van de koters past ze haar didactische toon aan. Ik observeer haar een kleine twintig minuten en zie haar bij elke verplaatsing transformeren van serieuze leerkracht, voor de wat oudere kinderen, in een empathische juf voor de kleuters. Bij gebrek aan een bord tekent ze in de lucht, laat ze haar vinger stijgen en dalen om de cijfers tot leven te brengen. In hun hoofd moeten de kinderen visualiseren wat hun werd voorgeschoteld, hun verbeelding wordt maximaal aangesproken. Het maakt diepe indruk en voor het eerste sinds ik hier ben, voel ik een brok in mijn keel. Wat hier gebeurt kan natuurlijk niet, zou nooit worden getolereerd in de wereld buiten dit kamp. Maar hier is alles anders. Om van niets iets te maken wordt de verbeelding zelf in het geweer gebracht. Kijk ik hier naar de school van de toekomst, de wereld een klaslokaal, of naar een gebrekkige constructie die mij eigenlijk het schaamrood op de kaken moet bezorgen? Misschien wel allebei.

De grijze Syriër spreekt namens het hele kampement als hij zijn zorgen deelt over hoelang het kamp nog mag bestaan. Ik leg uit dat ik het volste vertrouwen heb dat, zolang het hotel er is, het kamp er ook mag zijn. Eén van de vrouwen die mee staat te luisteren schiet uit haar slof: 'Zacht oog, moge ze verbrijzeld worden door de spiegel van Ibrahim, mag het oog van Sarah hun benevelen, mag de mantel van Joessoef hun blikveld vernauwen – als ze echt om ons geven dan halen ze ons hier weg.' De oudtestamentische vloek mist zijn effect niet, een paar kinderen uit het klasje kijken verschrikt om. Woorden dragen kracht.

Ik bijt op mijn onderlip. Ik begrijp haar angst. Voel haar woede.

De vrouw voelt zich uitgedaagd. Ze neemt niet alleen geen blad voor haar mond, ze schuift naar voren. Ze komt net boven mijn middel uit, maar qua stemvolume overtreft ze iedereen in het kamp. Anders dan naar de andere volwassenen kijken de kinderen met ontzag naar haar op. Of toch in ieder geval de kinderen die een voorbeeld willen nemen aan een volwassene. Zij is de Uitverkorene. Standvastig. Brutaal. Oprecht Boos. Getekend door het leven.

'De weduwe,' hoor ik iemand fluisteren.

'Echte macht zou zien dat wij onder hun ogen wegrotten. Echte macht zou ons allang hebben weggehaald. Zij hebben mede bijgedragen aan onze situatie. Toen het erom spande hebben ze ons laten zitten. Toen we schreeuwden, stopten ze was in hun oren. En dan zouden ze zich nu ineens geroepen voelen om onze noodkreet te horen? Het is klaar. We zijn in Europa. Als ze al de helpende hand bieden, zijn we genoodzaakt die af te wijzen om ons verblijf hier niet te riskeren. Kan je dat overbrengen?'

Als een saluut breng ik mijn hand naar mijn voorhoofd. Hier past, los van de vraag of ik de aangewezen persoon ben de urgentie van hun boodschap over te brengen, enkel nederigheid. De buitengewoon scherpe toon van deze dame maakt me tot gevangene van haar wanhoop.

Na haar vlammende betoog laat ze me vrij, en krijgt de stilte een kans haar helende werk te doen.

'Zal ik doen,' stamel ik na een tijdje.

Ze ontspant. 'Dank je wel,' zegt ze in het Arabisch.

En daarmee is de kous af. De vrouw trekt zich terug. Waarschijnlijk omdat ze monden te voeden heeft, betere dingen te doen dan een wijsneus als ik nog wijzer maken, zonder dat ze er zelf iets aan overhoudt.

De rest van de ochtend besteed ik aan het aanspreken van mensen, om te vragen hoe ze hier terechtgekomen zijn. Wat ik te horen krijg, wordt verteld in korte, hoekige zinnen, verstoken van detail of levendigheid. Het zijn opsommingen, geen verhalen. Als ik maar één procent van hun emoties kan overbrengen aan De Waal en Partners, ben ik een geslaagd mens. Geschiedschrijvers zouden honderd jaar nodig hebben om de verliezen die deze mensen hebben geleden in kaart te brengen. Toch is hulpeloosheid hier ver te zoeken. Deze mensen willen tot actie overgaan, en het kamp bruist van ondernemingszin. Alles wat hier beweegt, is onderdeel van een bazaar van loven en bieden, van geven en nemen. Schaarste verheven tot motor van vooruitgang, zelfs al is dit kampement met spuug aan elkaar geplakt. Spuug van geleende goederen, gestolen woorden en gesmokkelde koopwaar.

Ik vind het allemaal even opwindend. Een vruchtbare wereld die op uitbreken staat. De lente die de winter klappen geeft, omdat ze erlangs wil en ziedende haast heeft. Dit is hoe morgen eruit zal zien als het vandaag plaats zou vinden.

Op de vraag waar ze naartoe willen blijven de meesten me het antwoord schuldig. Bij doorvragen begint het me te dagen dat het hele concept 'toekomst' ze weinig zegt. Ze hebben niet eens horloges, of mobiele telefoons. Althans, geen moderne mobiele telefoons. Ze lopen rond met de antieke modellen, die herinneringen oproepen aan de tijd dat het internet nog via de telefoonlijn binnenkwam. Alles is ze afgenomen en behoefte aan nieuwe technologie hebben ze niet. Bezitters van telefoons van recente makelij worden bijkans vereerd, maar ook met argusogen bekeken. Zij die beschikken over voldoende middelen om zo'n statussymbool aan te schaffen, zullen dat niet eerlijk verdiend hebben.

Ik staar naar het water, waar een groepje moeders vuile luiers wast in het Lido. In de verte doemt het silhouet van het hotel op. Ik krijg er een weemoedig gevoel bij, alsof ik kijk naar een berg die ik nooit beklimmen zal. Wanneer ik terugloop naar de openluchtklasjes krijgen de kinderen net een lichte snack uitgedeeld. Ze knabbelen er rustig op. Eten is de tijd stilzetten. Ik neem de vrijheid om de juf aan te spreken en stel me voor.

'Wat brengt u hier?' vraagt ze me.

De behoefte om mensen te spreken. U dus ook, als u wilt.'

'Ik zag u met de weduwe praten. Ik houd niet van haar. Met haar woede verstikt ze de hoop. Ze terroriseert ons met haar angstvisioenen, roept de hogere machten aan om haar autoriteit te bezegelen. Het zijn maar woorden, zult u zeggen. Maar ik zie het als gif. Het gaat tussen de oren van de kinderen zitten. Die geloven dat zo'n natuurkracht er niet zomaar is en nemen klakkeloos over wat ze zegt. Ze bevriest ze met haar doordringende blik. En ze foetert op mij; ik zou deze kinderen maar onnodig bezwaren met nutteloze kennis. Kennis die ze nooit of te nimmer in kunnen zetten. Het is jaloezie, natuurlijk. Wat zou ze graag in dat kleuterklasje plaatsnemen.'

'Voelt u zich door haar bedreigd?' Met haar lange nagels krast ze heel lichtjes over haar gezicht. Het doet me denken aan iemand die ik ken. Ze is een kind van bedoeïenen, net als mijn vader.

'Ik niet. Ik kwam hier met niets.' Ze wijst in oostelijke richting. 'Daar meerden we aan. Er was me verteld dat we naar een veilige plek gebracht zouden worden. De volgende ochtend keek ik uit over een toeristische trekpleister, waarvan ik als kind droomde het ooit te bezoeken. Venetië. De Waterstad. Het was geen droom. Het was echt. Maar we mochten absoluut niet de stad in. Dan zouden we alles kwijtraken. Ze maakten ons bang, de smokkelaars.'

'Ik zag dat je van lesgeven houdt. Je nam steeds weer een andere rol aan, naargelang de leeftijd van de kinderen.'

'Van huis uit heb ik kwalificaties als onderwijzer. Toen ik aankwam, besloot ik aan het werk te gaan. Mijn tijd nuttig te gebruiken. Als ik lesgeef, vergeet ik even de pijn. Dit lichaam is op. Het wil rusten. Kijk ik in de ogen van de kinderen dan wordt mijn aandacht opgeëist en ben ik kortstondig weg uit het lichaam. Daarom doe ik het met overgave. Het is het enige wat ik kan. Stop ik ermee dan ga ik dood.

Die kinderen verdienen het allerbeste. En omdat ze het allerbeste verdienen, voed ik ze met hoop. Daarom ben ik boos op de weduwe. Zij is haar kinderen kwijt. Ik neem haar niet kwalijk dat ze nergens meer in gelooft. Maar deze kinderen de hoop ontnemen, dat is wreed. Wat zij afpakt, geef ik ze terug.'

Inmiddels staat de zon op haar hoogste punt. Het is tijd om terug te gaan naar het hotel. Ik ben moe. Als ik maar een fractie van de indrukken die ik hier heb opgedaan kan overbrengen in de nieuwsbrief, is het goed.

'Ik wist trouwens meteen dat je geen hulpverlener was. Die bewegen anders. Praten anders. En zijn ook sneller weg. Ze komen de volgende dag weer terug. Telkens dezelfde routine. Jij zal niet terugkomen, dat is één ding dat zeker is. Ik ben je gevolgd door het kampement. Het beviel me wel, zoals je het contact met de mensen aanging. Daarom besloot ik met je te praten.' Er komt een groepje kinderen aangerend, ze pakken haar bij de hand en lijken haar mee te willen trekken. 'Ze snakken naar les. Vakantie hebben ze al genoeg.'

'Wat ga je ze leren?'

'Ik ga ze vertellen over de stad die hier aan hun voeten ligt. Waar ze ongewenst zijn. Ik ga ze vertellen dat hun voorouders hier ook waren, en dat zij, ondanks alle oorlogen die er toen heersten, welkom waren.'

'Je zet de stad in als lesmateriaal. Dat doe je goed.'

'Ik heb het gevoel dat jij dat ook doet. Succes.'

Later die dag wandel ik voor de zoveelste keer over het San Marcoplein. Verderop zie ik een zwerm vogels opvliegen. Verjaagd door een donkerbruine straathond, die toevlucht zoekt bij een rondhangende bedelaar. Het is El Moro, een zwerver waar de zoon van de Meloenman (op mijn telefoon inmiddels opgeslagen onder de naam Meloen) me via de app op heeft gewezen. Hem moet ik hebben. Hij begeeft zich tussen het plein en het Canal Grande; het is eerder een kwestie van tegen hem aanbotsen dan een afspraak maken. De zoon van de Meloenman weet het filosofisch te brengen: 'Het toeval maakt de afspraak.' Dat hij de naam El Moro draagt maakt me nieuwsgierig, dat Meloen hoog over hem opgeeft nog nieuwsgieriger, en dat hij zich moeilijk laat vangen maakt me ambitieus.

Als ik na anderhalf uur vruchteloos rondjes lopen besluit terug te keren naar het hotel, zie ik hem staan, in gesprek met een Afrikaanse vrouw. Ze lachen breeduit naar elkaar, alsof er een afspraakje in de maak is. Als hij wegdraait van haar om zijns weegs te gaan, stap ik in vier, vijf korte stappen op hem af. Hij is verheugd me te zien en drukt me tegen zich aan. Ik ruik een mens die wat douchen betreft al enige tijd droog staat. Hij is zijn eigen klerenkast. Maar dat maakt niet uit, ik ben inmiddels wel wat gewend.

'Alleen niet nu,' zegt hij, 'want ik heb een belangrijke afspraak.' Hij zegt het met de serieusheid van een man die veel ijzers in het vuur heeft hangen. Belangen die voorgaan.

'Snel een andere keer?' bedel ik naar meer contact.

'Altijd, broeder, altijd. Morgen? Zelfde tijd, zelfde plaats.'

Hij loopt weg. Ik kom niet van mijn plaats, staar verwilderd naar mijn schoenen. Waarom maakt deze ontmoeting direct zo'n indruk op me? Na een minuut of wat hoor ik geschreeuw. Ik kijk op en zie een grote mensenmassa bij het water staan. De Moor is nergens meer te bekennen.

9

Een zuster buigt zich over de Moor, die ik uit het water heb helpen vissen. De man die híj weer heeft gered, is buiten levensgevaar, en alweer uit het ziekenhuis ontslagen. 'Het zal wel goedkomen,' zegt de zuster. 'Het is de shock waar hij van moet bijkomen.' Ik neem een kopje thee van haar aan. Ze hebben me droge kleding gegeven: een trainingspak dat ze ergens in een opberghok hadden liggen.

Nadat ze de Moor te ruste hadden gelegd, had het ziekenhuispersoneel bij me geïnformeerd of ik familie was. Een vriend? Nee, ik was een voorbijganger die hem toevallig zag verzuipen.

Wanneer de zuster de kamer heeft verlaten, grijp ik naar de telefoon van de Moor, die al dat water wonderbaarlijk genoeg overleefd heeft. Op goed geluk druk ik vier keer de nul in. Het scherm licht zowaar op. Wat een luiwammes, niet eens een eigen wachtwoord verzonnen.

Als achtergrondfoto heeft hij een oase met wat armetierige palmbomen – de oprukkende woestijn heeft de bomen kaalgevreten. Ik scrol door de laatst gebelde nummers. Bij de meeste krijg ik geen gehoor, en zij die wel opnemen, hangen weer op wanneer ik de situatie uit probeer te leggen. Maar dan tref ik een nummer aan opgeslagen in het Arabisch met 'Broer. Hakim.'

Ik bel. De telefoon wordt onmiddellijk opgenomen.

'Salaam?'

'Salaam.' Ik stel me voor en leg kort uit waarom ik bel. 'Dus deze man is je broer?'

Hij bevestigt het. Ik vertel hem afgemeten wat er is voorgevallen. Er gaan zeker tien seconden voorbij voordat ik zijn stem weer hoor.

'Hij leeft?'

'Hij ligt hier naast me. Ik heb geholpen hem uit het water te krijgen. Ik ben meegegaan naar het ziekenhuis. Hij is veilig. Ze zeggen dat er zo snel mogelijk iemand komt die hem verder kan helpen.' Ik haal diep adem. Wat ik straks nodig heb, is een heel groot glas bier. De dag wegspoelen. En als ik dan nog steeds dorst heb, neem ik er gewoon nog een.

'We vroegen ons al af waar hij bleef. Hij is een paar dagen geleden uit de WhatsAppgroep van ons dorp gestapt. Wat ik ergens ook wel begreep, want je wordt horendol van al het geklets. Toch was het wel onverteerbaar dat hij niets van zich liet horen. Hij is trots, ik ben trots, wij zijn trots. Dat helpt het contact niet. Wat ik weet is dat hij weleens wat foto's en filmpjes richting een neef stuurde. Maar ook die hoorde niks meer van hem. Ik dacht dat hij misschien in een of andere illegale praktijk was terechtgekomen.'

Ik stel hem gerust. 'Hij probeerde een man te redden die in het water was gevallen. Je broer is een held.'

'Dat verbaast me niks. Onder die koppigheid van hem zit een gouden gast. Hij was in het dorp een lastige jongen. Liever bezig met de geiten dan met ons. Tegen onze adviezen in besloot hij via een illegale weg naar Europa te reizen. Maar hij is ook diegene die in het water zou springen om iemand te redden. Zo is mijn broer. Al vind ik het ergens wel opmerkelijk: bij mijn weten heeft hij nooit leren zwemmen.'

'Gelukkig heeft hij het overleefd.'

'God is groot. En natuurlijk ook goed dat jij in de buurt was. Mocht je ooit in deze contreien komen, ben je van harte welkom in ons dorp. Je zult ontvangen worden als een koning. Hand op het hart dat je niets tekort zult komen.'

Ik vraag hem waar ze precies vandaan komen en tot mijn verbazing ligt zijn dorp niet heel ver van de regio waar mijn vader opgroeide. Ik vertel hem dat, zolang de Moor in het ziekenhuis ligt, ik me om hem zal bekommeren.

'Onze broer is een bijzondere. Vraag hem je verhalen te vertellen. Dat is zijn lust en zijn leven. Hij plukt ze gewoon uit de lucht. Het is een bijzonder talent voor iemand die nauwelijks boeken heeft gelezen. Ja, vraag hem te vertellen, daarmee help je hem beter te worden. Hij wil gehoord worden. Wees zijn gehoor.'

Ik hang op en mijn lichaam ontspant. Via de schouders rolt de rust naar mijn bekken, ik knak met mijn tenen. De adrenaline die het lichaam verlaat. Ik zak onderuit op de stoel en val in slaap.

Ik schrik op door gehoest en geproest. Een verpleegster staat voorovergebogen over het bed. De Moor is wakker.

'Leeft de man nog?' is het eerste wat hij me vraagt nadat de zuster weg is.

'Ja, de Afrikaan heeft het gered.'

'En niet eens een dankjewel.' Hij lacht. Apart gevoel voor humor.

Ik reik hem een pakje jus aan. Hij tilt zijn lichaam op, zodat hij het rietje er goed in kan prikken. Hij scheldt. Het rietje is gebroken. 'Ben ik daarvoor teruggekeerd uit het rijk der doden, om te ontdekken dat rietjes nog altijd bagger zijn.' Hij brengt het pakje naar zijn mond en knijpt het in één teug leeg in zijn mond. 'Lekker.'

Hij kijkt om zich heen. Uit mijn tas haal ik een sandwich. Hij schrokt het broodje met grote happen naar binnen.

'Ik heb je broer gesproken,' zeg ik, en wijs naar de telefoon die naast hem ligt.

Hij zucht. 'Hij zal wel hebben zitten klagen waarom ik niets van me liet horen. Als je langer dan twee dagen zwijgt beschouwen ze je als gestorven.'

Ik vertel hem dat zijn broer trots op hem is.

'Hoe ben jij eigenlijk in deze stad verzeild geraakt?' vraagt de Moor. Zover waren we inderdaad nog niet gekomen, voordat hij het water in was gesprongen.

'Ik verzamel verhalen.'

'Ik heb je eerder gezien. Je sprak met de zoon van de meloenenverkoper. En die Palestijn die zo dol is op tekenen.'

'Dat klopt. Ik ben hier met een opdracht.'

'Ik weet het. De mensen die je hebben gestuurd willen weten of deze stad levensvatbaar is. Maar de locals wilden niet met je praten. Venetië is een zwijgzame stad. Dus toen vond je ons. De mensen op doortocht. Ik knijp een pakje sap leeg, jij knijpt de mensen leeg.'

'Mensen laten zich leegknijpen.'

'Goed geobserveerd.'

'Mijn vader vertelde me dat zijn voorouders in een bewegende stad woonden. Duizenden kamelen die honderden tenten droegen. Zo verplaatste de stad zich. Als de plek van vestiging eenmaal uitgeput was, stond de stad op om verder te gaan. Wat verlaten werd, kreeg zo de kans zich te herstellen. En als ze maanden later terugkeerden naar diezelfde plek, waren de seizoenen er overheen geweest en kon alles weer van voor af aan beginnen.'

Het maakt de zuster blij wanneer ze ons in een geanimeerd gesprek aantreft. Ze stelt de Moor op de hoogte van zijn gezondheidstoestand. 'Er is geen gif in u gevonden,' zegt ze op geruststellende wijze.

'Ik zou dan ook nooit het water van Venetië drinken! Ik zou niet durven, veel te zout!'

De zuster lacht. 'U heeft uw gevoel voor humor niet verloren.'

In het Italiaans neem ik de stand van zaken met haar door. Ik blijf voorlopig nog even.

'Je broer zei dat ik je een groot plezier deed als ik je om een verhaal vroeg.'

'Wijze broer heb ik.'

10

'Al sinds mensenheugenis komen ziektes in deze stad aan land,' begint de Moor. 'Er werd ooit een eiland ingericht waar de bemanning van een mogelijk pestschip, afkomstig uit het Oosten, veertig dagen in isolatie werd gehouden. Het woord quarantaine komt er vandaan, quaranta, veertig. En nu zijn de cholera en de pokken en de pest terug van weggeweest. Ze breken uit daar waar mensen uit elkaar worden gereten. Door gewapend conflict stort de gezondheidszorg in. Het Rode Kruis kan maar beperkt hulp bieden; de toediening van vaccins wordt enorm gehinderd door politieke spelletjes. En wanneer de gezondheid uit het zicht raakt, is de mens gedoemd.

Op het plein raakte ik bevriend met een aan lagerwal geraakte Kroaat. In een vorig leven was hij eerste violist van een gerenommeerd orkest in voormalig Joegoslavië. Hij was getrouwd met een Koeweiti, die had moeten vluchten voor de oprukkende troepen van Saddam Hoessein, die begin jaren negentig haar land waren binnengevallen. Ze overleed aan een verwaarloosde griep.

Hier speelt hij als straatmuzikant. Soms horen muziekliefhebbers tussen de ruis door het voormalige talent. Dan complimenteren ze hem. En belonen hem. Alles wat hij speelt, speelt hij voor zijn vrouw.

Maar over hem gaat dit verhaal niet. Dit verhaal gaat over zijn broer. Laat me het je vertellen.

Op de reling van het schip staat de kapitein links van de loopplank op zijn gebruikelijke plek. Hij hoest een paar keer flink. Venetië ligt voor hem als een onopgemaakt bed.

Met vinger en duim drukt hij tegen zijn hals; misschien toch eens vroeg naar bed. Maar dat wil hij helemaal niet: de oversteek van de Italiaanse naar de Kroatische kant, van Venetië naar Dubrovnik, wordt traditiegetrouw gevierd met een gezellig avondje muziek. Er zullen drankjes rondgaan en de eetzaal zal worden omgetoverd tot een dansvloer, gevuld met verliefde stelletjes en hem als stralend middelpunt. Met zijn zoete stem zal hij alle chagrijn doen verdwijnen, zal alles samenkomen. Het water. De zee. De wolken. De liefde. De verbroedering. Een glaasje pruimenlikeur, het enige glas alcohol dat hij zich permitteert, en dan Beethovens *Negende*. Hij zingt uit volle borst. Soms wordt er meegezongen, de Duitsers meestal wat fanatieker dan de rest.

De zingende kapitein, de hartenbreker. Zijn doorleefde, wat brokkelige stem past perfect bij de Balkansmartlappen die hij graag zingt, waarvan niemand de tekst begrijpt, maar het sentiment wel driedubbel onderschrijft. Meestal gooit hij er ook wat Spaanse en Engelse *golden oldies* in: 'Dos gardenias' en 'My Way', dan is de show compleet. De liedjes voeren het overwegend oudere publiek naar hun vroegste momenten van liefde en overgave. Wat toen een ontdekking leek, voelt op het schip als wedergeboorte. Een nostalgisch kruikje, waar gulzig uit wordt gedronken. Dan kijken ze naar hem, half ontroerd, half verwonderd, die glimmende kale kop gestoken in die prachtige smoking. Varen is houvast geven, zingen is loslaten. De gasten krijgen geen genoeg van de aangename deining die het ratjetoe van liedjes in de weke onderbuik veroorzaakt.

Kroatië is het land waar hij vandaan komt, al heette het toen hij geboren werd anders. Joegoslavië, een naam uit een sprookjesboek.

Als het om zijn vaderland gaat vertelt hij in voorwaartse

richting. Hij begint bij zijn jeugd – toen de volkeren nog met elkaar mengden, en etniciteit of geloof geen reden was om elkaar dwars te zitten – om te eindigen vlak voordat het misging, het land in de val van gepolariseerde haat tuimelde, het verlichte verstand werd aangetast door een zich naar binnen vretend virus, dat aan alle gematigdheid, gastvrijheid en naastenliefde een einde maakte, en een gat sloeg tussen de mensen, zo diep dat alleen de doden eruit konden klimmen.

Hij wil zijn gasten behoeden voor daar waar grenzen getrokken worden, waar mensen beginnen te schuiven. Nog los van het feit, overigens, dat hij er niet over mág praten: in zijn contract staat dat hij voor een aangename sfeer moet zorgen. Dus giet hij de wrok van het afgesneden zijn in de liedjes die hij zingt. Alleen de gast die er oor voor heeft, die wellicht zelf ontworteling heeft meegemaakt, zal het kunnen horen. Een peilloze kloof tussen wat was en wat er overgebleven is, die schijnbaar oppervlakkige liedjes kunnen overbruggen.

Iedere keer weer komt hij tot rust, als de oversteek naar de Kroatische kust, de blik op Dubrovnik, haar indrukwekkende burcht, aanstaande is. Het blauwe water, dat langs de kust bijna Caraïbisch van kleur is. Ziet hij Dubrovnik dan ziet hij zijn moeder. Onwrikbaar, uit één stuk, nooit verdwijnend. De warme boezem die de heuvels voor hem zijn, een landschap dat hij kan lezen als de palm van zijn hand. Altijd uitnodigend tot dagdromen. Slaapliedjes waarvan het einde hem ontglipt. Als de kust van zijn kindertijd dichterbij komt, gaat zijn hart net wat sneller kloppen, wordt zijn stem net wat dieper, en lukt het hem veel beter zijn weemoedigheid te laten klinken.

Bevangen door deze koorts van nostalgie, een goedkope drug, maar oh zo lekker, is hem niet langer duidelijk waar Kroatië begint en Joegoslavië eindigt, en profeteert de kapitein dat iedereen altijd dat mist waarvan men niet wist dat men het kon kwijtraken. Joegoslavië, het verloren Paradijs. Al die gevoelens smelten als druipend vet over de hete liedjes die hij zingt.

Er sterft weleens iemand aan boord. Je kan dat niet voorkomen. Mensen sterven op het land, sterven in een hutje, sterven op het slagveld, sterven aan de ontbijttafel, sterven tijdens een wapenstilstand, sterven schrijvend aan een liefdesbrief, sterven terwijl er een TikTokfilmpje wordt opgenomen, sterven aan de rand van een ravijn, sterven in bad, sterven gezeten aan de couscousmaaltijd op de Gezegende Vrijdag, sterven alleen, sterven omringd door honden, omringd door engelen, sterven met het bord op schoot, sterven liggend op oude kranten, sterven aan de bedding van een rivier, sterven terwijl ze de laatste bladzijde van *Duizend-en-een-nacht* uitlezen en het einde net niet bereiken, sterven aan het begin van een gedicht, sterven staande aan het hakblok in een slagerij, sterven in een koelcel, sterven op een maandagochtend, sterven wanneer het twee halen een betalen is, sterven in het ziekenhuis, sterven in de kraamkamer, sterven in het riet of een moeras, en er zijn er dus die sterven op het schip.

Maar ook de stervende wordt een kamer niet ontzegd. Hij wordt in een eenmansmortuarium opgeborgen, en als men het op prijs stelt, wordt er een dienst gehouden. Het zeemansgraf is al lange tijd afgeschaft, en de koelcellen kunnen een lichaam weken, maanden goed houden. Wanneer er land in zicht komt, maakt de partner zich klaar om afscheid te nemen van de bemanning, en brengen de matrozen de laatste eer door aan dek te staan, de kist uit te zwaaien. Zo krijgt de overdracht een waardigheid die de aanwezige passagiers hun leven lang niet zullen vergeten. Meestal staat er aan wal al een lijkwagen te wachten, waarvan de motor altijd stationair staat te draaien. Dat moet wel, want de dood kiest zelf zijn tijd uit om aan te komen en weer te vertrekken.

De kapitein hoest weer een paar keer flink. Ergens daar, verstopt in deze stad, loopt zijn broer met een viool onder zijn arm. Contact met hem maken heeft geen zin. Sinds de dood van zijn broers Arabische vrouw wil hij niets meer weten van familie en kennissen. Dus stuurt de kapitein hem al jarenlang brieven, die gretig gelezen worden. Als het op papier staat kan zijn broer het contact wel aan.

Een groepje scheepsjongens klimt aan boord; overwegend Filipijnen en Maleisiërs. Hij knikt naar ze. Ze waarderen zijn ontspannen omgang met het bezoeken van de pleisterplaatsen. Door zijn jarenlange ervaring weet hij dat je juist de werkpaarden de tijd en ruimte moet gunnen om de benen te strekken. Immers, zij zullen nog lang nadat alle passagiers huiswaarts zijn gegaan verantwoordelijk blijven voor het schip. Sommigen hebben hun gezinnen jaren niet gezien, en het souvenirtje uit Venetië dat ze opsturen is een teken van leven. De satelliet die een signaal stuurt. 'Ik ben er nog. Onderweg. Nog heel even.'

Bij het betreden van de loopplank zwaaien een aantal reizigers enthousiast naar hem. Ze zijn hem gaan zien als de grote, vriendelijke blauwogige Veerman, die hun van de ene prachtige pleisterplaats naar de andere brengt, hun horizon oneindig verbreedt, en voor wie de wereld geen geheimen heeft. Het is een rol waarvan hij vindt dat die hem goed past en in de loop der tijd is hij zich ernaar gaan gedragen. De ideale kapitein, waar ze voor het eerst kennis mee maakten in de televisieserie *The Love Boat*.

Een serie die hij zelf ook zag als kind. De VHS-banden, met daarop de in het Westen opgenomen afleveringen, werden door Joegoslavische familieleden die in Duitsland werk hadden gevonden mee naar huis genomen. De band had een lange reis, langs talloze videorecorders, gemaakt, voordat hij er uiteindelijk mee werd verrast. De kwaliteit had te lijden gehad door het vele kijken en terugspoelen, maar dat deerde hem niet. Hij leerde de Duitse taal van kapitein Stubing en de altijd goedlachse Isaac Washington, de barman wie niets ontging. Het Westen kwam in de vorm van een plezierschip, altijd onderweg, niet gebonden aan arbeid, productie of winstoogmerk. Als je er zo naar keek, leek in het kapitalistische Westen de eindfase van het communisme al bereikt. Een wereld waarin de mens bevrijd is van het vernederende werkrooster. Een eeuwige vakantie.

Uiteindelijk was het het avontuur dat hem naar de zeevaart trok, niet de dienstverlening. Hij was niet ongevoelig geweest voor de verhalen die de gastarbeiders mee terugbrachten naar zijn vaderland. De grote vaart zou hem nog veel verder brengen dan Duitsland. In een atlas trof hij een verafgelegen eiland aan, Tristan da Cunha, en met zijn vinger trok hij een streep van Split naar het eilandje. Op een dag zou hij daar aanmeren, zijn vinger een kus geven, in de lucht steken en door de wind laten afkoelen.

Op een van zijn eerste reizen als ketelbinkie trof hij een meisje met kronkelige lokken aan. Clarissa, heette ze. Zomersproeten gebundeld rond een glimlach, hagelwitte tanden, de kracht van fluoride en goede gezondheidszorg. Het economische wonder van het Westen weerspiegeld in een stralend gebit.

Hij trok met haar op; hij sprak Duits en Engels, dat hij had opgepikt bij zijn collega-matrozen. Ze vertelde hem over Nederland en hoorde zijn scheepsverhalen aan. Ze was een goede luisteraar, en zijn verhalen werden steeds groter, krachtiger. Dat hij naar het einde van de wereld zou varen. Dat de wind hem littekens had bezorgd. Er gaapte een kloof aan ervaringen tussen hem en haar, die hij dichtte door te vertellen.

’s Avonds schreef hij zijn broer over wat hij haar had verteld. ‘Als de passie de overhand voert kom ik met dat mengelmoesje van talen heel ver. Ik voel dat ze in haar hoofd het hele boeltje aan belevenissen dat ik beschrijf aan elkaar breit. Soms sluit ze haar ogen, alsof ze daardoor beter kan zien wat ik in haar binnenste aanricht. Vandaag gebeurde er iets bijzonders. Bij het openen van haar ogen huilde ze. Ze zei dat ze nog nooit zoiets droevigs had gehoord.’

Maar aan alles komt een einde: hij moest verder varen. Vluchtig kuste ze hem op de wang en uit haar dagboek scheurde ze een bladzijde, krabbelde daar in een onzorgvuldig handschrift haar naam en adres op en drukte het papiertje in zijn hand. 'Schrijf me. Maakt niet uit welke taal. Ik vind wel iemand die het kan lezen.'

Zo begon hun correspondentie – de brieven vlogen over en weer. De lust om te eten verging hem. Hij drentelde bij het postkantoor om uit de lading aangekomen brieven de zijne op te eisen. Maar nadat de herfst was overgegaan in de winter merkte hij dat haar reacties vaker en vaker uitbleven. Waar zijn brieven dikker werden, in de hoop dat zijn enthousiasme aanstekelijk was, werden die van haar korter en ingetogener van natuur. En dat terwijl hij alles van haar wilde weten. Van hoe laat ze opstond, tot hoe laat ze naar bed ging, wie haar vrienden waren en wie niet, wat haar ouders voor de kost deden en wat ze in het weekeinde had uitgespookt. In het licht van de grote ontwikkelingen in de wereld – Amerika en de Sovjet-Unie zochten toenadering tot elkaar – was voor hem het allerbelangrijkste welk toetje ze op zaterdag had gegeten. Als ze zulke kleine, voor hem zeer aangename, wederwaardigheden met hem deelde, stond hij in vuur en vlam. Hij kon haar huid zien, haar haar ruiken, haar lippen proeven. De brieven vervaagden alle grenzen in hem. Hij was daar waar hij wezen wilde.

De eerste brief verstoken van dagelijkse trouvailles trof hem daarom als een mokerslag. De brief had ook niet de aangename geur die hij gewend was. Het schrijfsel deed gehaast en ongeïnteresseerd aan. Er stonden prachtige zinnen in, zelfs liefdesverklaringen, maar die betekenden niets zonder haar aanwezigheid. Waar ben je? Waar zit je? Waar loop je? Er klopte iets niet. Zijn ontluikende gevoelens maakten hem kwetsbaar. Niets liever wilde hij dan die kwetsbaarheid met haar delen.

De brief die klaarheid bracht, las als een dienstmededeling. Ze had haar hart verpand aan een Ier en hem verteld van hun correspondentie. Het brieven schrijven moest per direct gestaakt worden, want haar vriend had een nogal jaloerse natuur en had haar voor het blok gezet. 'Wat we met elkaar hebben gedeeld zal ik nooit vergeten. Je bent mij dierbaar. Niemand zou aan het lijntje gehouden moeten worden. Daarom vertel ik je dat onze wegen gaan scheiden.'

Hardhandig verscheurde hij de brief. Was alles wat ze aan liefkozingen bij elkaar hadden geschreven dan niets waard? Hij besloot de vergetelheid zijn werk te laten doen. Dat zou zijn wraak zijn. Ik ben je vergeten. Een paar weken later zette hij weer voet op een schip. Die kant moest hij op, zijn vinger achterna.

De Moor haalt moeilijk adem. Ik denk aan de woorden van zijn broer. Zolang hij vertelt, wil hij leven. Ik schrijf zijn verhaal mee in mijn notitieboekje; onderstreep namen, omcirkel details en plaats in de kantlijn uitroeptekens als het me doet gloeien van plezier, en vraagtekens om mijn verbazing en verwondering uit te drukken.

'Wil je even rusten?'

Hij schudt zijn hoofd en steekt zijn hand op.

'Een glaasje water.' Ik reik het hem aan. 'Zeg tegen mijn broer dat ik lekker op dreef ben. Dat zal hem goeddoen.'

'Waarom stuur jij hem dat bericht niet?'

'Jij moet het doen. Dan hoort hij het eens van een ander.'

De kapitein schrikt op uit zijn overpeinzingen, krabt nog een keer aan zijn hals en draait zijn gezicht van de kade weg, richting het Lido, waar het pronkstuk van de stad opdoemt.

De Suikertaart, het fonkelnieuwe, luxueuze vijfsterrenhotel dat in de stijl van de Mughal-architectuur is opgetrokken, waarvan de Taj Mahal het hoogtepunt is. De bolvormige torens rusten op massieve vierkante hoeken, waarvan de façades zijn bewerkt met oneindige labyrintische ornamenten. Al-Falak heeft iets moois neergezet. Het is als een jong meisje dat de juwelenkist van haar oosterse miljonairsmoeder heeft geplunderd en zich ermee heeft behangen. Syrische spitsbogen; Moorse kantelen die in Marokko soldaten worden genoemd, maar waar je ook een palmblad in zou kunnen herkennen; de houten uitbouw, *mashrabiyya* genaamd, die in staat stelt om naar buiten te kijken zonder gezien te worden; Franse balkonnetjes die uitzicht bieden zonder inkijk toe te laten. Zou dit hotel kunnen bewegen, zou het door zijn gewicht niet van zijn plek kunnen komen. Bij zonsondergang maskeert het wegtrekkende licht de onmiskenbare schaduwzijden van het gebouw. Het krijgt dan iets archaïsch. Een ruïne. Een fantasiestuk opgetekend in een delirium.

Langzaamaan keren de laatste reizigers terug naar de boot. Hij knikt naar ze. Lacht. Het zijn geen mechanische handelingen, want dat kan hij niet. Hij is echt blij om ze terug te zien. Dankzij zijn fenomenale geheugen kent hij de passagierslijst uit zijn hoofd; de gasten schrikken er soms van als ze hun naam uit zijn mond horen.

Zijn ogen dwalen over de kade, op zoek naar achterblijvers, zelfs al is er genoeg personeel aan boord om dat voor hem te doen. Er zijn gidsen mee. De passagiers lopen met stickers van hun schip rond. De toeristenpolitie houdt een oogje in het zeil. Maar het kan toch voorkomen dat er iemand achterblijft, en als dat gebeurt voordat het schip de haven uitvaart, moet die persoon met kunst-en-vliegwerk aan boord worden gebracht.

Hij is de kapitein. Hij moet alles zien. Hij, en niemand anders.

Wanneer iedereen aan boord is, wordt de looptrap opgehesen. De motor start. Hij prijst zich gelukkig met een bemanning die het schip als haar broekzak kent. Het schip koestert. Het is een oud exemplaar, tussen de wereldoorlogen gebouwd, maar nog steeds in uitstekende staat. Het heeft choleralijders vervoerd, het heeft soldaten overgebracht en nog gediend als veerboot voor vluchtelingen – kortstondig was het een quarantaineboot. Maar er is niemand die dat weet.

Hij kijkt een laatste keer over de stad en weet dat ergens daar zijn broer viool speelt. Graag had hij hem bezocht, al die keren dat hij weer in Venetië aanmeerde. Eén keer had hij een poging gedaan, en hem opgezocht op het adres dat hij van hem had. Een klein pension voor mensen die tijdelijk ergens moeten wonen, ver buiten het historische centrum. Maar daar vertelden ze hem dat ze zijn broer al maanden niet hadden gezien. Onverrichter zake was hij teruggekeerd naar het schip. Hij had de hele wereld bereisd, maar zijn broer kon hij niet vinden.

Tijdens dit bezoek had hij het niet eens geprobeerd. Dat knaagde. Hij had zijn broer op te zoeken, al was het maar om zijn geweten te sussen. Je kon Venetië niet verlaten zonder naar hem gevraagd te hebben.

Maar het schip vertrok. Hij had niet naar zijn broer gezocht.

De avond waarop de kapitein ziek wordt, zingt hij met enigszins onvaste stem zijn favoriete schlagers voor het samengedrongen publiek. Hij vertelt vol passie over Dubrovnik, dat ze morgenochtend zullen aandoen – je moet je publiek warm maken voor wat komen gaat, ook dat hoort bij de show.

Wanneer hij uitgezongen is, instrueert hij de tweede kapitein voor de nachtoversteek. Morgen weer een dag. Zachtjes laat hij zich vervolgens door het schip in slaap wiegen. Het enorme gevaarte van tonnen staal, volgepropt met mechanische instrumenten en digitale apparatuur, het voelt als een zacht nestje. Hij wordt weggedragen door de enorme hand van een gedienstige bediende, werkzaam in het sprookjesachtige hotel, waarvandaan je uitzicht hebt over het Lido. Hij kijkt uit over de rand van het dienblad waarop hij ligt. Onder zich een mensenmassa, de gasten van zijn schip die verspreid over de tafels aan het dineren zijn.

De volgende ochtend komt de tweede kapitein met de mededeling dat hun geliefde kapitein ervoor heeft gekozen een dagje het bed te houden. En daarna nog een dagje. En nog een dagje. En dan nog een dagje. Elke minuut een nacht.

Vroeg in de ochtend verstuurt het medische team van het schip een noodbericht aan de havenautoriteiten van Pula, in Kroatië, dat de kapitein onwel is geworden. Ademhalingsproblemen, wellicht een virus. Misschien meegenomen aan boord door een van de gasten. De pest van Venetië.

De aanwezige scheepsarts dient antibiotica toe via een infuus. De pijnstillers stromen door zijn lichaam, een wijdvertakt netwerk van bloedrivieren. Zijn toestand verslechtert. Hij lijkt buiten bewustzijn, reageert nauwelijks op prikkels van buitenaf. De arts spreekt van een zeer ernstige situatie en meldt de wal om vier over vier in de nacht dat de situatie dusdanig verslechterd is dat er onmiddellijk hulp moet komen. Om vijf uur komt de oké dat hulp onderweg is.

Die nacht droomt de kapitein dat hij van het dienblad afvalt. Een Portugees raapt hem op. 'Jij ook hier!' Ze herkennen elkaar, collega's van de grote vaart. De laatste keer dat ze elkaar zagen was in een scheepsbar in Cartagena, Colombia.

'Ik zoek mijn broer,' zegt de kapitein.

De Portugees haalt zijn schouders op, wenst hem succes en neemt afscheid. De kapitein dwaalt verder door de kronkelige straten van de Waterstad en klopt her en der op deuren. Nooit geschoten, altijd mis. Een bewoner kent wel een viool spelende Joegoslaaf, maar die mist een been en is kalend. Dat kan zijn broer niet zijn, concludeert de kapitein.

Zijn reis eindigt op het verlaten San Marcoplein. Voor de ingang van de Basiliek ziet hij een eenbenige, kalende man viool spelen. Het is toch zijn broer! Wat de tijd aanricht met de mens. Hij rent op hem af. De man ziet de kapitein op hem afstormen, pakt haastig zijn vioolkist en zet het op een lopen. Springt in de gracht. De kapitein springt hem achterna. Hij moet hem redden. Hapt naar adem. De hulp die hem bereikt, komt te laat.

Om acht voor zes in de ochtend ziet de bedrijfsarts zich genoodzaakt de handtekening te zetten onder de overlijdensakte. Ze proberen in contact te komen met een direct familielid, een broer waarvan men een telefoonnummer heeft, maar die, ondanks al hun pogingen, niets van zich laat horen.

Uiteindelijk wordt er toch opgenomen. 'Normaal neem ik nooit op, broer,' zegt de man aan de andere kant van de lijn. Op het nieuws dat zijn oudere broer is overleden na een heel kort sterfbed volgt stilte. Dan wordt er opgehangen.

'En dit verhaal is jou verteld door de violist?' vraag ik de Moor. Hij knikt. 'Hoe weet je dat het niet verzonnen is?'

'Natuurlijk is het verzonnen,' reageert hij. 'Maar de dood is echt. We gaan allemaal dood.'

'Jij moet blijven leven.'

'Wie zei dat ik doodging?'

'Het klonk als een toespeling.'

'Mocht het me overkomen, vertel tijdens mijn begrafenis dan dat ik ben gestorven terwijl ik mijn burgerplicht uitoefende. En vertel ze dat ik je niet heb verveeld. Het laatste wat ik wil, is vervelen. Dat vind ik een doodzonde. Als ik iets heb geprobeerd is het ontkomen aan de verveling.'

11

De Moor is moe.

'Laat me jou een verhaal vertellen,' zeg ik. 'Een verhaal dat ik heb opgeschreven, maar aan niemand heb laten lezen. Het verhaal van mijn vader. Zoals ik denk dat het is gebeurd. Zoals ik denk dat het zou moeten gebeuren als we de kans kregen om het leven opnieuw te leven. Ik weet weinig van mijn vader. Hij was een werker, geen prater. Zijn grote liefde was sciencefiction. Ik moest met hem mee naar de bioscoop om *Star Wars* te zien. Om alles te zien waarin met de snelheid van het licht naar een onbekend sterrenstelsel werd gereisd. Langzamerhand begreep ik dat die sterren ook de sterren uit zijn jeugd waren. De sterren waar hij in de woestijn onder was opgegroeid, die zijn voorouders hadden gebruikt als kompas. Als kaart van de wereld. Mijn vader zou me erover hebben verteld als ik er interesse voor had gehad. Toch zijn die sterren in mij neergeslagen. Als de verhalen die ik in me draag. Tekens van de tijd.'

Voordat hij in Nijmegen neerstreek om te studeren, was mijn vader een jongeman die rondreisde met een koffer. Die koffer was onderweg een vriend geworden. Hij omvatte wie hij was, waar hij voor stond en waar hij wilde eindigen. Het handvat van de koffer ging, hoe langer de reis duurde, meer en meer voelen als de hand van een vriend. Dat betekende geenszins dat de vriendschap onvoorwaardelijk was. Vaak genoeg raakte mijn vader in onmin met het ding. Hij voelde zich in de steek gelaten door de koffer als hij weer eens niet soepel opende. De randen, die hem stevig genoeg maakten voor lange reizen, waren op momenten dat hij een kussen nodig had onnodig hoekig en hard. Heel soms droomde hij van een leven zonder koffer. Maar wanneer de volgende reis zich aandiende en hij het ding weer vastpakte, begreep hij dat al deze overwegingen slechts fantasieën waren. Samen moesten ze door, of hij nou wilde of niet.

Omdat hij in het begin van zijn reizen over weinig middelen beschikte, en vooral afhankelijk was van de goedheid van vreemdelingen, was de koffer licht bepakt. Net als hijzelf. Je moest ruimte laten voor al die ervaringen en spullen die je onderweg verzamelde. Dat was een advies van zijn oudere broer geweest, die vele reizen had gemaakt en onverrichter zake was teruggekeerd. Het was een van de laatste dingen die hij zei voor hij ongelukkigerwijze ten val kwam en overleed. Het was met hem in zijn achterhoofd dat mijn vader het reizen aanving. Aan vreemdelingen die hij vertrouwde stelde hij zich voor als Moumen. Aan vreemdelingen waarvan hij niet wist of ze hém zouden vertrouwen, stelde hij zich voor als Johnny.

Onderweg door het binnenland van Europa, raakte de koffer gevuld met bezittingen en herinneringen. Hoe verder hij kwam, hoe minder de verschillen tussen mensen hem opvielen. Het waren de overeenkomsten die indruk maakten. Vanuit een hooizolder zag hij een boer samen met zijn zonen de aarde ploegen, vanuit een bovenkamertje zag hij op het terras de eigenaresse van een café de tafels afdoen, vanaf de rand van een camping zag hij vakantiegangers borden en bestek schoonmaken in de loop van de rivier.

Eenmaal onderdak gevonden voelde hij zich veilig. Hij knoopte zijn veters, groette mensen in de talen die hij kende en probeerde, ook wanneer er door hem heen gekeken werd, te doen alsof er niets aan de hand was. Het ging erom niet afgeleid te raken door de onverschilligheid, de haat of het ongemak. Het ging erom nooit te vergeten dat er een herkansing kwam. Daarin blijven geloven matte hem soms af. Teruggaan was heus een optie, maar hoe verder hij kwam, hoe verder die uit zicht verdween. Totdat mijn vader het helemaal vergat. De reis had hem de optie afgenomen, waarmee hij in de fuik was gelopen waar elke reiziger vroeg of laat in belandt.

Uiteindelijk belandde hij in Nijmegen, waar een toevallige ontmoeting met een jonge vrouw een einde maakte aan zijn reis. Maar de band die mijn vader met de koffer had opgebouwd vond hij moeilijk om op te geven. Soms pakte hij het ding op om er een rondje mee door de stad te lopen. Steevast eindigde de tocht bij de rivier, waar hij het opende om er een thuis gemaakte lunch uit te halen. Vervolgens zette hij de koffer rechtop, ging erop zitten en at het broodje met Turkse worst op. Zijn vrouw, mijn moeder, wist dat hij zo'n wandeling had gemaakt als haar man ruikend naar de knoflooklucht van de worst thuiskwam. Ze wist dat hij zich, ondanks de vele jaren in de stad, alleen bij de rivier veilig waande. Tot zijn grote spijt had hij aan haar bekend zich, zelfs liefdevol opgevangen door haar familie en vrienden, niet op zijn gemak te voelen. De gedachte dat hem iets verschrikkelijks zou overkomen als hij niet snel zijn koffer pakte om door te gaan, maakte hem volstrekt ongeschikt voor het burgerlijke bestaan. Het was tevens de reden dat hij later, als ingenieur, altijd op pad was.

Van die koffer wist ik niets. Op school had ik in de geschiedenisles gehoord over voortvluchtige migranten, die met een koffer vol Russische aandelen naar Berlijn vluchtten, om er daar achter te komen dat de waardepapieren door de nationalisatie van de Sovjet-Unie waardeloos waren geworden. Speelde hier iets soortgelijks? Maar mijn vader was toch helemaal niet gevlucht? Verre van dat. Hij had gewoon op eigen kracht besloten een flinke wandeling te maken, die hem uiteindelijk leidde naar de vleespotten van West-Europa. Zo ging dat in die tijd. Je liep je neus achterna, totdat je vanzelf in de armen liep van een wanhopige werkgever die de handjes die je bij je droeg goed kon gebruiken.

Volgens mijn vader had hij voor zijn aankomst in Nederland al meer dan 25 werkgevers versleten. Wat hij deed was op goed geluk aankloppen bij een van de grote fabrieken aan de rand van de stad – meestal getipt door rondtrekkende mannen die hem waren voorgegaan. Daar werd hij dan naar binnen getrokken, en na een uitvoerige uitleg van de werking van de machines werd hij bij een groep ingedeeld die hem, soms met handen en voeten en soms woordelijk, als er een landgenoot tussen zat, de opdracht uitlegde die hem gegeven werd.

Mijn vader vond het een gouden tijd, omdat je elke dag de deur uit ging in het besef dat je niet alleen geld verdiende, maar dat je, zodra je het zat was om schroeven aan te draaien, een ontslagbrief kon aanvragen om op een andere plek aan de slag te gaan. Dankzij de werkervaring die je had opgebouwd vaak zelfs onder betere voorwaarden. Voor hem was dat de mooiste vorm van vrijheid die hij ooit had geproefd. Ook al was het werk zwaar, vies en ondankbaar, het glansde van belofte en verwachting, omdat het nieuwe kansen bood in het verdere verloop van zijn reis.

Zo was hij verliefd geworden op zijn kronkelige weg door Europa, die hem steeds noordelijker bracht, naar daar waar de dagen korter werden, de wolken miezeriger en de mensen geslotener. Waar anderen zich gegijzeld voelden door de grijsheid van de dagen, voelde hij zich er juist toe aangetrokken. Het groen van de weilanden verblindde zowat zijn ogen, de aanwezigheid van koeien in de drassige wei bezorgde hem rust en dat de winter hard en stevig kon zijn versterkte zijn mannelijkheid.

In de stad aan de rivier was hij mijn moeder tegengekomen, tijdens de Zomerfeesten. Het was een zonnige dag geweest, nergens een schaduw te bekennen, de straten afgeladen vol met aangeschoten mensen. Ze hadden elkaar alleen buiten tegen kunnen komen, want in uitgaansgelegenheden kwam mijn vader niet. Ook niet na aandringen van vrienden, die hem voorspelden dat hij dankzij zijn goede looks sowieso met een bruid zou thuiskomen. Hij zou niet weten hoe zich er te gedragen, verstoord door de harde muziek.

Na de eerste ontmoeting volgde een tweede, die culmineerde in de hevige zoenpartij tijdens de derde. Wat hij toen nog niet in kon schatten, was hoe mijn moeder zou reageren op de aanwezigheid van een derde in een mogelijke relatie: de koffer. Hij zou voor haar kunnen zorgen, ze zou voor hem kunnen zorgen – daar twijfelde hij niet aan. Immers, het licht scheen beter met haar aan zijn zijde. Maar zou ze in staat zijn om te dulden dat ze hem moest delen met een voorwerp?

Om die reden nodigde hij haar, ook nadat hij was voorgesteld aan haar ouders, niet uit bij hem thuis. Het had niet te maken met de kleine, onordentelijke ruimte die hij bewoonde; de muizen die hij met de bezem verjoeg; de krolse kater die altijd wel een manier wist om zich naar binnen te wurmen; de schimmel en rot die het onderkomen het keurmerk 'onbewoonbaar' gaven. Het had te maken met dat ding, dat hij bij het ontbijt een plek gaf op de enige andere stoel die hij had. Een leven zonder deze koffer kon hij zich niet voorstellen. Wílde hij zich niet voorstellen. Hij was loyaal aan de koffer, en hij zou loyaal aan mijn moeder zijn zolang de koffer loyaal aan hem mocht blijven. Het was nog te vroeg om er afscheid van te nemen. Misschien later, als hij meer op zijn gemak was in de nieuwe wereld. Dan zouden ze samen besluiten wat met de koffer te doen. Hem naar zolder verbannen. Of misschien wel weggeven. Of gewoon op straat zetten. Het aantal manieren om je van een koffer te ontdoen was eindeloos. Maar voor nu wilde hij dat nog niet. Hij wilde de koffer vasthouden. Koesteren.

Tussen hem en de wereld zat deze koffer.

Slechts één keer heb ik mijn vader zien huilen, toen we na een wandeling door de stad besloten de toren van de Stevenskerk te beklimmen. Mijn vader wandelde graag doelloos met me door de stad. Dat praatte makkelijker, zeker toen ik als puber steeds bijdehanter werd. De grens tussen brutaliteit en assertiviteit was een dunne in onze relatie.

We waren aangeschoven bij een groepje bezoekers dat de verticale wandeling naar het hoogste punt van de kerk ging maken. De kerk was al honderden jaren oud toen hij een paar maanden voor het einde van de bezetting tijdens een bombardement werd geraakt. De toren brandde af en werd nadien weer opgebouwd. Tijdens de oorlog was het een uitkijkpost geweest. De gids vertelde over de bommen, de aanloop ernaartoe, de schade die was aangericht. Het oudere publiek knikte, zij kenden het verhaal, maar de jongeren keken, net als ik, wat verwonderd om ons heen. Je er een voorstelling van maken was hard werken – wie naar de toren keek zou denken dat er nooit oorlog was geweest.

We klommen de nauwe, lange trap op en boven aangekomen zocht mijn vader ons huis, ergens daar beneden.

'Het bombardement was een vergissing,' zei de gids.

Vader mompelde: 'Oorlog is een vergissing.' Hij tuurde in de verte, alsof hij achter de horizon iets meende te kunnen zien.

Terug beneden stapte een van de vrouwen uit ons gezelschap af op een wat oudere vrouw, die was achtergebleven. De trappen waren duidelijk niet aan haar besteed, al leek ze daar niet rouwig om. Ze vroeg aan wat haar dochter bleek te zijn of ze van het uitzicht had genoten, en de dochter antwoordde bevestigend. Toen vertelde de vrouw dat ze op het moment van het bombardement precies op weg was naar huis. Het geluid was oorverdovend geweest, en ze was een café in gedoken.

'Het enige wat ik dacht was dat ik mezelf klein moest maken.' De hele groep schoof dichterbij om het goed te horen. Ook ik spitste mijn oren, terwijl mijn vader er verderop bij stond als een wassen beeld. 'In dat café stond een biljart en daar ben ik als de muizen onder gedoken. Er lag al iemand. Een jongen, die net als ik naar binnen was geschoten. We maakten onszelf kleiner. Kleiner dan een molshoopje. Wat was ik blij dat die jongen naast me lag. Ook al zeiden we niks, het voelde gewoon goed dat ik niet alleen was, terwijl buiten de wereld in elkaar leek te storten. Het duurde maar heel kort, maar je weet niet hoelang iets duurt als je er middenin zit. Dan overkomt het je gewoon, zoals vallende sneeuw. Gek dat ik aan sneeuw denk. Dat valt net als bommen op je hoofd, dochter, maar vernietigt gelukkig niets. Dat is wel een verschil. Toen het eindelijk stil werd, kropen we onder het biljart vandaan. Het was voorbij. Dachten we. Maar het is nooit voorbijgegaan. Want hier zit ik erover te vertellen, alsof het gisteren is gebeurd.'

Haar dochter reikte haar de arm aan om op te kunnen staan. Rustig vervolgde de groep zijn weg. Mijn vader en ik haakten na een paar honderd meter af en spraken de hele weg terug naar huis geen woord met elkaar. Het was toen dat ik tranen in zijn ogen zag.

De slaapkamer van mijn ouders was verboden terrein. Ze hadden iets te verbergen. Ik voelde het. Kriebels overal.

De dag nadat ik mijn vader had zien huilen, liep ik hun kamer in, naar de kast vol winterjassen en lange jurken. Ze ontnamen me het zicht op de bodem. Nieuwsgierig stak ik mijn arm door de gewaden. Het harde oppervlak dat ik voelde, ging over in wat ik herkende als het hengsel van een koffer. Maar net op het moment dat ik eraan kon trekken, hoorde ik mijn moeder achter me. Schreeuwend joeg ze me naar buiten. Vanwaar die boosheid?

Later die middag glipte ik opnieuw de kamer in. De sleutel, die uit de kastdeur was gehaald, vond ik terug in het nachtkastje. Wat onderschatten ze me! De greep van de koffer was versleten, het leer duidelijk aangetast door het tillen en neerzetten. Hoe meer ik ervan voelde, hoe groter de overtuiging dat ik iets bijzonders had gevonden. Voorzichtig schoof ik het ding naar me toe, zette mijn duimen aan weerszijden van de metalen vergrendeling en drukte deze aan. Het gaf onmiddellijk mee.

De inhoud van de koffer was niet groot, maar door zijn ongelijksoortigheid wel verwarrend. Dikke, warme zwarte sokken met het prijskaartje er nog aan – belachelijk goedkoop als je het vergeleek met de huidige prijs van sokken. Dat moest wel betekenen dat ze van heel lang geleden waren, toen dat lage bedrag misschien wel een stevig bedrag was.

Er lag ook een paar leren schoenen. Serieuze schoenen, die je droeg bij een bruiloft of een uitvaart of een sollicitatiegesprek. Ik kon me niet voorstellen dat mijn vader die ooit zou dragen. Ze waren aan weerszijden tegen elkaar aan gelegd, om ruimte te maken voor zes blikjes sardines, verpakt in karton, waarop twee visjes vrolijk om elkaar heen dansten. Aan de uiterste houdbaarheidsdatum zag ik dat de inhoud allang over tijd was.

Tenslotte ontdekte ik een dik pak ansichtkaarten, bijeengebonden met een elastiekje, waarop de bezienswaardigheden van Europese steden stonden afgebeeld. Het Alhambra in Granada, de Mezquita in Córdoba, de Giralda in Sevilla. En Venetië, met haar plein. De kaarten hadden allemaal een postzegel opgedrukt gekregen, maar waren niet beschreven.

Ik ging met mijn hand door de rest van de koffer, op zoek naar een dubbele bodem, zoals je weleens zag in spionagefilms. Niets. Er was niets.

Een paar dagen later ging ik opnieuw de slaapkamer in. Wellicht had ik iets over het hoofd gezien? Ik zette de koffer op bed neer. Staarde ernaar. Aaide het ding zelfs. Daarna ging ik naast de koffer op mijn ouders' bed liggen en trok ik het gevaarte naar me toe. Wat was het dat me zo aantrok in dit oude, versleten gevaarte?

In de weken die volgden bleef ik terugkeren naar de koffer. De gevoelens die ik ervoor ontwikkelde namen de vorm aan van een tedere affectie. Hele verhalen hing ik op. Over een fietstocht naar het strand om de zon in de Noordzee te zien zakken. Over vervormde wolken die de gedaantes van pijlen aannamen. Over fata morgana's die ik 's nachts meende te zien.

Mijn ouders zagen niet dat ik aan het veranderen was. Zij weten mijn vergeetachtigheid, het gebrek aan eetlust, de scherpe stemmingswisselingen, aan de overgang van kindertijd naar puberteit. Dit was immers waar ouders van kinderen in mijn leeftijd voor werden gewaarschuwd. Het was een prachtig rookgordijn om me meer en meer met de koffer te verbinden.

En toen, aan het begin van de zomer van '92, gebeurde het onverwachte. Mijn ouders troffen na het boodschappen doen een verlaten huis aan, verstoken van hun zoon. Eerst wisten ze niet beter te doen dan af te wachten. Pas toen de nacht was gevallen, begon het bij mijn vader te dagen. Hij liep de slaapkamer in en kwam met een stapel ansichtkaarten en een paar zwarte schoenen in de hand terug.

'Hij is weg.'

12

De Moor kreunt van genoegen in zijn ziekenhuisbed. 'Hoe pijnlijk is het als we datgene wat we liefhebben moeten opgeven,' fluistert hij.

'Dus is het extra belangrijk om dat wat we liefhebben te omhelzen,' reageer ik. 'Stevig vast te houden. En te wensen dat het nooit meer voorbijgaat. Ook tegen beter weten in. De realiteit wint het toch wel. Dan moeten we door. Ons verlies nemen. Altijd maar ons verlies nemen.' Ik moet denken aan de Kroatische kapitein. Hij stierf in de boezem van zijn geliefde, het schip dat hem al die jaren een podium had gegeven. Wanneer je vlucht, geef je op dat je ooit nog je dierbaren zal zien.

'Alles waar we van houden raakt uit zicht,' zegt de Moor. 'We dromen van een beter leven. Eentje waarin we onze geliefden nooit meer hoeven te verlaten. En in afwachting van dat hoopvolle moment vertellen we verhalen.'

'Precies zoals wij nu aan het doen zijn.'

De Moor knikt. 'Die sjeik van jou, die je jouw opdracht gaf, die houdt ontstellend veel van deze stad. Zoveel dat hij de stad optillen wil. Het is een droom. Je bent onderdeel van een droom.'

Ik vertel hem dat mijn vrouw in een tijdschrift, gespecialiseerd in economische ontwikkeling, had gelezen over de beweegredenen van 'mijn' Sjeik om te investeren in zijn land, met grote projecten die de voorstellingskracht te boven gingen. Als jongen had hij Venetië bezocht, wat diepe indruk op hem had gemaakt. Zijn vader had hem een begeleider meegegeven, zodat hij vrijelijk kon ronddwalen – hij zat in de cafés, raakte in gesprek met de mensen, en met elke stap door de straatjes en over de bruggen groeide zijn verliefdheid op de stad. Bij een kraampje kocht hij zo'n glazen bol waarin de San Marco op sterk water was gezet: je schudt ermee en sneeuw dwarrelt eromheen. Hij kreeg er geen genoeg van. Op de laatste dag vertelde een ingehuurde gids hem dat de stad op een dag misschien aan het oog onttrokken zou worden door overstromingen. Die gedachte liet hem nooit meer los. Dat datgene waar hij verliefd op was geworden er ooit niet meer zou zijn.

'Volgens mijn vrouw wil de sjeik niet Venetië naar de woestijn brengen. Hij wil zíjn Venetië naar de woestijn brengen. Eentje waar mensen als jij en ik hun verhalen kunnen vertellen.'

De Moor zucht. 'Nu moet ik wat eten en drinken. Roep jij de verpleegster?'

Ik loop de gang op en vraag om een kopje thee en een boterham. De verpleegster die het even later komt brengen, kijkt vertederd naar de Moor.

'Iedereen praat over hem. De redder in nood. U bent een held.'

Ik zie dat de woorden de Moor goeddoen. Hij schuift de tray met eten weg, veegt de kruimels van zijn gezicht, gaat rechtop zitten en drinkt wat van zijn thee.

'Waar verblijf je?' vraagt hij.

Ik vertel hem over het hotel. De vorstelijke entree. De ruime kamers. Het Franse balkonnetje.

'Ken je het verhaal van het hotel?'

De architect, een Zwitser, kwam met een eerste plan waarin vorm en functie als het spreekwoordelijke Zwitserse uurwerk op elkaar inwerkten. Een streng doordacht plan, dat een vierkant gebouw liet aansluiten op het bleke water, het omringende zand in zich opnam, en een verfrissende ontspanning bood aan de barokke overdaad van de historische stad. Een witte oase, een soort van klooster ingericht volgens een strak, minimalistisch ontwerp, waar je, volgeladen met prachtige beelden, bij kon komen na een heerlijke dag opgaan in de kronkelige straten, het jezelf onderdompelen in de kerken en paleizen.

Het was een opdracht geweest waar het uitgekauwde *once in a lifetime* op van toepassing leek. Althans, zo voelde de Zwitser het. Een laatste kunstje, voordat zijn werkzame leven als partner van het prestigieuze architectenkantoor, dat hij als broekie had opgericht, erop zat. Opgetogen vloog hij in businessclass naar de opgespoten eilanden van de Verenigde Arabische Emiraten, waar hij werd opgepikt door een Maybach. Links en rechts schoten nieuwe hotels, resorts en kantoorpanden aan hem voorbij. De stad was een speeltuin, waar grote architecten met de blokken mochten spelen – alles iconisch, niets beklijvend. De glimmende weerschijn op de gebouwen kwam hem dof voor.

Hij werd gedropt bij Hotel Atlantis, om op adem te komen voor de langverwachte vergadering de volgende ochtend. Dat hij bij aankomst zo vorstelijk werd ontvangen, hoefde van hem niet; hij had ook gewoon de metro kunnen nemen. Maar blijkbaar ging het er zo aan toe in deze streken. Echter, als de overdaad hier zo genormaliseerd was, zou er dan wel ruimte zijn voor het minimalistische ontwerp dat hij ging presenteren? Een ingetogen gebouw, dat juist alle overdaad van zich afsloeg? Het was iedere keer weer spannend om nieuw werk te presenteren aan veeleisende opdrachtgevers, en hij nam zich, zoals altijd, voor niet te veel mee te gaan in mogelijke veranderingen. Het was of dit ontwerp of niets. Het ging tenslotte om zijn laatste grote project.

Die avond las hij tijdens het eten in een luxe restaurant – twee Michelinsterren, geen vlees – in *The Financial Times* een artikel over de nieuwe generatie Arabische ondernemers. De kop prikkelde hem: 'Water persen uit zand. De kinderen van de woestijn reiken naar de sterren.' Dit waren de jongens, en wellicht meisjes, die hij morgen zou spreken. Alles wat hij nu opstak, kon hem wellicht voorbereiden op die ontmoeting.

'Een nieuwe generatie entrepreneurs uit de Golf-regio neemt geen genoegen meer met het klakkeloos overnemen van de technologische verworvenheden van het Westen. Ze beslissen zelf welke vorm ze aan de toekomst geven. In tegenstelling tot hun ouders zijn ze minder onder de indruk van de voorgekookte plannen van de adviesbureaus in New York, Londen en Parijs. Nogal wiedes, want veel van hen hebben een opleiding genoten bij deze bedrijven, of aan prestigieuze Amerikaanse universiteiten. Ze kennen het klappen van de zweep en hebben hun eigen visie ontwikkeld over welke kant het op moet met hun geliefde regio. Ze willen hun woestijnen omploegen tot vruchtbare akkers. Steden laten verrijzen rondom oases. De hangende tuinen van Babylon, een van de zeven wereldwonderen uit de oudheid, is voor deze avonturiers niet enkel een mooie mythe, maar vooral een toekomstperspectief.

Anders dan de vorige generatie zien ze het Westen niet ter navolging. Het Westen beschouwen ze als obsoleet, verouderd, stoffig, en om die reden zoeken ze het dichter bij huis, nemen ze zichzelf als voorbeeld. Ze hebben het tij mee. Het Westen voelt door economische crisissen, falend leiderschap, vergrijzing en zijn wantrouwen jegens krachtige overheden uitgeblust en onzeker aan. In de Golf-regio overheerst, door de continue aanwas van een zeer jonge, ambitieuze en werklustige generatie, daarentegen optimisme. De traditionele cultuur, met haar nadruk op het gezin en gematigdheid, lijkt misschien scherp te contrasteren met de overdonderende luxe van een stad als Dubai, maar voor de locals is er geen sprake van tegenstelling. De welvaart vloeit juist voort uit die strikte naleving van de levensprincipes. De rijkdom is een beloning. Men lijkt de lange, soms gewelddadige strijd van seculiere maatschappijen overgeslagen te hebben, en dat democratische principes hier omwille van de stabiliteit anders worden geïnterpreteerd – in de meeste gevallen zelfs helemaal terzijde worden geschoven – ziet men niet als een nederlaag. Op de lange termijn zal er zeker ruimte zijn voor democratische groei, maar eerst moet de bevolking naar een hoger leefniveau worden getild.'

De Zwitser nam een slok van zijn koffie. Er was een generatie opgestaan die zich steeds minder liet vertellen door de rest van hun wereld. Noem het bravoure, hij zette er zijn vraagtekens bij. Het kon toch niet zijn dat ze alles op eigen houtje gingen doen? Immers, om vooruit te komen moest er samengewerkt worden. Plus, vooruitgang had generaties nodig alvorens ze haar waarde kon bewijzen. Hoewel hij niet met de pluimen wilde strijken van zijn voorgangers, zag hij zichzelf wel als ambassadeur van alle grote architecten die Zwitserland had voortgebracht. Als er iets was waarmee hij deze jonge mensen morgen wilde inspireren, was het wel hoe werken te maken die, ondanks de ingetogen structuur, grandeur uitstraalden. Dan pas bouw je voor de eeuwigheid.

Maar, liever deelde hij zijn filosofie tijdens een diner of lunch – het paste niet om tijdens werkoverleg met grote verhalen te komen. Het hoefde ook allemaal niet zo gehaast. Als dit project in de Waterstad door zou gaan, zou hij nog jaren op- en neer reizen naar deze stad. Een fijn vooruitzicht, dacht hij bij zichzelf, terwijl hij een flinke hap tiramisu in zijn mond nam.

De opdrachtgever, een sjeik, was nog geen dertig jaar oud en had nu al meer dan dertig miljard te besteden. Hij bleek niet alleen jong, maar ook veeleisend, ambitieus en roekeloos. Het viel de Zwitserse architect op dat hij geen ring droeg. Niet getrouwd, dus. En dat was opvallend, omdat in soortgelijke families de oudste zonen vaak heel jong trouwden met een vrouw uit een evenzo kapitaalkrachtig gezin, om zo niet alleen de persoonlijke, maar ook economische banden te versterken.

Nageslacht was cruciaal in het opbouwen van een kapitaalkrachtige dynastie; kinderen zorgden voor een horizon waartegen de toekomst getekend kon worden.

Afijn, hij zat tegenover een aantrekkelijke vrijgezel. *The times they are a-changin'.*

De jongeman werd geflankeerd door twee broers en zes medewerkers, die als een Pretoriaanse garde aan weerszijden van het ovalen bureau zaten. Ze heetten hem welkom terwijl er koffie werd ingeschonken. Hun iPads lagen verspreid als kaarten over de tafel. De directeur van Al-Falak verontschuldigde zich dat zijn vader, de oprichter, niet bij deze vergadering aanwezig kon zijn. Het was belangrijk om de geestelijke aanwezigheid van deze stamvader te benoemen. Hij zat tegenover een groep individuen gelauwerd met MBA's, maar ook tegenover nazaten van een oude, traditionele clan.

'We hebben het ontwerp voor het hotel uitgebreid met elkaar besproken. We zullen zo met onze visie erop komen. Maar eerst geven wij u het woord. Het is tenslotte de eerste keer dat we elkaar in levenden lijve ontmoeten. Wat ons betreft een grote eer. Wie had ooit gedacht dat ons bedrijf en uw ontwerpbureau een samenwerking zouden aangaan.'

Een klein uur later liep de architect ontredderd het kantoor uit. Waar het op neer was gekomen? Dat ze iets totaal anders wilden. Zijn minimalisme was overal op zijn plek behalve hier. Ze zochten een gebouw dat zijn aanwezigheid opeiste en niet, zoals in zijn 'briljante' ontwerp, verdween. Misschien dat ze in de toekomst ruimte zouden vinden voor onzichtbare gebouwen. Maar niet vandaag. Niet dit jaar. Niet in deze tijd. Het ging nu om zien en gezien worden. De secretaresse die hem naar buiten begeleidde, gaf hem een tas mee en de opdracht een gebouw te maken dat Venetië zou spiegelen, om het daarna te laten barsten.

Terug in Zwitserland toog de architect aan het werk om de geuite suggesties vorm te geven. Het kostte hem de grootste moeite. Zijn voorstel liet verdomde weinig ruimte over voor compromissen. Dat was de hele gedachte achter zijn gebouw geweest, dat het compromisloos was.

Misschien was het daarom weinig verrassend dat, nadat hij opnieuw naar Dubai was gevlogen, ook zijn tweede ontwerp weinig enthousiast werd ontvangen. Hem werd een gebrek aan verbeelding verweten.

'Wat wilt u dan,' vroeg hij aan de zoon en zijn acolieten.

'Wij willen een sprookje,' reageerde de directeur. 'Een eerbetoon aan mijn vader.'

De Zwitser begreep dat, wilde hij zijn geld ontvangen, het erop aankwam een suikertaart te maken. Hoe plat wilde je het hebben? Was hij niet meer dan een loonslaaf voor deze bazige jongen, de helft van zijn leeftijd? En, een eerbetoon? Daar geloofde hij niets van. Bestond die vader in die hoedanigheid wel?

Om aan zijn twijfel een einde te maken toog hij op onderzoek uit. Vijf minuten googelen leverde helaas genoeg informatie op om het voorzegde te onderschrijven. Er was geen woord aan gelogen. Visserszoon. Bittere armoede. Sterren. Oost en West. Entrepreneurschap. Slechts een paar jaar ouder dan hijzelf. Ze hadden elkaar ontmoet kunnen hebben op een van de talloze symposia over erfgoedontwikkeling, duurzaam bouwen en culturele uitwisseling. De vader was een bruggenbouwer en had een master in modulair bouwen in Zwitserland gehaald.

Omdat de architect op een nuchtere maag in nog geen honderd jaar kon maken wat Al-Falak voor ogen had, besloot hij de hulp van een oude studiegenoot in te schakelen. Zijn vriend had weinig tot geen ervaring met Arabische opdrachtgevers, maar hoorde hem geduldig aan en stelde voor een fles wijn open te trekken. De glazen werden ingeschonken, leeggedronken, weer bijgevuld, en de losse tong van de architect foeterde erop los. Hoe kon hij aan de dwaze opdracht tegemoetkomen zonder zijn principes te verloochenen? Hij had het gevoel dat hij in een val was gelopen. Onder valse voorwendselen hadden ze hem de opdracht gegeven een autonoom werk te maken, om hem vervolgens te verstikken met hun wispelturigheid. Wat hij ook zou ondernemen, hij was totaal afhankelijk van hun welwillendheid. Het teruggeven van de opdracht was geen optie. Daar hingen te veel schadeclaims aan vast, plus het gigantische inkomen dat hij dan zou mislopen.

'Ze krijgen hun gebouw. Ik krijg mijn geld. Ik krijg de erkenning,' schreeuwde hij bijna. Maar, hoe aan inspiratie te komen?

De vriend stelde gekscherend voor dat hij absint moest drinken, dat werd getrokken van het absintkruid dat in de Alpen veel werd gevonden. Een drankje dat je een ode aan de dood liet brengen, om je daarna te begraven. Creatieve geesten waren er dol op, aangezien het tot een intens delirium leidde, waarin de meest fabelachtige avonturen werden beleefd en ontzagwekkende ontdekkingen werden gedaan. Niet voor niets werd het verboden. Althans, de pure variant. Het had menig kunstenaar naar de afgrond gebracht en hem doen vallen.

Absint dus, tevens omdat de koortsdromen die het opriep werden geassocieerd met de inblazingen van oosterse demonen, hallucinaties waarbij de wonderbaarlijke wereld van *Duizend-en-een-nacht* met zijn djinns, vliegende tapijten en olielampen kinderlijk af zou steken.

De Zwitser trok zich terug in zijn houten hut aan de voeten van de Alpen, met genoeg voedsel en versnaperingen voor een kleine week, en ging over tot het nuttigen van slokjes absint. In het begin met mate, want, zo had hij zich laten adviseren, het ging erom stapsgewijs tot een roes te komen. Het kon zelfs zijn dood worden, een overmatige eerste inname.

Die eerste nacht sliep hij zo slecht dat hij van misselijkheid het toilet opzocht. De tweede nacht huilde hij om zijn te jong gestorven moeder. De derde nacht dacht hij dat hij veranderd was in een Spaanssprekende bok en de vierde nacht openbaarde de Oriënt zich aan hem, in al haar fascinerende gedaantes. Trappenhuizen die uitkwamen bij labyrinten; duizenden minaretten waarvandaan de oproep tot het gebed in het Platduits klonk; bazaars gevestigd op de Rode Planeet; de band Queen die, onder aanvoering van Freddie Mercury met een tulband op, 'I Want It All' zong; Mughal-prinsen die voetbal speelden tegen FC Dubai; Egyptische derwisjen die op zwarte wolken rondjes draaiden en hun hoofd stootten aan de bips van Sjahrazade; groen gespoten buikdanseressen die gedichten van Rumi citeerden; pelgrims die de Mezquita van Córdoba opaten door hun tanden te zetten in het fundament ervan en riepen: 'Het is van ons, het is van ons!'

Hij schrok wakker. De vingers grepen wild om zich heen en zijn hoofd stond in brand. Maar de nachtmerrie eenmaal uitgezweet begon hij tot zijn grote verbazing de contouren van een lichtroze gebouw te zien, groeiend uit een dorre vlakte, omringd door uitgebrande tankvrachtwagens. Hoe Mars eruit zou zien als Dubai er een plek vond.

Hij nam een ijskoude douche om het bezwete lichaam afkoeling te gunnen. De spieren deden pijn, de tanden ook. Hij floste zich een ongeluk. Eerst wilde hij niet meteen begrijpen dat wat hij voor zich zag een idee was voor een toekomstig gebouw. Het was slechts één van de vele snel achter elkaar hollende associaties, een restproduct van een oververhit brein, en de kater moest er gewoonweg uitgewandeld worden.

Het gebeurde aan het einde van een grillig looppad, dat leidde tot een plateau waarvandaan hij tot sint-juttemis uitzicht had over de Alpen. Een strakblauwe lucht waar je duizelig van werd, klaver en edelweiss, sneeuw als poedersuiker op de toppen van de hem omringende bergen – geen filters nodig om het perfecte plaatje te maken.

Hij zat op een steen, om bij te komen van de verzuring, en het begon in hem te groeien, dat gebouw. Het werd intenser van kleur. Het kon, mits goed aangewend, heel goed opgaan in het omringende Venetiaanse landschap. Het zou zijn levenskracht halen uit de al bestaande gebouwen, maar vooral een mozaïek zijn van de oosterse architectuur. Een brug slaan deed het niet, het was eerder een deur naar een andere wereld.

Deur in het Arabisch, zo had hij zich laten vertellen, was *Al-Bab*, waarvan de naam Babel was afgeleid – de Bijbelse stad waar de toren werd gebouwd die tot aan de hemel moest reiken. Wat zei die snotneus-miljardair ook alweer toen ze afscheid namen? 'Het Arabische spreekwoord zegt dat, als je wilt dat de deur opengaat, je moet kloppen.' Het spreekwoord landde in hem. Hij moest veel harder op die deur kloppen. Welke deur dan ook. Als de deur maar roze was.

Zijn gebouw zou de Deur zijn. Babel. De deur naar het Oosten. Of naar het Westen. Zo u wilt. Hij wist dat hij geen seconde te verliezen had en rende richting zijn chalet. Daar pakte hij potlood en stift en begon druipend van het zweet, stinkend als een otter, te schetsen. Die eerste tekening, die, na later zou blijken, slechts in detail verschilde van de eindversie, deed hem in huilen uitbarsten. Zo ver op afstand van zijn werk had hij zich nog nooit eerder gevoeld, maar zo gelukkig ook niet.

Hij werkte 48 uur aan een stuk, verwerkte de schetsen in het tekenprogramma op zijn MacBook en na een lange, verkwikkende slaap werd hij wakker om direct weer aan de slag te gaan. Wat was hij blij dat die dominante opdrachtgever hem zo onder druk had gezet.

Omdat hij de fantastische wereld vol beeldexplosies begon te missen nam hij weer wat slokjes absint. Dronk er meer van dan goed voor hem was, en ontwaakte opnieuw met een kater. Maar de pijn woog niet op tegen de inspiratie. De Deur zou het gebouw zijn dat Dubai en Venetië verenigde. Dat was wat er op het spel stond. En toen de grote contouren er stonden en het verhaal rond dat gebouw hem helder voor de geest stond, stopte hij met drinken. Vervolgens verzamelde hij al zijn moed, omdat hij ging doen wat hij nog nooit eerder had gedaan: een ontwerp dat nog maar in de kinderschoenen stond opsturen naar zijn opdrachtgever. Zo overtuigd was hij van de haalbaarheid ervan. Vlinders in de buik had hij, en hij voelde liefde om het met de wereld te delen. Een liefde die hij nog niet eerder had gevoeld en waarvan hij, nadat hij op verzenden had geklikt, zeker wist dat dit ook nooit meer zou gebeuren.

Hij kreeg gelijk. Een paar dagen later gleed hij uit tijdens een wandeling. Zijn voet kreeg geen grip op de grond en hij kukelde recht het ravijn in. Een groepje schoolgaande kinderen vond hem aan de voet van de berg.

13

‘Hij ging dood aan de liefde,’ zeg ik.

‘Gingen er maar mensen dood aan de liefde,’ reageert de Moor.

‘Dus dat prachtige gebouw, waar ik al een paar weken in verblijf, is de uitkomst van een delirium?’

‘Het is de uitkomst van de wil van een groep mensen die een creatief brein tot het uiterste hebben gedreven.’

‘Hoe weet jij eigenlijk dat die Zwitser dit heeft meegemaakt?’ vraag ik.

‘Hoe ik dat weet? Wij houden van deze stad. Ze beschermt ons. Het hotel trok onze aandacht, die van mij en mijn vrienden. Een Jemeniet, een Indiër, een Egyptenaar, een Tunesiër. Allemaal zagen we in dat gebouw een deel van onze herinneringen weerspiegeld. We voelden ons erdoor getroost. Op een dag kwam een man aangelopen die ons zag kijken. Hij had ons duidelijk geobserveerd, de liefde voor het gebouw in onze ogen herkend. Hij wist hoe het er was gekomen. Maar toen hij het ons vertelde, wilde niemand hem geloven. De Jemeniet was teleurgesteld dat het om een Zwitserse architect ging. Hij vond het maar moeilijk te begrijpen dat iets wat hem zo had betoverd uit Zwitserland kon komen. Echter, als hij goed geluisterd had, had hij begrepen dat het niet uitmaakt wie het gebouw heeft gemaakt. De inspiratie voor het gebouw komt overal vandaan. Uit Dubai, van de architect, van de absint. Het gaat erom dat het er kwam.’

Even valt het stil tussen ons. Dan vraagt de Moor me waarom ik eigenlijk schrijver ben geworden.

'Omdat ik niet kan acteren,' zeg ik.

'Ik snap de logica niet?'

'Acteren is een verhaal vertellen door jezelf aan het publiek over te leveren. Dat wilde ik graag. Ik kwam er alleen achter dat de weg naar het podium lang en vol risico's was. En na een akelig voorval zag ik er helemaal vanaf. Tijdens het werken aan mijn roman kwam ik er echter achter dat het bloed kruipt waar het niet gaan kan. Gedurende het schrijfproces bleven er maar acteurs opduiken, evenals alle angsten die ik had gevoeld rondom het acteren. Misschien ben ik pas echt acteur af als ik dat verhaal helemaal heb uitgeschreven.'

De Moor sluit zijn ogen. 'Vertel me over dat voorval.'

Een theatervoorstelling bracht me terug naar de stad aan de rivier. Na de middelbare school was ik naar de Randstad verhuisd, en sinds mijn moeder – na het overlijden van mijn vader – uit Nijmegen was vertrokken en in een plattelandsgemeente een kleine B&B was begonnen om haar pensioen mee aan te vullen en pompoenen en prei te verbouwen, kwam ik er zelden meer. Dus toen de heugelijke uitnodiging binnenkwam of ons theatergezelschap een openluchtvoorstelling wilde spelen in Nijmegen, vervulde dat me met weemoed. Alsof ik een verloren gewaande vriend ging terugzien.

Ons amateurgezelschap speelde de klassieken: Tsjechov, Ibsen, Shakespeare. We waren een groepje met een multiculturele achtergrond en onder begeleiding van een bevlogen Surinaamse regisseur trokken we de nodige aandacht. Wat we deden was fris, nog niet gezien. Ik was een van de nieuwere spelers. Ze vonden mijn achtergrondverhaal interessant: Italiaanse moeder, Afrikaanse vader. Acteren kon iedereen leren, zei de regisseur, maar een interessant achtergrondverhaal, daar werd je mee geboren.

Het stuk dat we die avond zouden opvoeren was *Othello*, van Shakespeare. Over de Moor Othello, die zich de tandjes werkt voor het stadsbestuur van Venetië om de stad veilig te houden tegen de vijanden, en als beloning de begeerlijke Desdemona mag trouwen. Zijn trouwe onderknuppel Jago steekt daar echter een stokje voor. Als de langverwachte promotie aan zijn neus voorbijgaat, om aan Othello geschonken te worden, maakt dat namelijk een diepe jaloezie in hem los. Hij besluit datgene wat Othello het meest liefheeft, zijn Desdemona, te gronde te richten. Het achterbakse gekonkel van Jago brengt Othello tot zo'n razende woede dat hij het uiteindelijk zelf is die Desdemona doodt.

'En hij had haar zo lief,' zei de regisseur menigmaal tijdens de repetitie. Ze sprak over machtsverhoudingen, de rol van huidskleur, en femicide. 'Als het Arabieren overkomt noemen ze het eerwraak, als het witte mensen overkomt noemen ze het een familiedrama. Maar het is en blijft vrouwenmoord.' Macht kon misbruikt worden, mensen konden misbruikt worden, woorden konden misbruikt worden. Die boodschap gingen we er na een repetitieperiode van een maand eens flink inpeperen bij het publiek.

Echt goed was ik niet. De andere acteurs leerden hun tekst snel uit het hoofd en waren verschrikkelijk ambitieus. De ambitie droop uit hun oren en bepaalde met wie ze vrienden werden, met wie ze naar bed gingen. Ik kende een dergelijk streven niet. Ik wilde vooral de kunst afkijken. De kunst van het spreken.

Uiteindelijk speelde ik daarom maar een bijrolletje. Nee, het lag ingewikkelder dan dat. Ik speelde meerdere bijrolletjes: dan weer de bode, dan de wachter, dan de raadgever, dan de soldaat. Een soort van manusje-van-alles. Dit zodat de andere acteurs volledig konden opgaan in de grote rollen van Othello, Jago en Desdemona. Over die driehoeksrelatie ging immers het stuk.

Omwille van mijn Marokkaanse roots werd ik door mijn medespelers de Moor genoemd, zelfs al speelde ik dus de Moor Othello niet. Die rol werd gespeeld door een lelieblanke Groninger. Jago was van de Antillen. Door alle rollen los te trekken van hun huidskleur drukte de regisseur je met de neus op de feiten: de moord op Desdemona was uiteindelijk veroorzaakt door twee mannen, ongeacht hun afkomst. Zij meenden haar lichaam te kunnen gebruiken als speelbal voor hun driften. Het herinnerde onze Surinaamse regisseur aan de kwellingen die haar voorouders hadden meegemaakt. Die waren als slaven verkocht om arbeid te verrichten. Het lichaam als gebruiksvoorwerp. Maar het lichaam kon nooit helemaal tot ding worden gemaakt, want het lichaam is mooi, sterk. Het straalt zelfvertrouwen, onoverwinnelijkheid of genot uit. Het lichaam spreekt wel duizend talen.

'De jaloezie van de witte slaveneigenaar naar het lichaam van de zwarten toe,' vatte de regisseur samen. 'De pijn die de totslaafgemaakte moet ondergaan omdat de eigenaar dan wel baas is over het lijf, maar zich het lijf zelf niet kan toe-eigenen. Wel de arbeid, niet de huid.'

Ik was helemaal niet thuis in haar gedachtewereld, en stilletjes bad ik dat ze me niet al te veel indringende vragen zou stellen. Ik vond opkomen op het podium al lastig genoeg.

Overigens had ik haar eerlijk verteld dat mijn grootste ambitie het schrijven van boeken was, en dat ik hoopte te leren hoe je spannende dialogen kon maken door te spelen. 'Ik speel dus met een zeker eigenbelang.' Ze had mijn dubbele agenda met een gulle lach geaccepteerd.

De dag dat we naar Nijmegen gingen, vertrok de trein op tijd. Als we wat later waren aangekomen, waren we wellicht ontsnapt aan het incident en had ik nu misschien nog steeds gespeeld. De werkelijkheid stak daar een stokje voor.

De Moor hief zijn hand op. 'De werkelijkheid steekt er altijd een stokje voor.'

'Genoteerd,' zei ik.

Midden op de spoorbrug vertraagde de trein. De wagon hing als bevroren boven de kolkende rivier. Ik zag het water van alle kanten stromen, samen met de rivierschepen die als luciferstokjes in het water verzonken lagen. Uit de wirwar van oude en nieuwe gebouwen stak de torenspits van de Stevenskerk. Even dacht ik terug aan mijn vader. Aan zijn tranen.

Het was het begin van de zomer, de lucht was vochtig, vogels hapten naar insecten. Door het silhouet dat de zon om de stad samentrok, voelde het alsof we een plek naderden die pas zo-even door Keizer Karel was verlaten. De donkere contouren gaven het geheel een middeleeuwse aanschijn, je kon er de rollende wielkarren en het hoefgetrappel zo bij denken.

Het water stroomde door mijn neus naar binnen, de bittere smaak van oud ijzer lag op mijn lippen, de kerktorens staken uit mijn haren. Ik vergroeide met de stad.

Ik hoorde de stalen wielen kraken: de trein kwam weer in beweging. Onder ons door trok een lang binnenvaartschip voorbij. Op het dek stonden twee kinderen. Ik meende dat ze met net zoveel verwondering als ik naar de stad keken.

Mijn enthousiasme over de thuiskomst liet zich maar moeilijk onderdrukken. Ik begon liedjes te zingen, kreeg een grote mond. De lichte opwinding die alvast een voorschot nam op wat komen ging: de wereld overrompelen. De regisseur maande me wat te dimmen.

'Doe eens rustig, je woedt als een bosbrand. Bewaar die driften voor straks, als het erom gaat.' Haar Surinaamse tongval had ze behouden; aanpassen aan ABN vond ze capitulatie voor het koloniale systeem. Waarom zou je geloofwaardiger overkomen als je 'neutraal' sprak? 'Vraag jezelf straks niet af of het wel klopt. Volg je intuïtie. Volg je gevoel. De scherven hoeven niet perfect op elkaar aan te sluiten. Er komt altijd een herkansing. Een misstap op het podium is geen misstap. Het is het begin van iets nieuws. Laten we het nieuwe omarmen. Er is niet zoiets als een verkeerd uitgesproken woord. Het moest blijkbaar zo zijn. Het gaat om intensiteit, liefde, vertrouwen. De rest is bullshit.'

Toen de trein het station binnengleed, pakten we onze tassen op en stommelden we naar buiten. De grapjes die we met elkaar maakten, leken eeuwigheidswaarde te hebben. Maar de regisseur spitste haar oren. Ze vroeg om stilte.

Eerst meenden we het niet goed te horen. Waren dat echt oerwoudgeluiden? Hier in de betonnen stad? Vier tanige, jongemannen op zwarte, vierkante schoenen, met identiek korte koppies, staarden ons vanuit de verte aan. Het leken wel uitkijkposten. Hun jasjes waren zwart als inkt, en de armen hingen naast hun lichaam, als tentakels van octopussen, klaar om weg te schieten.

Vooral de Surinaamse regisseur en ik hadden hun aandacht. Hun ogen isoleerden ons van de rest. Als roofdieren snoven ze onze onrust op, ze verlekkerden zich eraan. Het vooruitzicht van buit. Waren zij hongerig dan was ik hun biefstuk. Ze brachten hun vingers naar hun neus, trokken hun bovenlippen op. Ze riepen namen die me pijn deden op plekken waarvan ik niet had gedacht dat ik er pijn zou kunnen voelen. De zenuwen gespannen. De handen klam.

'Dit is lastig publiek,' zei de regisseur. Ik begreep niet hoe iemand onder deze omstandigheden zo droog uit de hoek kon komen. Maar toen dacht ik aan de verhalen van haar voorouders, de totslaafgemaakten die waren verkocht door Nederlandse slavenhandelaren. Mannen en vrouwen en kinderen die waren gedwongen in kleine ruimtes plaats te nemen, waren bespot, geen millimeter ruimte kregen om te bewegen. Die verhalen waren onderdeel van haar overlevingsmechanisme.

Het gesis. Het gejoel. Het eeuwenoude ritueel van de sterkere die kans ziet om de zwakkere te domineren. Ze stonden nog een eindje van ons vandaan, maar de enige weg naar buiten liep langs hen. Hoe groot was de kans dat ik er zonder kleerscheuren vanaf zou komen? Moest ik gewoon rennen? Of over het spoor vluchten? En waar waren trouwens alle mensen gebleven die samen met ons uit de trein waren gestapt? Als acteurs was taal ons wapen. Stelletje sukkels die we waren, dat we dachten daarmee de oorlog te kunnen winnen. We zetten een paar stappen in hun richting. We hadden haast, en eenmaal tussen de mensen in de stationshal waren we misschien minder kwetsbaar.

Wat we hier kwamen doen, was de vraag. Hun woordvoerder droeg een litteken op zijn neus. Zat daar de oorzaak van het geweld dat hij op ons richtte? Had een zwarte of bruine man hem iets aangedaan en waren sindsdien alle bruine en zwarte mensen aangeschoten wild?

'Een toneelstuk spelen,' reageerde onze regisseur.

Ze barstten in lachen uit. Er leek geen eind aan te komen, alsof dit de beste mop was die ze ooit hadden gehoord. Ik drukte me tegen de regisseur aan; het liefst was ik in haar verdwenen. Ik was banger dan bang, hopeloos verdwaald in de mist.

Ze mompelde: 'Eén is een gek, twee is een samenraapsel, drie is een samenzwering. Bij vier begint het fascisme. Dan wordt het onvergefelijk.' Zoveel wijsheid kon ik op dat moment echt niet aan. 'Gewoon doorlopen,' zei ze toen. 'We hebben een voorstelling te spelen. Wij laten ons toch niet gebruiken door dit zootje ongeregeld?'

En daar ging ze; ze trok me met zich mee. Het groepje zette een paar stappen naar achteren en liet ons wonderbaarlijk genoeg passeren. Niet omdat ze gezien waren, of omdat de politie onderweg was. Ze verdwenen omdat ze het welletjes vonden. De douane had zichzelf, voorlopig, opgeheven. De regisseur wist wat ze deed. Wat mij, ons allemaal, had ontbroken, had zij weten op te brengen: de ijzeren overtuiging dat je soms met oogkleppen op moet doorlopen om je doel te bereiken. Het mogelijke gevaar nam je op de koop toe. Dan maar lomp en onbesuisd in een wereld waarin geen plek is voor tact en nuance.

Eenmaal buiten droeg ze de gloed van de overwinning op haar lippen – geen lipgloss nodig – en haar kroeshaar leek in brand te staan, de zon cirkelde eromheen. We barstten allemaal in lachen uit. Lachen dat huilen was. De ontlading, daar kon geen première tegenop. Het doek van de werkelijkheid was opgetrokken. En we stonden daar maar, naakt.

Een stukje verderop wachtte het busje dat ons naar de locatie zou brengen al op ons. We vertelden de chauffeur niets over het incident. Het moest voor nu even geparkeerd worden. Het leidde af van waarvoor we gekomen waren.

Wat voelde ik me laf. Ik had niks gedaan. Niks gezegd. Al die tijd te midden van dat geweld was ik onzichtbaar geweest. Had ik mezelf willen wegmoffelen in de oksel van de regisseur. In die tergend lange, bittere minuten had ik mijn mond niet opengedaan. Instinctief had ik gekozen voor de meest opportunistische overlevingsstrategie. Hopen dat het vanzelf overging.

Die avond glansde de rivier in het maanlicht, blij dat ze van de warmte af was. Ik was stil. Om mij heen werd geknuffeld om het succes te vieren. Men porde elkaar zot. Blikjes bier gingen rond. Er werd geklonken op Othello, Desdemona en Jago. Ik zag hoe onze regisseur de blijheid als een tevreden matrone in zich opnam. Ze kon eindelijk ontspannen.

We waren nog lang niet van plan te gaan slapen. We moesten de stad in. Meer drinken. Feestvieren. Liefhebben. De sterren waren er om slingers aan op te hangen. Gingen Othello en Desdemona zoenen? Dat was niet professioneel, maar gezien de vreugdevolle ontwikkelingen ook weer niet onvoorstelbaar.

Tijdens de wandeling naar het café trok ik mezelf terug om tegen een boom aan te plassen. Teruglopend naar het groepje zag ik ze nergens meer. Welk café ze ook waren binnengegaan, ik zou het niet vinden. Ik stond daar alleen, richting te zoeken, in een stad die ooit mijn thuis was geweest. Ik voelde me belaagd. Waren dat daar de jongens van de middag? Hadden ze ons gevolgd, afwachtend totdat de zwakste schakel uit de groep werd verstoten, zodat zij er hun voordeel mee konden doen? Van angst verstapte ik me, ik ging er een gekneusde enkel aan overhouden.

Ik had genoeg dialogen gehoord.

14

Vanuit het ziekenhuisraam kijk ik naar buiten. Het water is inktachtig van kleur, klaar om opgeslorpt te worden door miljoenen vulpennen. Wie schrijft er nog met een vulpen?

De nacht zet zijn laatste schreden. De broer van de Moor heeft gelijk gekregen: zijn broer had inderdaad baat bij verhalen. Hij lacht alweer, een opmerkelijk glanzend en gezond gebit voor iemand die op straat leeft. De wonderen zijn de wereld nog niet uit.

'Ik had nooit gedacht dat ik deze gebeurtenis, waar ik me zo voor heb geschaamd, aan iemand zou vertellen,' vertel ik hem. 'Ik vraag me af wat mijn vader nu van me zou denken. In mijn ogen was hij sterk. Sterker dan ik ooit zal zijn.' Ik kan een gaap niet onderdrukken. Het verhaal heeft me uitgeput.

'Een vermoeid mens maakt zichzelf kleiner dan nodig,' zegt de Moor. 'Onzichtbaar, zelfs. Daar weet ik alles van. Laat me je eindelijk mijn eigen verhaal vertellen. Het verhaal over mij en deze Waterstad.'

Een zwerm vogels. Deinzend water. Opschudding. De oorzaak ervan? Een donkerbruine straathond die haar toevlucht zocht bij een rondhangende bedelaar. El Moro.

Zo noemden ze me hier vanaf dag één, omdat ik met mijn tanige postuur boven iedereen uitstak. En waarom zou je een gegeven jas die je warm houdt afwijzen?

Mijn echte naam, echter, is het voor westerlingen bijna

onuitsprekelijke Abdel Qader, met de diepe ain-klank die helemaal vanuit het onderste strotje komt aangezeild, en dan in het midden die beruchte kaf-klank, die de Duitsers 'glottisslag' noemen, die voortgebracht wordt door een kortstondige obstructie van de luchtweg, terwijl de tong zich licht verheft, als een lepeltje dat op de bolle kant een tikje krijgt, waarna alles lekker doorrolt naar de rest van de naam, die wordt afgesloten met een rollende r.

Hier leerde ik mijn naam te dragen als een patrijspoort. Een ingewikkelde machine. Een raar ding dat zijn ware gedaante pas liet zien als het onder de juiste instructies was opgestart. Om mijn naam uit te spreken moest je een cursus volgen, grapte iemand. Hoe had ik het in mijn hoofd gehaald om met deze naam naar deze wereld te komen, de mensen dubbel te belasten met al die lange, onuitspreekbare namen waar je, hoe langer je ernaar keek, hoe meer schele koppijn je ervan kreeg? Een naam die allengs erom schreeuwde weggegooid te worden.

Gelukkig was zij daar, die geen naam kende noch kon uitspreken, haar hele hebben en houden gedreven door lichaamsgeur: de hond. Niemand wist aan wie ze toebehoorde; het dier werd gedoogd. Het stadsbestuur had andere zaken aan zijn hoofd. Toeristen die in het kanaal vielen, paleizen met achterstallig onderhoud, schilderijen die van de wanden donderden, regeringsleiders die op stel en sprong besloten de stad te bezoeken, en altijd, altijd, de zorg omtrent het water. En dan was er nog het cruiseschip dat zich op hol geslagen een weg baande recht de stad in. De hoop was dat dit incident ervoor zou zorgen dat men wat voorzichtiger met Venetië om zou springen. Tevergeefs. De beelden van het gigantische passagiersschip gingen de wereld over en brachten alleen maar meer mensen op de gedachte zich op de stad te werpen.

Ik omarmde de hond als mijn bondgenoot. Honderden schilderijen in deze stad met honden erop geportretteerd. Dit was een echte. Uit het raamwerk zo in mijn schoot gesprongen. De schoot van de Moor.

De aanwezigheid van de snuivende viervoeter bezorgde, naast afleiding van de kolkende maalstroom van mensen, ook het gevoel dat ik deze stad aankon. Ze gaf me, in ruil voor eten en een aai, eeuwige trouw, en zou me achternalopen tot aan Tanger als het moest. Dat gaf me hoop, zelfs al was het maar even. En dat was nodig ook, want de mensen keken dwars door me heen om de magnifieke gebouwen te kunnen zien. Ik was een vlieg, een hindernis op weg naar de vervolmaking van de reis, het bezoek aan de souvenirwinkel, die begeerde tas of dat koele glas witte wijn in een trattoria met uitzicht over het plein. Langzaam begon ik te denken dat ik over toverkracht beschikte: het vermogen om te verdwijnen.

Wat ik in mijn dorp nooit had gevoeld, op het bootje dat me van Libië naar Lampedusa bracht, in het opvangkamp, voelde ik hier wel: dat ik ook niet kon bestaan. Wanneer was ik bewoner geworden van het schimmenrijk? Het moet gebeurd zijn toen de schoonmakers om me heen begonnen te bewegen, me niet meer vroegen op te staan omdat ze ook dat hoekje schoon achter te laten hadden. Het afval werd weggehaald, ik kon blijven waar ik was.

Het is toeristen sowieso eigen, te negeren. Wanneer ze in groten getale voor een palazzo staan, op een van de tientallen bruggetjes waaronder de *gondolieri* schuiven, wanneer ze wegzwijmelen of in de rij voor de musea wachten, is het voor iedereen – op een enkeling na, meestal kinderen of ouderen – hoofdzaak alles en iedereen te negeren. Te doen alsof diegene voor of achter je in de rij, diegene die je passeert of even vluchtig aankijkt, er domweg niet is. Alleen zo slaag je erin de stad te verlaten in de kennelijke wetenschap dat je een unieke, solitaire en vooral intieme ervaring hebt ondergaan. Venetië is voor iedereen de stad minus haar bezoekers.

Op een dag stortte ik, omringd door honderden toeristen, compleet in. De onzichtbaarheid, het ongezien blijven, vrat aan me. Ze duwden me weg, alsof ik een struik was waar je tegenaan liep op weg naar de top van de berg. Ik foeterde, schold, brak in waanzinwoorden uit, smeekte om aandacht, schreeuwde in zeven talen. Niemand hoorde me. Het zwijgen was kosmisch.

Eenmaal voorbij de overprikkeling, die zo intens was dat ze me een paar dagen gekluisterd hield aan het veldbedje van het kerkelijke opvangcentrum, waar de nonnen me met natte doekjes en stil gebed weer bij zinnen brachten, bezwoer ik nooit meer met een open blik door de steegjes en straatjes van deze stad te struinen.

Grootspraak natuurlijk, want mijn kinderlijke natuur, de behoefte aan verhalen, ontsnapte met gemak aan de touwen van de goede voornemens. Maar wat ik ook deed, ik bleef een geest voor de veelkleurige stroom van lichamen, omgehangen rugzakken, tassen, fotocamera's, petjes, hoeden, hoofddoeken. En dat alles aangevuld door een beschermende laag van politieagenten, de carabinieri, de handhavers en de mobiele brigade, die in contact stonden met de controleposten, en berichten ontvingen over de verzengende regenbuien die uit het niets konden losbreken en de stad kortstondig, maar in de loop der tijd – want klimaatverandering beproeft deze stad – steeds langduriger geselden, met steeds serieuzere gevolgen voor het stadsbeeld. Het San Marcoplein, dat een waterbad was geworden, ging de wereld over: de romantiek van een daverende regenbui, waarvoor geliefden schuilen onder vrolijke paraplu's, ging er een beetje vanaf.

Dat alles, en wat zich eronder en erboven afspeelde, daarvan wist ik dat ik het eigenlijk niet meer binnen mocht laten. Het zou me breken, die maalstroom, die in het slechtste geval zo'n temperatuur aannam dat mijn zenuwen erin wegkookten. Maar altijd wanneer ik op het punt van knakken stond, ik de afwezigheid van mijn aanwezigheid in andermans ogen niet meer aankon, zocht de hond me op. Dan drukte ze haar snuit tegen mijn knie, ritueel bedelend om een stukje brood. Ik warmde me aan haar ogen. Aaide haar. Praatte tegen haar in de taal van mijn dorp, terwijl ze onder mijn warme hand opkrulde als een komma. 'Jij en ik. Dreamteam. Wij kunnen het aan.'

Ik gaf haar een naam, Jasmijn, en zorgde ervoor dat ik altijd wat brood bij me droeg om haar te voeden. Zelfs al was het slechts het harde puntje van een drie dagen oud stokbrood, wat we bij ons in het dorp het elleboogje noemden. Ik miste de mensen die de woorden van mijn dorp uitspraken. Wat konden die mensen die woorden goed uitspreken. Weggaan is de woorden van je dorp moeten missen. Hun woorden uitspreken naar Jasmijn stelde me in staat mezelf te horen. Mezelf te zien staan tussen de oudere jongens, die plannen bespraken om door te breken in het buitenland. Als dj. Als appontwikkelaar. Als ingenieur. Als chef-kok. Door hun verhalen ging ik soms weer geloven in mijn eigen verhaal. Dan fluisterde ik tegen Jasmijn: 'Ik ben hier, niet eens halverwege. Maar ik kom er wel. Een kwestie van tijd. De wegen van het Lot zijn grillig.' Ja, wat in mijn geboortedorp slechts een van de vele woorden was, was hier een gloeiend stukje kool om me aan te warmen. Het elleboogje was in staat me te verbranden. Rond het elleboogje verzamelden zich dorpsgenoten die me doordringend aankeken en me verzochten de reis huiswaarts te aanvaarden. Wanneer ik mijn mobiele telefoon opende, zag ik de whatsappgroep van mijn dorp vollopen met foto's en filmpjes. Waterputten die zijn geslagen. Een weg die is verbreed. Een feestelijke samenkomst van kinderen. Lachende gezichten. Een bericht van een neef, de enige die ik had durven te vertellen hoe het met me was gesteld.

'Neem je verlies. Je zal er thuis niet op aangekeken worden. We houden nog steeds van je. De kansen liggen hier voor het oprapen. Je hebt een goed stel hersens. En snelle handjes. Inmiddels heb je in dat barre buitengebied je talen leren spreken, kom dat hier te gelde maken. We staan te springen om gidsen die met Italianen, Amerikanen en Spanjaarden de woestijn in kunnen trekken. Jij kan het hoogste dagtarief vragen, los nog van de fooi. Je verdient hier in een dag meer dan daar in een week. En dat alles zonder je waardigheid te verliezen.

Denk niet dat het hier nog steeds is zoals je het hebt achtergelaten. Hoelang ben je weg? Twee, drie jaar sinds je vanuit de vissersstad overstak? In die tijd is er meer veranderd dan in de afgelopen decennia bij elkaar. Er zijn scholen gebouwd. Alle meisjes gaan naar school. Er komen jongens terug uit de stad, met goede diploma's op zak om elektriciteit voor iedereen aan te leggen. Huizen hebben zonnepanelen. Er wordt een klimaatneutraal resort gebouwd. Er heeft zich hier een durfinvesteerder uit Dubai gevestigd, die gaat bouwen aan tweehonderdvijftig bungalows te midden van groen en oases. Met respect voor onze tradities, want deze mensen willen niet tussen ons en onze tradities in komen. Ze zijn begonnen met mensen te werven.

Hoor je wat ik zeg? Je hebt daar in de Waterstad zoveel gezien. Je kan ons vertellen wat we anders moeten doen. We zullen naar je luisteren. Er is hier niemand die je ook maar iets kwalijk neemt. En als die er wel is, zullen we hem verzoeken zijn mond te houden.'

Ik borg mijn telefoon weer op. Weerspiegeld in het water zag ik donkere kringen rond mijn ogen, als manen van een uitgedroogde planeet. Ze deden anders vermoeden, maar ik moest mijn dertigste verjaardag nog vieren. Als Allah en de Mensheid het zo wilde, natuurlijk.

Met het naderen van dat overbruggingsjaar trok ik me steeds dieper terug in de herinneringen van mijn jeugd. Bijna alsof er tussen mijn veertiende en negenentwintigste nooit iets had plaatsgevonden. Of in ieder geval niets wat het vermelden waard was. In mijn geboortedorp was ik herdersjongen geweest, Mijn kindertijd bracht ik tussen de geiten door, de valleien kende ik als de palm van mijn hand, en in de droge maand bracht ik mijn schaapjes naar de oases. Dagenlang trok ik met ze op, slechts voortgedreven door de wind en begeleid door een hond; ik kende de nukken van de viervoeter door en door. De nabijheid van Jasmijn bracht me als vanzelf terug naar deze herdersdagen.

Om de tijd te doden, niet te veel te denken aan mijn jeugd, aan mijn ouder worden, verzon ik verhalen bij de mensen die me maar bleven negeren. Ik bekleedde ze met een heden, verleden en toekomst. Hun gebaren vertaalde ik naar liefdesbrieven, hun mondhoeken krulde ik om tot gezang, hun snelheid probeerde ik met behulp van mijn verbeelding te vertragen. De tijd ging sneller als ik zo aan het fantaseren was, en de constante honger verdween naar de achtergrond.

Soms voelde ik dan de hond weer aan mijn hand likken. Kom hier met dat brood, ik zag het in haar ogen. Voor de hond had de liefde een transactioneel randje. Die eerlijkheid was me meer waard dan alles in de wereld. Waren de mensen maar zo eerlijk.

Ik bestudeerde een groepje laatkomers dat voorbij spoedde. Ze waren omhangen met kartonnen tassen in alle maten en kleuren, waarop namen stonden afgedrukt van grote modehuizen. Modehuizen die met hun vormentaal diep in de verbeelding van de wereldbewoners doorgedrongen waren. De wereldbewoners doorkruisten het plein verticaal, een schaar die het doormidden knipt, richting de kade waar ze verwacht werden.

Van de buitenlandse toeristen die het schip in de ochtend hadden verlaten, was dit groepje laatkomers veel langer in de stad gebleven dan afgesproken. Maar wat wilde je ook, als er zoveel rijkdom voor het grijpen lag. De hulpjes in de winkels konden de creditcardbetalingen nauwelijks bijhouden; de jurkjes, jasjes en tassen werden nog net niet van de planken gerukt. 'Gelukkig' ging het meeste op afspraak. Om in aanmerking te komen voor de meest waardevolle spullen moest geruime tijd van tevoren, via digitale weg, een soort van visum worden aangevraagd. Wie zomaar kwam opdagen werd sowieso de toegang ontzegd – het is makkelijker om vanaf een bootje Griekenland binnen te komen dan over de drempel van een modehuis te stappen. Het zijn in die zin net ambassades, vooruitgeschoven posten van een nieuwe natie.

Terwijl ik knaagde aan een stukje stokbrood, bestudeerde ik de laatkomers. Wie ze zo zag, zou denken dat ze op stel en sprong waren gevlucht voor een naderende overstroming. De leider van de groep, een vitale twintiger, maande het voorthollende gezelschap toch niet te versagen: te laat komen werd door de kapitein bestraft met gefronste wenkbrauwen. Ik ontwaarde tenminste zeven talen die hij tot zijn beschikking had. In een vreemde taal mensen bestraffend toespreken, zonder in te boeten op geloofwaardigheid, is het moeilijkst wat er is, maar hij deed het!

Ik stond op en sjokte verder, richting het Canal Grande, waar het een komen en gaan was van dagjesmensen, pensionado's, Italiaanse schoolklassen en Senegalese straatverkopers met nep-Rolexen om de polsen. Uit een openstaand raam klonk operamuziek. Il Canal Grande, al meer dan duizend jaar het levenskanaal van deze stad.

Op het San Marcoplein voelde ik dat ik werd gevolgd door een man die ik hier wel vaker had zien rondscharrelen. Ook het feit dat hij had staan praten met enkele bekenden van mij was me niet ontgaan. Een toerist was hij niet, die hebben wel wat beters te doen dan zich met ons onderhouden. Die komen voor bakstenen, niet voor mensen. Ze kopen kaartjes om naar opgedroogde verf te kijken. Ze betalen grif geld voor een stukje glas. Als ze al met een mens in gesprek gaan, is het met een van de dode zielen die begraven liggen op het eiland van San Michele, daar waar de bloemen worden gebracht voor een overleden componist of dichter. Beroemdheden, daar praten we maar wat graag mee, zelfs als ze niet kunnen terugspreken. Of juist beter dat ze niet kunnen terugspreken, dan ben je zelf lekker lang aan het woord. En is liefde sowieso niet fijner wanneer er sprake is van eenrichtingsverkeer?

Afijn, ik had hem in het snotje, zoals ze bij ons in het dorp zeggen. Hij was trouwens ook geen journalist, want heel veel dingen opschrijven zag ik hem niet. Eigenlijk best wel een zonderling. En die zonderling volgde mij nu over de bruggetjes en door de straatjes van de stad. Hij was dus naar mij op zoek. Iemand had hem over mij verteld. Vast die zoon van de Meloenman, dat kon niet anders. Die is loslippig en maakt vrienden overal.

Toen ik afscheid nam van de vrouw met wie ik praatte botste ik bijna op hem. Omar was zijn naam en hij had over me gehoord. We wisselden wat beleefdheden uit. Ik vond hem direct een aardige kerel, zonder dat ik wist wat hij van me wilde weten. Ik was wel toe aan een ontmoeting, het gesprek met de vrouw had me nog niet verzadigd; deze stad holt je uit. Als ik bij hem mijn ei kwijt kon, kon dat wellicht tot actie leiden. Misschien kon hij zelfs een advocaat voor me regelen, die mijn miserabele omstandigheden aanwendt om me aan een voorlopige verblijfsstatus te helpen. We spraken af elkaar de volgende dag weer te zien. Waar en hoe laat precies, daar kon ik hem niets over zeggen. Laat het Lot beslissen, oké?

Het gesprek had me wat opgefleurd, en met hernieuwde energie liep ik verder. Zolang ik loop, is er hoop, dacht ik bij mezelf. Ja, om door het Lot begunstigd te worden moest er gelopen worden. Het Lot neemt een hoektand, je slaap, je trouwring. Het Lot geeft je geld, liefde, een schouderklop. En inderdaad: buitenissig blije toeristen, die niet wisten wat ze met hun overtollige kleingeld aan moesten, klampten me aan om ervan verlost te worden. Die mensen bestonden, en ik leefde nog dankzij hen. Ik kon geen peil trekken op wie die mensen waren; vrijgevigheid draagt geen uniform masker. Dat was kennis die me op de been hield, dat het Lot kleurenblind was.

Plots hoorde ik geschreeuw. De roep om hulp ging door merg en been. Iemand was in het water gevallen. Deze man moest geholpen worden, want zijn gespartel ontbeerde alle richting en techniek. Hij was zonder zwemdiploma van huis gegaan – men kan tenslotte niet op alles voorbereid zijn.

Het water verzwolg hem. De vogel en de val. Omstanders filmden het tafereel onbekommerd, alsof ze een performance aanschouwden. Vanaf de kade klonken kreten. 'Sterf, zwarte. Het is je verdiende loon. Je hebt hier niets te zoeken. Hoe haal je het in je hoofd.' Er klonk hoongelach. Blootstaan aan racistische uitlatingen wanneer je kopje-onder gaat is niet hoe de gemiddelde migrant zich Europa voorstelt. En toch gebeurde het hier, in het hart van de Waterstad, niet ver van het plein.

Zonder er verder bij na te denken, sprong ik het water in, zelfs al kon ik eveneens niet zwemmen. In de oases waar ik vroeger in badderde, kwam het water niet hoger dan tot aan mijn middel. Maar wat het ook was dat me deed springen, het was sterker dan ikzelf.

Samen gingen we kopje-onder.

15

‘En nu zitten we hier,’ zeg ik, wanneer de Moor is gestopt met praten.

‘Ik lig, jij zit,’ zegt de Moor. ‘Dat is een groot verschil. Jij kan opstaan en weglopen als je wilt. Ik zal je niet kunnen achterhalen. Ik kan geen kant op.’

‘Ik ga je niet verlaten.’

‘Daar ben ik ook niet bang voor. Ik ben alleen bang dat deze situatie ook als ik straks weer buiten sta niet zal veranderen. Ik zal blijven liggen. En jij kan altijd opstaan. En weer ergens anders gaan zitten.’

‘Ik denk dat ik snap wat je bedoelt. Jij bent door het gebrek aan papieren geïsoleerd geraakt. Je kan geen kant op. Ik daarentegen geniet totale vrijheid.’

‘Ja. En dat je naar mij luistert geeft me het gevoel dat het ook omgekeerd kan zijn. Zolang ik je met mijn verhaal laat zitten, ben ik onderweg.’

‘Ik kan ook weggaan als het me niet zint.’

‘Dat doe je niet. Je wilt niks missen.’

‘Misschien heb je gelijk. Probeer nu even te slapen. En ik beloof je: ik ga nergens heen!’

‘Ik probeer het.’

Ik sluit mijn ogen. De laatste slaap voor het ochtendgloren.

Ik klauter uit het immense bed, waar ik onder een immens dekbed heb gelegen, alsof ik me ontworstel aan een gevilde ijsbeer.

De badkamer is veel te groot naar mijn zin; ik voel me er verloren in. Ik draai de koude kraan helemaal open, het water klettert over mijn kale kop, en bijt een paar keer hard op mijn tanden, alsof ik daarmee de machinerie van het lichaam aanzet.

Achter het Franse balkon volg ik het spoor dat mijn adem trekt. Ik zwaai het vaarwel.

In de ochtend ligt de mist als uitgedroogde tabaksbladeren op het bleke water. De contouren van de stad zijn onhelder. Stilte voor de storm, voordat Venetië ingenomen zal worden.

Elke dag werpen nieuwe troepen zich op de kanalen, paleizen en pleinen van de stad. 99 procent begeeft zich binnen de gebaande paden, die door miljoenen voorgangers zijn uitgesleten, met achterlating van heel wat afval, dat door de bruine ordetroepen bij elkaar wordt geveegd, op een hoop gegooid en naar Marokko gestuurd. De vuilnisbak van Venetië is Casablanca.

Ik zie de eerste silhouetten over de kades gaan. Zwaarbeladen werkers die de hotels, restaurants en gasthuizen bevoorraden, voedsel klaarleggen voor de hordes die zich er straks aan tegoed zullen doen. Het zijn allemaal mannen, het merendeel Indiërs en Pakistanen, een enkele Afrikaan en Egyptenaar, maar voor mijn ogen veranderen ze in Ottomaanse handelaren, de tulband als een kleurige tulp op het hoofd. Zoals elke dag treffen ze elkaar juist op dit vroege tijdstip, om hun ontmoetingen niet prijs te geven aan de onbekende mensen die hen omringen. Ze komen hier al eeuwenlang om handel te voeren, maar ondanks het aanhoudende contact passen ze ervoor zich met de christenen te mengen. De lokale autoriteiten stellen er ook geen prijs op – ze hebben, net als de Joden, hun eigen wijk, de Turkse buurt waar ze zonder pottenkijkers hun rituelen kunnen blijven uitoefenen. In het buitenland wordt het ritueel de navelstreng met je moederland, het gebedenboek een vlot.

Nu ik ze tot leven heb gewekt, nemen de mannen de vrijheid om een gesprek met elkaar te voeren. Een van hen is gekomen met een missie: hij is in bezit gekomen van een vlootje buitgemaakte christelijke zeemannen. Tevergeefs hebben ze geprobeerd onder hun gevangenschap uit te komen, door zich voor te doen als arme stakkers, door de namen over te nemen van hun bediendes, maar de uitgekookte Moren hebben hen doorzien. Ze controleerden hun oren, inspecteerden hun vingers; de gaatjes in de oren betekende afwezigheid van kostbaar goud, en lichte plekjes verraadden ontbrekende ringen.

Over en weer kaapt men elkaars mensen; de Middellandse Zee is een bloederig tikkertje spelen. De Venetianen weten dit, de Moren weten dit, de tussenman weet dit. Echter, tegen eerlijke betaling is de kans levensgroot dat de christelijke zeemannen straks gezond en wel hun dierbaren kunnen omhelzen. Dat de kortstondige, maar ruwe opsluiting, in de loop der tijd slechts een herinnering zal zijn. In afwachting van nieuws wordt de gevangene vetgemest en krijgt goed te eten: het laatste wat zijn gijzelnemer wil is dat de gegijzelde van wanhoop en verdriet het leven verliest.

Ik spits mijn oren – het water is een perfecte geleider voor het overbrengen van hun gesprekken. Het gemurmel is een parelketting vol roddels, politieke analyses, winstverwachtingen, dat alles geregen door een draad van angst en onzekerheid. Dit Franse balkon is een antenne en ik ben de ontvanger. Het Ottomaans ben ik niet machtig, maar aangezien het een bont gezelschap is, waartussen zich ook Levantijnen, Soedanezen, Perzen en Moren begeven, hanteren ze een allegaartje dat is geperst uit de talen van de Middellandse Zee. Een mengelmoes van Arabisch, Turks, Italiaans en Frans, dat ook wel lingua franca wordt genoemd, en matrozen, schippers en zeemannen in staat stelt om elkaar tussen de Straat van Gibraltar en het Zwarte Zeegat te verstaan.

Ik hoor ze met elkaar roddelen over mij. 'Die Moorse vreemdeling', die onder een valse naam zijn intrek heeft genomen in het meest luxueuze gastenverblijf dat Venetië kent. Ze verdenken hem ervan een geheime boodschap voor de doge bij zich te dragen. De tussenpersoon. Een spion.

In een wereld waarin handelscontacten persoonlijk zijn en gedragen worden door dynastieën en hechte families aan weerszijden van de zee, kan het niet bestaan dat er in hun directe nabijheid een vreemdeling rondloopt. Een vreemdeling waarvan ze niet meer weten dan dat hij Andalusisch spreekt en zijn handel afrekent in gouden munten, gedrukt onder de heerschappij van Mansour de Gouden, de rijkste en machtigste vorst die de Maghreb ooit heeft gezien.

De mannen zijn naar deze stad gekomen om te speculeren: ze speculeren op hongersnood, op een oorlog, op een gevangenenruil; ze speculeren erop dat de sultan zijn grootvizier ontslaat, dat de Maltezer kruisridders toenadering zoeken tot de moslims; ze speculeren op een Spaanse furie, op het einde der tijden. Hun speculeren onderbouwen ze urenlang op het San Marcoplein – waar de doge, de stadhouders van Venetië, op uitkijken – en ze spitsen hun oren om de laatste nieuwtjes te horen over wat er komen gaat. Wat hier wordt besloten heeft gevolgen tot in alle uithoeken van de Middellandse Zee. Ze bevinden zich niet op een grens tussen Oost en West. Ze bevinden zich ook niet op een breuklijn. Ze bevinden zich op een richel, een verzakking in de grond, waar je niet heel makkelijk uit komt, wie je ook bent en waar je ook vandaan komt.

En nu speculeren ze dus over mij. Wie ben ik dat ik in hun aandacht mag staan? Ik kan wel gaan schreeuwen hoe onbeschaamd het is dat ze over me roddelen, terwijl ik bijna voor hen sta, maar wat schiet de mens daarmee op? Voor hen ben ik eenzelfde soort geest als de groteske fabeldieren waar reizigers over hebben geschreven. Zolang ze er niet oog in oog mee staan, geloven ze dat het dier bestaat. Echter, wanneer het dier zich daadwerkelijk manifesteert, slaat het ongeloof toe. Dat is ons instinct, zo beschermen we ons mentale gestel tegen de bedreiging van het nieuwe.

Inmiddels heb ik het koud gekregen, slechts gekleed in mijn nachthemd, en ik besluit weer naar binnen te gaan. In de verte meen ik de oproep tot het ochtendgebed te horen. Wanneer ik een laatste keer achteromkijk, ontdek ik dat de Waterstad er minaretten bij heeft gekregen en vanaf iedere minaret bezingt een gebedsoproeper de geneugten van de ochtend. Als ze klaar zijn, verdwijnen ze uit het zicht.

Terug in mijn hotelkamer zie ik mijn moeder op de rand van het bed zitten.

Ze heeft een bolle buik. Ik vraag haar of ze zwanger is.

'Ja, van je vader.' Ze stopt me in onder de gigantische deken, neemt mijn pols op en legt een warm kompres op mijn hoofd – verplegen verleer je niet. Dan hurkt ze naast me neer en zingt me in slaap met een Italiaans slaapliedje.

Wanneer ik weer wakker word, heeft mijn moeder bezoek gekregen van mijn vader. Haar buik is weg.

'Is het kind geboren?' vraag ik.

'Natuurlijk!'

'Waar is het?'

Ze wijst naar mij. Mijn vader lacht. 'Ik moet weg. Werken. De Arabieren hebben me nodig. Ik vlieg eersteklas. De rode loper wordt voor me uitgerold. Als dit doorgaat, wil ik jullie meenemen naar de Golf. Er wacht ons daar een grootse toekomst.'

Hij loopt de kamer uit en na nog geen seconde verschijnt hij alweer, tranen in zijn ogen. 'Ze moesten me niet. Toen ze bij de paspoortcontrole mijn huidskleur zagen, stuurden ze me terug.'

Mijn moeder lacht. 'Ik had je gewaarschuwd. Ze moeten je daar niet.'

Mijn vader pakt een mesje uit een lade.

'Wat ga je doen,' vraagt mijn moeder.

'Mijn huid er afschillen. Het naar ze opsturen.'

'Maar dan raak je je huid kwijt,' zegt mijn moeder.

'Er groeit weer een nieuwe aan.'

'Zien jullie niet dat ik moe ben,' schreeuw ik. 'Ik heb rust nodig.'

'Wat jij nodig hebt is een trap onder je kont. Voor het gebruiken van mijn koffer.'

'Praat die jongen geen schuldgevoel aan,' fluistert mijn moeder. 'Daar heeft hij nog zijn hele leven last van.'

'Ik krijg je wel,' zegt mijn vader. Hij neemt een aanloop en springt op me.

Ik schrik wakker, met naast me een leeg bed. De Moor is weg. Ik blijf dat maar herhalen voor mezelf: hij is weg, hij is weg, hij is weg – alsof ik een dierbare kwijt ben geraakt – en ik weet niet of ik moet huilen of lachen.

Ik schiet de gang op, spreek een tweetal zusters aan; ook bij de inloopbalie weten ze van niets. Ze hebben niemand naar buiten zien lopen. Mogen ze een naam hebben?

'El Moro. Hij noemt zichzelf de Moor.'

De verpleegsters moeten lachen. Ze herhalen zijn naam; de o's komen er nadrukkelijk groot uit, o's van verbazing, gevolgd door een o van berusting. Hier kunnen ze helemaal niks mee. Wat hun betreft hebben ze vandaag hun laatste Moor nog niet gezien. De nachtploeg is trouwens allang naar huis: als ik iets van ze wil weten, moet ik aan het einde van de avond terugkomen.

'Kunnen jullie niet een poging wagen?'

De handen wapperen ontkennend. Ze nemen niet eens de moeite om in het systeem te kijken. Dit is een ziekenhuis waar heel veel mensen binnenkomen, om het weer te verlaten zonder een spoor achter te laten. Ze hebben geaccepteerd dat de wereld vol zit met mensen zonder vaste woon-of verblijfplaats, zonder geboortedatum, zonder naam. De Waterstad trekt miljoenen mensen aan en ze beschikken niet allemaal over een paspoort. Wel de wond, geen identiteit. Daar moeten ze het mee doen. Dat maakt dat wie hier binnenloopt met zijn wonden, weet dat het alleen daarom gaat. En de rest kan ze gestolen worden. Eenmaal de pleister erop geplakt, is wat hun betreft hun taak volbracht.

Ik dring aan. 'Alstublieft.'

'Alstublieft, meneer.'

Ze maken er geen aantekening van. Als ze daaraan beginnen,

wordt het ziekenhuis een gemeentelijke instelling voor ontheemden. Dit is een overheidsziekenhuis en overzicht houden op alle mensen die in- en uitlopen is gewoonweg niet te doen. Een van de verpleegsters wordt vertrouwelijk. 'Precies daarom houd ik van dit werk. Je weet 's ochtends niet wat je op je bordje krijgt, en aan het einde van de avond weet je niet wat je op je bordje hebt gehad. Dichter bij de mensen kun je niet komen. Er zit geen filter tussen. Hij kan arm of rijk zijn, op de vlucht of juist nooit meer in staat om weg te komen, het maakt ons allemaal niets uit. In die zin doen we ons werk met de ogen dicht. Figuurlijk dan.'

Ik loop terug naar de kamer. Het bed is schoon. Alsof er niets is gebeurd.

Wanneer ik het ziekenhuis verlaat, word ik op mijn schouder getikt door de verpleegster die de Moor en mij aan het einde van de avond eten had gebracht.

'Prego.' In haar hand ligt een mapje. Het dossier van de Moor. Ze reikt het me aan, blij dat ze ervan af is. Ik sla het meteen open, op zoek naar informatie. Maar waar zijn naam, geboortedatum en adres horen te staan zie ik enkel de voorgedrukte stipjes. Enkel zijn gewicht en lengte staan genoteerd

Bladerend door het mapje vind ik zijn medische gegevens; hartslag, bloeddruk. Ik weet precies hoe laat in de nacht zijn hart een sprongetje maakt, ik heb er alleen niets aan. Ook zijn suikerspiegel kan me gestolen worden. Ik heb een naam nodig. Een naam die ik aan de verhalen kan verbinden.

Op de laatste pagina staan, in een bijna onleesbaar handschrift, een paar regels in het Arabisch. Zo uit de losse pols geschreven zijn ze moeilijk leesbaar. En toch voel ik aan alles dat er een boodschap in zit die aan mij is gericht.

'Aan Omar, beste broeder die ik toegenegen ben, deze brief.' Brief? Oh ja, een brief kan in het Arabisch ook een boodschap zijn, hoe kort ook. Iets wat je wilt overbrengen.

'Wat we hebben besproken, is voorgoed aan jou gegeven. Blijft het in jou liggen dan is het waardeloos, maar laat je het gaan, dan is het zijn gewicht in goud waard. Waarom? De duif bestaat bij gratie van zijn beweging en niet andersom. Dus bewegen moet het en ik hoop dat je verder beweegt en dat het verhaal met je meereist.'

Dit is de opdracht die ik zocht. Ik moet mijn boek afmaken.

Buiten ga ik op een bankje zitten, en verward stuur ik mijn vrouw een lange e-mail over mijn ontmoeting met de Moor.

'Ik kom naar huis. Ik ga mijn roman schrijven. Ik beloof het je. De roman over het water en de stad. Over vluchtelingen, die van de ene op de andere dag opdoken aan de rivier. Opmerkelijke personages. De verhalen leven al langer in me, en ik heb ze van jou weggehouden. Blijkbaar vind ik het makkelijker om ze aan een vreemde te vertellen, dan aan jou. Iets weerhoudt me ervan. En dat voelt als verraad. Datgene wat ik het meest liefheb zou ik moeten delen met diegene die ik het meest liefheb. Wat doe ik anders hier dan op aarde? Wat houd ik vast? Of liever gezegd: waar klamp ik me aan vast? Een paar verhalen.'

De terugvlucht heeft vertraging. Ik stuur mijn laatste nieuwsbrief naar Sarah. Daarna open ik het document met de roman in wording. Misschien wordt het een novelle. Waarin ik alle werelden die om de Moor hangen doorvertel. Ik heb de 'brief' die hij me gaf gefotografeerd met mijn telefoon, en ik lees zijn woorden een paar keer over. Ik verstuur hem naar mijn vrouw en leg haar uit wat erin staat.

'Toewijding heeft soms genoeg aan een paar goede regels om wortel te schieten,' schrijft ze terug. 'Maar betekent dit dat ik je weer minder vaak ga zien?' Ik stel haar gerust. Ik ga nergens heen. Ik zal het kort houden. Ze weet dat ik lieg. Maar wie kan weerstand bieden aan de opdracht van de Moor?

In de trein naar Nijmegen kijk ik op YouTube naar samenvattingen van voetbalwedstrijden. De klassiekers. De finales van de wereldkampioenschappen. Maar er is een wedstrijd die me nooit verveelt en dat is de wedstrijd tussen Brazilië en Frankrijk, op het wereldkampioenschap voetbal van 2006. Het was de kwartfinale. Brazilië de favoriet, Frankrijk totaal afgeschreven. Of eigenlijk was vooral de sterspeler van Frankrijk, Zinédine Zidane, afgeschreven. In de voorgaande wedstrijden speelde hij niet optimaal. Er was kritiek. De oude vos zou versleten zijn. De wereld keek naar deze wedstrijd met enig leedvermaak, want als hij vanavond zou verliezen, zou dat ook het einde van zijn carrière betekenen.

Wat er toen gebeurde? Zidane speelde een van de beste wedstrijden van zijn carrière; hij draaide en sprintte, gaf prachtige passes en de voorzet waaruit Thierry Henry het winnende doelpunt scoorde. De gedrevenheid waarmee Zidane speelde, hielp me elke keer weer over het dode punt heen. Er zou altijd een herkansing zijn: als je met je rug tegen de muur staat, het gevoel hebt geen kant op te kunnen, dan moet je vooruit stormen. In de aanval. Antwoorden in stijl.

In de finale tegen Italië verliet Zidane met een rode kaart het veld, nadat hij met zijn voorhoofd een Italiaanse verdediger tegen de borst stootte. Een van de vreemdste momenten ooit uit het voetbal. De verdediger zou zijn moeder beledigd hebben en als een bok had Zidane de speler omvergeworpen. Rood.

Zidane het veld af, Italië er met de wereldbeker vandoor.

Wanneer de trein Nijmegen binnenrijdt, stap ik met een warm hoofd naar buiten. Ik kijk om me heen, houd de tas tegen mijn borst aan. Stel dat ik word aangevallen. Ik blijf net zolang staan totdat het perron leeg is, op een paar studenten na. Zien zij wat ik zie? Ik hoef niet bang te zijn.

Zidane antwoordde in stijl. Met opgeheven hoofd. Je niets aantrekken van de wereld om je heen. Ik pak de bus naar huis. Doe de deur open. Mijn vrouw rent op me af, springt in mijn armen, waardoor mijn tas valt. Het maakt me niet meer uit. Door de sprong is het filmpje op YouTube gaan spelen; ik hoor het publiek juichen en de Franse commentator schreeuwt: 'Zinédine Zidaaaaaane.'

Ze kookt een pasta met spinazie en garnalen voor me. 'Weinig calorieën, optimale smaak.' Ik schrok het naar binnen. 'Wil je uitrusten of niet,' vraagt ze. 'Want ik wil alles horen.' Ik veeg de saus van mijn lippen, leg het servet neer en sta op.

'Ik moet echt nog wat doen,' zeg ik. 'Een Italiaanse verdediger een kopstoot geven.' Ik verdwijn naar boven, waar ik op mijn laptop het document 'roman – komt maar niet af' open. De regels die de Moor heeft opgeschreven print ik uit en hang ik op rechts aan de wand. Een souvenir uit Venetië. Een opdracht uit Venetië.

De stad aan de Waal

Ze staken een spade in de vochtige grond, toevalligerwijs precies op de plek waar de laatste Joegoslaaf zou zijn gestorven. Milo Andric was zijn naam. Hij zou verhuizen naar een appartementje in het aangrenzende dorp, een verschil tussen dag en nacht, maar het Lot had anders gewild.

De mannen waren gestuurd om voorbereidingen te treffen voor het nieuwe vluchtelingenkamp dat opgetrokken zou worden. Ze hadden nooit van deze Milo Andric gehoord, terwijl zijn verhaal hen ook aanging. Immers, ze waren gekomen om dit terrein klaar te maken voor opvang van mensen die waren gevlucht voor oorlogsgeweld. Milo was ook zo iemand, alleen wisten ze dat niet. Dat was begin jaren negentig geweest, toen Joegoslavië uit elkaar viel.

Heumensoord had een geschiedenis, een geschiedenis van opvang – het eerste vluchtelingenkamp in Nederland na de Tweede Wereldoorlog. Voor deze mannen was dat de prehistorie, een evenement van voor de komst van het internet. Heumensoord dobberde als een geïsoleerd eilandje in een uithoek van het collectieve geheugen.

Milo was in kamp Heumensoord liefdevol opgevangen door de jonge vrijwilligers, als een van de eerste Joegoslaven was hij aangekomen. Het groepje Joegoslaven dat hem voorging, had het niet langer dan een dag en een nacht uitgehouden. In de ochtend waren ze verdwenen. Spoorloos. Men vroeg zich af of het wel vluchtelingen waren, en Milo werd, wat de vrijwilligers betrof, de eerste Joegoslaaf.

De Romeinen noemden het prehistorische bosgebied van Heumensoord het heilige woud van de Bataven. In de middeleeuwen maakten verschillende Duitstalige en Nederlandstalige edelen aanspraak op het gebied. De dichte bossen voorzagen in kostbaar hout en wild. In moderne tijden oefenden soldaten hier het schieten. Er gingen kanonnen af, geweren werden in de aanslag gebracht en het veld lag bezaaid met lood. Later overnachtten soldaten hier tussen de lange wandelingen in die werden gemaakt voor de Vierdaagse.

Toen Milo kwam zag hij de transformatie naar een opvangplek: aanwezige militairen waren met grote scharen bezig het prikkeldraad dat het terrein afbakende weg te halen. In zijn vaderland had hij gezien dat prikkeldraad werd opgetrokken om mensen van elkaar te scheiden, gereduceerd tot vee. Concertina werd het genoemd, dat prikkeldraad, dat zich als minuscule scheermesjes over het staaldraad had vertakt, op gelijke afstand van elkaar. Als een afscheiding al een passief-agressieve uitstraling kon hebben dan was het zo – en hier verwijderden de militairen haar zomaar, recht voor Milo's ogen.

Omdat het tentenkamp getraumatiseerde mensen ging opvangen, moest dat prikkeldraad weg. De indruk mocht geenszins gewekt worden dat mensen hier als vee zouden worden opgevangen; men moest niet wrijven in een wond. Er was met een hart over de inrichting van het kamp nagedacht.

Milo ging zitten om te kijken naar hoe de militairen het prikkeldraad heel secuur weghaalden. Hij verwonderde zich niet over de voorzichtigheid waarmee ze het oprolden – ongelukkig in contact treden met het prikkeldraad zou ernstige verwondingen tot gevolg hebben. Hij verwonderde zich over iets anders: hun blijmoedigheid. Ze hadden enorm veel plezier in het werk dat ze deden en het was ze aan te zien. Soldaten die glimlachten, in wat voor wereld was hij terechtgekomen?

Het was de bedoeling geweest de Joegoslaven op te vangen in een ziekenhuis, maar brandstichting in het pand deed de gemeente daarvan afzien. Wie stak de brand aan? Niemand die het kon zeggen. Zelfs niet toen de brandstichting zich herhaalde, en het ziekenhuis zijn status als veilige plek definitief verloor. Was het uit protest tegen de vluchtelingenopvang? Hoe het ook zij, Heumensoord moest de nieuwe opvanglocatie worden, al klonk ook daar gemor. Men vreesde overlast voor de inwoners van de naastgelegen wijk.

Het was het jaar 1994. Om de verveling van zich af te werpen las Milo verhalen van Tsjechov, onderwijl hij zijn ogen goed de kost gaf. Hij was tenslotte niet alleen in het kersverse tentenkamp. Aan het begin van de zomer streken er duizenden militairen neer die op eenvoudige veldbedjes sliepen en deelnamen aan lange wandeltochten die in totaal vier dagen duurden. Milo keek hoe militairen hun blaren, zo groot als kwartjes, doorprikten, theezetten en liederen aanhieven. Wanneer ze gingen slapen kwam er een weldadige stilte over het kamp.

Met het verdwijnen van het prikkeldraad was ook het laatste groepje Congolezen verdwenen. Of Zaïrezen, zoals ze destijds heetten. Voor de tweede keer gedesillusioneerd. De eerste keer hadden ze gedacht dat, na de val van de Muur, ook in hun thuisland een democratiseringsslag kon worden geslagen. Het eindigde in een bloedbad. Ze vluchtten naar Europa, kwamen uit in Nederland en waren bereid de democratie te dienen en te stutten. Maar nu zaten ze hier nog steeds, wederom in een wurggreep. Ze waren het wachten zonder perspectief beu. De Franse krant *Le Monde*, die ze hadden meegenomen uit Frankrijk, was uitgelezen. De afleiding moest ergens anders gezocht worden, maar waar? Gingen ze nou wel of geen asiel krijgen? Deze grotendeels hoogopgeleide mannen hadden toch niet de halve wereld afgereisd om weg te kniezen in een doodlopende straat? Voor hun gevoel werden ze gewantrouwd vanwege hun afkomst en de boosheid was van hun gezichten te scheppen.

Op een dag zag Milo ze in beweging komen en zich in een cirkel rond hun Mozes samenvoegen: een lange, tanige, wat oudere man, die met zijn hand in oostelijke richting wees. Ze hadden hun spullen gepakt en zouden lopen langs de rivier, tegen de stroom in. Hun exemplaar van *Le Monde* ging in de rugzak mee, ook al was het inmiddels oud papier geworden. Er kon nog geen broodje tonijn in verpakt worden, zo aangetast was het. Het deerde niet: het was de talisman die onheil moest afwenden. Het werkte ook als je er niet in geloofde. En toen vertrokken ze. De vrijwilligers waren met stomheid geslagen. Dat ze daadwerkelijk gingen had niemand verwacht.

Milo was ze achternagelopen. Deels uit nieuwsgierigheid en deels om ervan te leren. Om klaarheid in ongewisse situaties te brengen, moest je als mens de moed kunnen opbrengen om te vertrekken. Dat was wat deze Afrikaanse mannen deden en door dat te doen ontsnapten ze aan de wurggreep van de procedures, hadden ze zichzelf bevrijd van de knechting. Daar kon Milo alleen maar respect voor hebben.

Uit de gesprekken die hij in zijn beste Frans met hen voerde, maakte hij op dat het zonen van welgestelden waren. Ze waren opgegroeid met goed onderwijs en hoge verwachtingen, en straalden iets onoverwinnelijks uit. Ze citeerden antikoloniale denkers als Frantz Fanon en Aimé Césaire, hadden het over negritude en eigenrichting. Milo begreep dat deze mannen ver vooruit leefden. Kon hij maar iets van hun idealisme voelen, dan zou hij zich bij hen aansluiten.

Als hij wilde overleven in deze nieuwe wereld, moest hij een reiziger kunnen zijn. Iemand zonder vast einddoel.

Ondertussen hadden de mannen de daad bij het woord gevoegd. Ze leken te versnellen naarmate ze verder kwamen. Of Milo liep trager naarmate hij verder kwam. Hoe dan ook werd de afstand tussen hen gestaag groter. Aan zijn conditie kon het niet liggen, hij had zijn hele leven veel gelopen, maar hij kon ze al na een klein halfuur nauwelijks meer bijhouden. De stad lieten ze links liggen. Ze volgden de kronkelige rivier, elke bocht dichter bij de bevrijding. Milo kreeg kramp in zijn kuiten en zijn linkervoet begon te tintelen. Daarnaast moest hij oppassen met zijn schoenen. Hij had maar één paar en geld om nieuwe te kopen was er niet. Slechte schoenen verrieden dat hij geen cent te makken had. Hij wilde die indruk niet wekken, het paste hem niet. Hij had er geen probleem mee hulpbehoevend te zijn, maar het was aan hem om dat moment te kiezen. Zolang hij over goede schoenen beschikte, was er wat hem betrof geen vuiltje aan de lucht. Echter begonnen de velden drassiger te worden, de klei was vochtig, en daar hadden zijn schoenen moeite mee. Toch bleef hij de Zaïrezen achtervolgen. De zucht naar avontuur was te groot.

Dit waren getrainde lopers, gewend om de pas erin te zetten. Het kon niet anders of ze hadden er al honderden kilometers op zitten voordat ze in Nijmegen waren aangekomen. Ze slingerden steeds verder van hem vandaan. Ze werden klein als speldenknopjes, als hij schreeuwde zouden ze hem niet meer horen. Hij ging ze kwijtraken.

En inderdaad, plotseling waren ze uit het zicht verdwenen. Alsof hij al die tijd geesten achterna was gelopen. Hij gaf het op, ook omdat het oosten, in ruil voor de nieuwe mensen die het had opgeslokt, een onweersbui zijn kant uit boerde. Milo vond zichzelf nogal een onnozele ziel dat hij meende dat ze zich om hem zouden bekommeren. Thuis zou hij zich nooit tot zulk naïef gedrag hebben laten verleiden.

In de wijde omtrek was er geen ziel te bekennen. De bewoners van het lage land hadden zich wijselijk teruggetrokken in hun huizen om verschoond te blijven van het naderende onweer. Milo stond er alleen voor, en de miezerregen volgde hem helemaal terug naar Heumensoord. Werden zijn schoenen tóch nog vies, maar gelukkig niet zo erg dat hij het niet met wat zeep en water af kon wassen.

Op zijn bedje droomde hij dat de Waal overstroomd was. Bij het terugtrekken van de rivier bleken de Zaïrezen aangespoeld te zijn op de oever. Teruggegeven door het water. Ze kwamen aan land en riepen hem tot de orde. Waarom had hij ze niet gewaarschuwd voor het onweer? Ze zwaaiden met *Le Monde*: het weerbericht had een prachtige zonnige dag voorspeld in Parijs. Waarom kon wat voor Parijs gold niet ook voor Nijmegen gelden?

In dit leven verdwijnen mensen, en ervoor in de plaats komen de dromen, die weer worden opgevolgd door geruchten. Het gerucht was dat de Zaïrezen waren opgepakt door de Duitse vreemdelingenpolitie.

Langzaam zag Milo het kamp vollopen. Er kwamen gezinnen binnen, maar ook deserteurs in de gedaante van jonge mannen. Er ontstonden gemeenschappen. Kliekjes. Na verloop van tijd oefende de toenemende drukte zo'n negatieve invloed op hem uit dat hij het logisch denken begon te verleren. Omstanders merkten het. Gelukkig was het helemaal niet erg om geestelijk in de war te zijn. Veel eerder keek men op van de ogenschijnlijk 'normalen', die de vlucht en het wanhopige zoeken naar een veilig heenkomen zonder verhoging van stressniveau hadden doorstaan. Dat waren er maar een paar en zij werden gewantrouwd. Wie met zijn volle verstand uit de verschrikkingen van de oorlog kwam, was eigenlijk goed gek.

Werd er gelachen dan zat daar altijd een rem op. Het ging te ver om het zelfcensuur te noemen, maar het had er wel wat van weg. De kampbewoners worstelden met de vraag of ze, door te vluchten, de achterblijvers niet hadden verraden. Ze hadden de groep immers kwetsbaarder gemaakt door zich eraan te onttrekken. En als er onderling ruzie ontstond, ging het om oud zeer; hoewel niemand dacht aan teruggaan, vrat de gedachte aan wederkeer mensen wel op. Het kamp was een dal waar alles samenkwam.

Milo Andric was een bijzonder geval. Hij genoot, als een van de eerste bewoners van het tijdelijke kamp, een zekere senioriteit. Hij had de kinderen gegroet, de mannen uitgelegd hoe ze in de stad kwamen, de vrouwen verzekerd dat de vrijwilligers, ondanks het gebrek aan een gemeenschappelijke taal, heel goed wisten wat de behoeftes waren van de bewoners. Iedereen kwam bij hem met vragen over de weg naar Nijmegen, over de wisselkoers van de D-mark naar de gulden, over wat er voorbij de rivier lag. Hij vertelde ze niet over de Zaïrezen – hun verblijf voelde als een eeuwigheid geleden, in een andere wereld. Hij ging zijn kampgenoten toch niet vermoeien met zijn hersenspinsels?

Van beroep was Milo literatuurwetenschapper, een academische titel waar niemand hier een boodschap aan leek te hebben. Er was geen vluchteling die op zijn colleges zat te wachten, en hij begreep dat zijn universitaire leven voorgoed voorbij was. Om een kans van slagen te hebben in dit land moest hij naar ander werk uitzien. Hij was te oud voor lichamelijke arbeid, maar kon, met het Engels en Frans dat hij machtig was, nog altijd opereren als tolk. Duits, waar het Nederlands tegen aanschurkte, sprak hij maar gebrekkig. In bed bladerde hij door een woordenboek en leerde het werkwoord waaien verbuigen. Woei. Maar waaide was ook goed.

De bijnaam die hij kreeg was Professor. Het lag voor de hand: hij rookte sigaretten zonder filter, droeg leren schoenen en sprak in keurige volzinnen. Kinderen trokken aan zijn tweedjasje en vroegen hem hoe hij aan die zware stof was gekomen. 'Het is net een tapijt!' Dat jasje had hij te koesteren, dat jasje was zijn status. Dat jasje was hij.

In het vaderland was Milo hoogleraar geweest in de moderne letterkunde. Over de grote vernieuwers in de westerse literatuur, zoals Virginia Woolf, James Joyce en T.S. Eliot, had hij artikelen geschreven die zelfs hun weg hadden gevonden naar de prestigieuze Britse en Amerikaanse academische tijdschriften. Voor hem waren deze modernisten de wegbereiders van de feestvierende mens, de dromende mens, de ontwortelde mens. De modernisten wezen nostalgie af en doorzagen dat het tot extremisme en zelfgenoegzaamheid kon leiden. Als je het verleden idealiseerde, werd je blind voor het kwaad dat er was.

De modernisten vertelden verhalen over de vele identiteiten die mensen hebben; tot op zekere hoogte konden ideologie en religie alles samenbrengen, maar op een dag kwam de ontdekking dat men toch vooral op zichzelf aangewezen was. En dat besef maakte per definitie eenzaam. Hoe ging je dan verder? Het was zaak om iets te vinden waar je je aan kon optrekken, in het alledaagse, bij het ontbijt, in een vluchtige ontmoeting, wanneer je op de bus wachtte.

Literatuur beschouwen als een aaneenschakeling van intieme, persoonlijke momenten die voor geluk konden zorgen – het kwam Milo op veel kritiek te staan. Het neigde naar narcisme, decadentie en oppervlakkigheid, de ziekte van het kapitalistische Westen. Zijn artikelen werden in eigen land daarom maar matig gewaardeerd. Men verdacht hem ervan de westerse markt naar de mond te praten, in de hoop op een dag gevraagd te worden voor een vaste aanstelling aan een universiteit aldaar. Bye, bye, Joegoslavië.

Publiekelijk wierp hij deze kritiek van zich af, maar innerlijk was hij terdege bezig met dromen van een uitweg.

Hij was met de jaren verder geïsoleerd geraakt. Jonge collega's meden hem als de pest, wetende dat geassocieerd worden met hem alle kansen op een carrière zou verprutsen. De studenten, daarentegen, liepen met hem weg en brachten hem aan het einde van het jaar bloemen. Ze herkenden zichzelf in hem: een vrije geest die zich niets aantrok van wat de meerderheid verlangde. In zijn colleges verwees hij naar Amerikaanse artiesten als Bob Dylan, The Doors en The Rolling Stones, die literaire teksten van de grote modernisten als paaseieren in hun werk verstopten. Literatuur was niet alleen maar romans en poëzie, ze was ook muziek en reclame en vormgeving.

Daarnaast hamerde hij er dus op dat de wereld een aaneenschakeling van microverhalen was. Hij hoopte zijn studenten de kracht te geven zich los te maken van dwingende ideologieën. Goede verhalen werden gemaakt door buitenstaanders. T.S. Eliot, Virginia Woolf en James Joyce mochten dan wat betreft klasse tot de bovenlaag van de samenleving behoren, individueel zouden ze altijd buitenbeentjes blijven. Te ingewikkeld, te omslachtig, te nerveus. Dan vonden ze Milo maar decadent – wanneer hij zijn studenten zover had gekregen zich op de hermetische poëzie van T.S. Eliot te storten, voelde hij zich gelukkig.

Telkens wanneer nieuwe bewoners hoorden dat in voormalig Joegoslavië studenten uit de hele Balkan naar zijn hoorcolleges waren gekomen, was het eerste wat ze zeiden dat het verschrikkelijk voor hem moest zijn om zich nu te schikken naar de rol van vluchteling. Ze stelden zich voor dat hij een privéchauffeur had, een groot appartement en altijd wel een borrel of diner om bij aan te schuiven. Voor hen was hij onderdeel van de politieke macht: een bureaucratische apparatsjik die zijn positie te danken had aan loyaliteit aan de partij. Ze wisten niet van zijn solitaire bestaan. Van het appartement van nog geen vijftig vierkante meter, volgestouwd met manuscripten, waar niemand hem gezelschap hield. Op zijn zwarte kat na dan, die hij Leopold had genoemd, naar de hoofdpersoon in zijn geliefde roman *Ulysses*. Net als Leopold Bloom was zijn kat een fervente wandelaar.

Ook wisten ze niet van de spot en hoon van zijn collega's. Sinds zijn aanstelling had hij zichzelf nooit beklaagd; de nieuwsgierigheid uit het Westen naar zijn geschriften hield hem op de been. Hij onderhield levendige correspondenties met vakgenoten aan de universiteiten van Oxford, Nijmegen, Parijs, Madrid, Berkeley en Edmonton. Hoewel hij dolgraag net zo'n grote bijval had gewild als sommige van zijn directe collega's, wist hij dat dit tot het rijk der onmogelijkheden behoorde. Voor hen was hij een vreemde snuiter. Eentje die het gezicht had afgewend van de glorieuze natie. Ze begrepen niet dat hij het nationalistische spelletje niet meespeelde, omdat hij het domweg niet beheerste.

Daar een academicus met een schare volgelingen, hier een geleerde man in een versleten tweedjasje, waar de kinderen vrolijk achteraanrenden. Zelfs al wist men niets van wat hij daar aan die universiteit precies had gedaan, dat ze een professor in hun midden hadden stelde ergens wel gerust. De ellende die hun was toegevallen ging dwars door alle klassen heen. Iedereen kon vluchteling zijn.

Zijn Duits werd steeds beter en om de tijd te doden gaf Milo de kinderen er lesjes in door liedjes met ze te zingen. Het zou het leren van het Nederlands vergemakkelijken. De ouders waren maar wat blij dat ze hun hyperactieve kinderen een uurtje bij hem konden dumpen. Sommige trokken zich terug voor een hazenslaapje, sommige voor iets meer dan dat. In een hoek van het kamp was het een gezang en gedrang, en daarbuiten hing een weldadige stilte.

Volgens Milo zou het begrip jegens de nieuwkomers groeien als de ontvangende partij wist welke verhalen zij met zich meedroegen. Wat hun overkwam was eeuwen geleden al opgetekend. Immers, het verhaal van vlucht was goed gedocumenteerd door alle culturen. De aartsvader Abraham die uit Irak kwam, Mozes uit Egypte, Mohammed die naar Medina trok – de boeken van de monotheïstische godsdiensten waren, als het om vluchtelingverhalen ging, rijkelijk voorzien. Ontheemding ging vooraf aan openbaring.

Avonden aaneen vertelde Milo deze verhalen in een toegankelijke, eenvoudige vorm aan de kinderen en ouders die aan kwamen waaien. Verhalen waarvan ze vagelijk hadden gehoord in hun thuisland, maar die hier nieuwe lading kregen. 'Herinner uw gastheer aan de verhalen van zijn jeugd, en je wordt bewoner van zijn huis,' besloot hij altijd.

Hij was het doceren duidelijk nog niet verleerd. Waar hij in Joegoslavië sprak over de slagvelden van de Eerste Wereldoorlog, waarin de nieuwe literatuur was geworteld, verhalen vol woede, verontwaardiging en spot over de mensenslachtingen, sprak hij in Heumensoord bevlogen en vaak onnavolgbaar, vol pathos, passie, liefde, speeksel op de lippen en in meanderende toon, over Hagar en Ismail, Jozef in Egypte en de ouders van Jezus, die in Egypte onderdak zochten. De Professor werd een dominee.

Maar op een dag wilde niemand die verhalen meer horen. Het geduld ervoor was opgeraakt, aangezien de situatie voor veel gezinnen onhoudbaar werd: ze konden zo niet verder, niet onder deze omstandigheden. De kinderen leden onder het gebrek aan aandacht, de onzekerheid over wat er komen ging vrat de volwassenen op. Het kamp raakte voller en voller. Iedere dag bussen om nieuwe mensen af te zetten, mensen die zo snel mogelijk weer weg wilden, en Milo zag het kamp van karakter veranderen. De sfeer werd grimmiger, de contacten vluchtiger, de gesprekken korter. De bureaucratie van de opvang putte de mensen uit. Daarnaast raakte Milo ondergesneeuwd onder de ingenieurs, wiskundigen, economen, advocaten en bestuurders waarmee het kamp zich vulde. Het werd een faculteit van ontheemde hoogleraren.

Ondertussen kwam hij zelf ook maar niet weg. Wat hij hoopte dat zou gebeuren gebeurde niet en uiteindelijk bleek dat zijn aanstelling in Joegoslavië hem tegenwerkte. De jurist die zijn asielaanvraag behandelde, vertelde dat er wantrouwen was. Hoe was hij eraan gekomen? Wat doceerde hij? Was hij lid van de communistische partij? Welke ideologie hing hij aan? Waren zijn colleges waardenvrij? En wat deed hij zo 's avonds laat bij het kampvuur met de omstanders? Het probleem was niet dat hij geen goed verhaal had. Het probleem was dat de verhalen die hem omringden elkaar tegenspraken. Men wist niet wie hij was. Hij vertelde Bijbelverhalen, maar in Joegoslavië was hij tot op het bot seculier en wilde hij niets van religie weten. Kon hij klaarheid brengen? Een document overleggen dat eenduidig geïnterpreteerd kon worden? Milo gaf de referentie van een collega in Australië, waar hij een lange briefwisseling mee had gehad. Zij kon in alles bevestigen dat hij een onafhankelijk denker was, geen meeloper. Maar voor contact zoeken met Australië hadden ze helaas geen tijd. Iemand dichter bij huis?

Door de stress omtrent zijn asielaanvraag en de toenemende drukte in het kamp werd Milo naar buiten gedreven. Om de onrust in het hoofd te verdrijven, liep hij lange stukken langs de rivier. Met niet meer dan een flesje water en een Mars op zak was hij uren zoet in het buitengebied. In zijn hoofd schreef hij een dik boek over de vluchteling in de moderne literatuur. Het zou een project worden waarin de nadruk kwam te liggen op de eigenschappen van het lichaam. Als je vlucht, verandert je lichaam. Je handen worden ruw, je voeten bonkig, de ogen beginnen te zakken. Bitterzoet wordt de herinnering aan het lichaam dat achtergelaten is in het moederland.

Op een dag raakte hij in een aanpalend dorp aan de praat met een fietsenmaker, die vloeiend Duits sprak. Milo vroeg hem om wat water. De fietsenmaker vroeg hem honderduit over de leefomstandigheden in het kamp.

Net als hijzelf had de fietsenmaker literatuur gestudeerd. 'Aan de katholieke universiteit hier verderop. Ze rapporteren direct aan het Vaticaan. Een scheet bereikt eerder Rome dan de overkant van de Waal. Er zit daar gewoon een priester mee te kijken met de wetenschap. Ik heet trouwens Ivo. Hoe heet jij?'

'Ik heet Milo Andric.'

'Milo, welkom in mijn koninkrijk.' Ze gingen zitten. Ivo bood hem een biertje aan en stak daarna direct van wal. 'Ik ben blij dat ik eens wat dieper kan ingaan op de materie met een geestverwant. We houden allebei van literatuur, omdat ze werelden openbreekt. Ons een horizon aanreikt. De roman overleeft door zijn gave tot travestie, maskerade en vermomming; ieder goed verhaal begint bij je anders voordoen dan je eigenlijk bent. Ik heb nooit een boek geschreven. Ik zou niet weten hoe. Maar ik kan me voorstellen dat het grootste plezier van schrijven dit is: een wereld tot leven brengen die parallel bestaat naast de werkelijke wereld waarin je zelf leeft. In die verzonnen variant kan alles bestaan. Als je dat wilt. Daarom is schrijven een fikse uitdaging, want hoe maak je een wereld die tot de verbeelding spreekt? Door te prikkelen. Door uit te dagen en op het verkeerde been te zetten. Door personages te maken. Geweldige verhalen te vertellen.'

Nadat hij met Milo had vastgesteld dat de roman tegenwoordig minder serieus werd genomen dan voorheen, kwam de fietsenmaker pas echt op dreef. 'De roman betrekt je in een andere wereld. Maar wie zit daar nog op te wachten? Iedereen wil bevestiging. Iedereen zit in zijn eigen navel te loeren, het centrum van het universum. Maar er ging iets aan die navel vooraf: de navelstreng die ons verbindt met de moeder. Die is doorgeknipt. Maar dat wil niet zeggen dat we het moeten vergeten, die verbondenheid. Alleen al daarom is het goed dat jullie hier worden opgevangen. Door de verplichting tot opvangen aan te gaan, keren we terug naar onze kerntaak als mens: elkaar vasthouden. Ze dwingt ons om te hulp te schieten, even van onze eigen navel op te kijken. Het enige wat ik uit mijn navel haal is een stofje.'

Hij tilde zijn T-shirt op om zijn bolle buik te laten zien. Zoveel vlees hoefde van Milo niet. De fietsenmaker liet zijn T-shirt weer zakken. 'Als ik doordraaf moet je dat zeggen, hoor. Mijn Duits is nogal roestig, omdat ik het niet vaak meer spreek. Gelukkig ben jij gekomen om het terug op gang te brengen. Daar ga je al: wat is mijn talenkennis waard zonder gesprekspartner? Dat ik me tegenover een hoogleraar letterkunde weet, een heel sympathieke bovendien, stelt me gerust dat wat ik te vertellen heb niet aan dovemansoren is gericht.'

Hij wees naar de stad. 'Het moest zo zijn dat je hier belandde, zoals je voorouders misschien meekwamen met de Romeinen toen ze hier hun stad stichtten. Het was een waar vreemdelingenlegioen dat de boel hier bestierde. Ze werden helemaal uit Spanje gehaald, de vechtmigranten. Het Romeinse Rijk hing van vreemdelingen aan elkaar. Je aansluiten bij de Romeinse vechtmachine deed je natuurlijk niet zomaar. Misschien voor brood, of om te ontkomen aan een slecht huwelijk? We zijn allemaal vluchteling voor iets. Lekker politiek correct klink ik, maar ik meen het.'

Hij stampte op de grond. 'Hier liep de grens tussen de Romeinen en de rest. De Germanen. Die grens was er met een reden, die was er heel bewust. Om duidelijk te maken dat een grootmacht grenzen stelt. "Opzouten!" Die Romeinen konden de grens natuurlijk niet bewaken zoals wij modernen dat pogen. Het was vooral symboolpolitiek. "We bouwen een stad met kampementen en kijktorens en wie dat niet bevalt meppen we onder de grond." We zijn helaas niet veel beschaafder geworden.

Jouw land bijvoorbeeld. Al die volkeren onder één vlag. Het zag er best wel gezellig uit. Die Tito was natuurlijk ook gewoon een keizer. Verdeel en heers. Net als de Romeinen. Toen viel de Berlijnse Muur en werden jouw landgenoten zich plots bewust van grenzen. En in de onzekerheid die volgde, gingen ze erom vragen. Er kwamen leiders die zeiden dat die grenzen absoluut en heilig waren, dat erbinnen maar plaats was voor één volk. Toen werd het grimmig. Je begrijpt wat ik bedoel. Je bent tenslotte niet voor niets gevlucht.'

'Mijn land had zijn schaduwzijde. Maar dat grenzeloze denken, daar was inderdaad niets mis mee. De gedachte dat een land vele volkeren kon herbergen. Een mooie gedachte die ten dode opgeschreven is.'

'Dat zeg je mooi,' zei de fietsenmaker. En ze dronken hun biertje op.

Pas na hun vierde ontmoeting durfde Milo te vragen of Ivo van het fietsen maken kon leven. De klandizie leek matig, en wat aanliep had voornamelijk een lekke band. Ivo maakte nooit haast om ze te plakken. Hij vertelde dat zijn echtgenote de grootste kostwinner was. Zijn eenvoudige fietsenzaak was in feite een dekmantel om, tussen wat reparaties door, boeken te lezen en beschouwende gesprekken te voeren met opstandige pubers die zelf geen band konden plakken. 'Ik heb hier een generatie bandenplakkers opgeleid. Onder hen veel jongens die het van huis uit niet hebben geleerd. Waar je vandaan komt, kan me niet schelen. Als je een band kan plakken, ben je wat mij betreft geïntegreerd.' Hij moest er zelf het hardst om lachen.

Kijkend naar de tweedehandsfietsen, die buiten op een rijtje op de stoep stonden, vond Milo dat het moment gekomen was om over een aankoop te beginnen. Hij had een heel klein beetje geld gekregen om een rijwiel aan te schaffen, waarmee hij naar de Keizerstad en weer terug kon fietsen. Hij hoopte dat Ivo zou begrijpen in wat voor penibele situatie hij zat. Hij schraapte zijn keel.

Ivo hoorde het aan. 'Milo, die tweewieler krijg je van me. Maar dan vertel jij me over de Joegoslavische literatuur, of wat er nog van over is. Vertel me over Sarajevo en Belgrado en Skopje. Steden die ik ken van de kaart, maar waar ik nog nooit ben geweest. En als je er niks van afweet, moet je het maar gewoon verzinnen. Ik ga het toch allemaal niet checken.'

Sneller dan Ivo had gedacht kreeg Milo het fietsen onder de knie. Een paar schrammen liep hij op, daar bleef het bij. Ook het stuur in bedwang houden, om niet al slalommend ten val te komen, ging hem steeds beter af; hij wist voldoende afstand te houden tot de stoeprand; hij leerde losjes richting aangeven met zijn armen. 'Als leren fietsen een intellectuele bezigheid is, heb je verdomde snel dat boek geschreven,' stelde Ivo vast. 'Fietsen is een samenspel tussen natuur en cultuur. Het is totale vrijheid gebaseerd op een paar heel dogmatische principes.'

Met de mobiliteit die de fiets verschafte, ving een nieuwe fase in Milo's leven aan. Het tweedjasje bleef in het kamp, het was te warm om het te dragen, en twee keer per dag fietste hij de stad in, de hectiek van het kamp achter zich latend.

Ivo had hem verteld over de moeder van Karl Marx, de grondlegger van het communistische denken. 'Die woonde in de oude stad, de voormalige Joodse buurt waar ook de synagoges en kosjere slagers waren. Toen dat leven er verdween verkrotte de buurt. Het is nu allemaal nieuwbouw, of je het mooi vindt is een smaakwestie. Verderop is het ook allemaal na-oorlogse bouw, maar dat komt door het onfortuinlijke bombardement dat er plaatsvond. De geallieerden hebben daar hun bommen laten vallen toen het niet meer lukte om de Duitse doelen te bereiken. Er is verschrikkelijk huisgehouden. Je mag er niet te veel over zeggen, om Uncle Sam niet voor het hoofd te stoten. Nou, ik zeg wat het is: het was gewoon een misdaad. Kan me niet schelen dat die piloten een Duits doelwit voor ogen hadden.' Milo had Ivo gevraagd waar hij dat huis precies kon vinden. 'En als je het niet weet, moet je het maar vragen. Lekker met handen en voeten praten. Niet iedereen wil Duits spreken, want dat ligt door de oorlog ook nog best wel gevoelig.'

Milo stapte op de pedalen. Als Karl Marx had geleefd, had hij natuurlijk de fiets, het vervoersmiddel aller proletariërs, gepakt. Over de fietsstroken gleed hij de stad in. Wat ging hij eigenlijk bezoeken? Van het communisme had Milo innerlijk als kind al afstand genomen. Het absolute denken dat eruit voortkwam, leidde tot een rigide, benauwende cultuur, waarin het vrije denken geen plaats had. Als kind had hij het gevoeld, als student was er niet aan te ontkomen, als hoogleraar had hij ertegen gestreden.

Hij ging naar de plek waar ooit de moeder woonde van de man op wiens denkbeelden de samenleving in zijn thuisland was ingericht. Een wereld die in rap tempo uit elkaar aan het vallen was. Een bordje verhaalde dat hier tweehonderd jaar geleden een telg uit een Joods koopmansgeslacht was neergestreken. Marx zelf was maar één keer in Nijmegen geweest, volgens Ivo 'om geld te bietsen bij zijn rijke oom. Karl Marx zat zijn leven lang op zwart zaad, dus het gebedel om geld was schaamteloos.'

Op weg naar het huis had Milo wat klaver uit de berm geplukt en onder zijn bagagedrager geklemd. Karl Marx kon er ook niks aan doen dat zijn denkbeelden tot een totalitaire staat hadden geleid en miljoenen slachtoffers hadden geëist. Misschien had hij er na voltooiing van *Het kapitaal* bij moeten schrijven dat de ideeën in het boek in de praktijk niet werkten.

Milo stapte van zijn fiets om de bloemen voor de deur neer te leggen. De fiets viel om – vergeten om hem op zijn pootje te zetten. Bij bloemen leggen hoort een toespraakje, dus hij stak van wal. 'Om te beginnen heb ik de inzichten van uw zoon nooit afgewezen. Ik heb ze nochtans ook nooit betrokken op mijn literatuur. Al heb ik dat wel geprobeerd. Ze boden tenslotte een kader om te begrijpen waarom de mens doet en laat, waarom hij met duizend onzichtbare draadjes vastzit aan alles om hem heen. Ze boden, om het kort te zeggen, duidelijkheid. En daarnaast gaven zijn inzichten energie, want niets geeft zoveel motivatie als de sleutel tot het Al gevonden te hebben. Maar na een tijdje kreeg ik last van al die ideeën; ze gingen tussen mij en de verhalen zitten. Die heldere inzichten waren bedrieglijk. Te makkelijk, te veel. Ze sloegen alles plat. Ze maaiden alle poëzie weg, vernietigden de rijke bodem waar verhalen uit groeien. Ik moest het zonder uw zoon doen, anders kon ik mijn werk niet voortzetten.

Om mij heen bleef hij een duidelijke aanwezigheid. Op de Dag van de Arbeid zagen we hem weer, met die dikke baard van hem, ons aankijkend. Ik kon nooit raden wat er in die blik lag. Arrogantie? Medemenselijkheid? Of verstrooidheid? Dat laatste maar – dan blijft er wat te raden over. Hoe dan ook, ik heb slecht nieuws voor uw zoon. Het communisme is weggevaagd, mevrouw Marx. De muren die het moesten beschermen zijn door moedige mensen doorbroken, alweer een paar jaar geleden.

Wat ervoor in de plaats zal komen is onbestemd. Hongerig en egoïstisch. Ik leg bloemen neer voor u, omdat ik de behoefte voel iets te doen wat voorbijgaat aan alles wat ik hier doe. Een herinnering maken, zeg maar,' sprak hij tegen de gevel, en hij zou zijn blijven praten als daar niet een beeldschone, jonge vrouw in een nabijgelegen deuropening was verschenen. Ze keek hem nieuwsgierig aan. Zag de bloemen.

'Zijn die voor mij?'

Haar ravissante schoonheid deed hem naar adem happen. Hoelang geleden was het dat alles onder de navel zo onrustig had aangevoeld?

'Voor de moeder van Marx.'

'Ach, die,' zei de vrouw. 'Moeder van een opstandige zoon.' Ze sloot de deur achter zich. 'Weet je zeker dat die bloemen aan een lang overleden persoon gegeven moeten worden?'

Milo snakte naar adem. De jurk die ze droeg had een split en het lange been dat eruit viel ging over in een schoen die de wreef openliet. En dan de bloedrode nagels, die nagels, waar hij zijn blik niet van af kon wenden.

'Geniet van je dag, knapperd.'

Hij stamelde: 'Kna-kna-knap-perd?' Dat woord kende hij niet. Ze gleed langs hem heen, in het voorbijgaan een zachte walm van zonnebloem en ochtenddauw achterlatend. En toen was ze weg.

Milo sprintte naar de fietsenmaker, in zijn hoofd het woord dat ze hem had toegeroepen herhalend om het niet te vergeten. Bij Ivo aangekomen gooide hij het woord als een geschoten eland voor de voeten van de fietsenmaker.

'Knapperd, wat is daarmee?'

'Dat zei een vrouw tegen me. Is het slecht?'

'Verre van. Je had sjans.'

'Wat is sjans?'

'Het Duitse woord ervoor ken ik niet. Ze vond je leuk. Zoet.'

'Dus toch,' gilde Milo het bijna uit. Hij sloeg zijn hand voor zijn hoofd. Hij besefte dat hij een kans had gemist. Hoe had hij, de onkreukbare, stijve hoogleraar Letterkunde, ooit kunnen anticiperen op dat charmeoffensief? Zo zat hij niet in elkaar. Maar wilde hij in deze wereld nog eens wat vangen, moest er wat gedaan worden aan zijn reactievermogen. Wat wilde hij dolgraag kennismaken met leuke, lieve, mooie vrouwen. De stad herbergde er zat. Dat hij niet uit zijn woorden kwam, hoefde geen beletsel te zijn. Immers, je kon liefhebben zonder een woord gesproken te hebben. Het ging om de bereidheid. De bereidheid om dat wat het Lot je in de armen gooide ten volle te omarmen.

Die nacht droomde hij van de vrouw die 'knapperd' tegen hem had gezegd. Met die volle, bloedrode lippen waar een tong verlekkerend uitstak, klaar om toegebeten te worden. Het kookte en borrelde aan alle kanten in hem en door al het gedraai kukelde hij uit het bed. Hij werd wakker en schoot zo snel als hij kon terug om zijn vrijage met haar te verlengen. Toen hij wakker werd was hij alleen.

Hij moest haar vertellen dat ze sinds hun ontmoeting niet meer uit zijn gedachten was geweest. Niets liever wilde hij dan terugkeren naar het huis om op de voordeur te slaan, dat ze naar buiten moest komen, zodat hij haar hartstochtelijk in de armen kon nemen.

Milo liet de geluiden van de stad over zich heen komen. Het spelen van het carillon deed hem denken aan de Midden-Europese steden die hij had bezocht. Elk bezoek aan Nijmegen eindigde aan de rivier, waar hij gezeten op een bankje, met een kleffe Mars in de hand, over de Waal tuurde. Hij was verslaafd geraakt aan Marsrepen. Het bruine staafje veranderde in zijn mond in een waterig suikerklompje. Het loswikkelen van de verpakking was iedere keer een geluksmoment.

Ritmisch kauwend werkte hij het goedje naar binnen. Het kapitalisme ging tussen je tanden zitten, bedekte het gehemelte als een extra dakje, het wilde niet van verdwijnen weten. Hij had ontdekt dat hij veel langzamer at dan anderen. De lokale bewoners gooiden achteloos de meest uitzinnige voedingsmiddelen naar binnen, met een snelheid en tempo waar hij van schrok. Friet en broodjes kaas, de omvang maakte niets uit voor dit op hol geslagen spijsverteringsstelsel. Vooral de rauwe haring was een favoriet. Die werd voor de kraampjes op de markt vanaf de staart boven het openliggende gehemelte gehangen, waarna hij vloeiend naar binnen werd gebracht, om nooit meer het daglicht te zien.

Niet eerder voelde hij zich zo door de werkelijkheid overdonderd. Met elke fietstocht gleed hij dieper de wereld in. Hij zag meer dan hij aankon en hij kon meer aan dan hij zag. In Nijmegen ontdekte hij wat al die schrijvers die hij zo hartstochtelijk had bejubeld met hem deelden: in een vluchtige observatie kon genoeg informatie zitten voor een dichtbundel; een haring etende man was een schip naar een andere wereld, vol fantasie en ongerijmdheden.

Hij fietste wat af, en trappend op de pedalen verwijderde hij zich van het beklemmende gevoel uiteindelijk toch gewoon vast te zitten. Dat was helemaal niet waar; hij bewees toch zeker het tegendeel? Sommige hem tegemoetkomende vrouwen lonkten met zichtbaar plezier naar hem. Enkelen daarvan hadden kinderen achterop, maar zelfs dat weerhield hen er niet van hem genotvol op te nemen. Wanneer er geen jengelend kind voor zat, volgde hij na het kruisen het ritme van hun achterwerken. Elke fietstocht moest hij langs de voormalige voordeur van Marx' moeder, in de hoop dat deze opengedaan zou worden door een vrouw met een volmondig 'ja' op de lippen.

Hoelang de reis ook was, hij eindigde altijd hier, bij de rivier, op het bankje bij een er middeleeuws uitziend huis, waar de autoriteiten de scheepsvracht controleerden. Hij ging er zitten omdat het er stil was en hij met rust werd gelaten. Hij keek naar de passagiersschepen, vrachtschepen en pleziervaart die voorbijkwamen. Hij begon de kenmerken van de verschillende binnenvaartschepen te onderscheiden. Sommige waren voorzien van auto's. Vervoer op vervoer. Dubbel weggaan.

Het was op een late zomerdag dat er een gevoel van radeloosheid over hem kwam, alsof het water van de rivier zijn benen had bereikt om hem te verslinden. Het herinnerde hem aan gelukkige tijden, toen hij als kind langs de kust van zijn geliefde Joegoslavië zeilde, samen met een jeugdvriend die bevangen door het water koos voor een carrière op de grote vaart. Gezeten op het bankje meende hij in de verte die vriend op een schip te zien. Hij wist zeker dat het inbeelding was, want de werkelijkheid die hij beleefde liet niets aan gelukkig toeval over. Hij was gedoemd.

Milo pakte zijn fiets en kachelde terug richting Heumensoord, waar net een bus vol met nieuwkomers met piepende remmen tot stilstand kwam. En zoals met elke lading vertelde hij ook nu weer zijn verhaal aan de Joegoslaven die niet goed wisten wat zo'n beschaafd pratende man hier deed. Hij legde uit dat hij de voortekenen had gezien; het verslechterde academische klimaat deed hem besluiten weg te gaan. Wat hij niet vertelde, was dat hij dreigbrieven had gekregen. Van hem werd verwacht dat hij de nationalistische agenda volledig ondersteunde. Ze hadden elke stem nodig om het land bij elkaar te houden. Zijn zwijgen was opmerkelijk. En had consequenties. Hij trof zijn auto met lekke banden aan. Het slot op zijn voordeur was veranderd. Er was een buurman die hem dreigend de pas afstak. Boeken waren uit zijn werkkamer gehaald en aan stukken gescheurd. Niemand schoot hem te hulp bij het opruimen van de ravage die was aangericht. Het was duidelijk: hij moest weg.

Het vertellen bood een kans om iets nieuws toe te voegen. De fietstochtjes naar de rivier hadden herinneringen in hem opengebroken. Het verhaal van gisteren botste met dat van vandaag en hij begon ervan te genieten dat het verhaal dat hij morgen zou vertellen ook weer totaal anders van karakter zou zijn. Hij wilde hun gids in deze nieuwe wereld zijn.

Maar de latere nieuwkomers begroetten hem met meer

scepsis. Zij hadden gewonden en doden gezien. Ze spraken over genocide, waren bekaf, kauwden op hun woorden, die als graten in hun mond zaten, en vonden zijn optimistische uitstraling niet van deze wereld. Las hij de kranten niet? En als hij het zo goed had, waarom was hij dan niet opgeschoven richting een beter oord? Welk plekje hield hij onnodig bezet?

Zijn ogen prikten en hij antwoordde met anekdotes om de ontspanning erin te brengen. Hij zou fietsen regelen voor iedereen die dat wilde. De mannen lachten hem uit en wezen naar de oorlogswond die ze hadden opgelopen. 'En dan gaan fietsen?'

Milo beet op zijn duimnagel. Had hij toch moeten aanklampen bij de Zaïrezen? Hadden ze geweten wat de toekomst voor eenieder die achterbleef in petto had?

Op een zwoele zomeravond, terugtrappend van de verkoelende Waal, zeeg hij neer bij Ivo. Het fietsen had hem taniger gemaakt. Zijn kuiten waren in omvang gegroeid, de handen gespierder door het vasthouden van het stuur. In een volgend leven zou hij wielrenner worden. Ivo zat in een lage tuinstoel te lezen, keek op en besloot dat het tijd was om de dag met een biertje af te sluiten.

'Jij wilt er vast ook een, Milo!'

Zo zaten ze buiten, zonder veel te zeggen, af en toe een slok nemend uit hun blikje. En wanneer ze leeg waren, stond Ivo op om twee nieuwe te halen. In een rustig tempo aangeschoten raken, daar was de zomer voor gemaakt. Toen het donker begon te worden, gooide de fietsenmaker wat houtblokken in een emmer en stak de fik erin. De vlammen kwamen hoog op, tot aan zijn middel.

'Het is maar vuur,' zei Ivo, terwijl hij de vonken wegsloeg van zijn rood aangelopen gezicht. Hij moest er zelf om lachen, terwijl hij naar het kamp in de verte wees. 'Dat heet hier ironie. Precies het omgekeerde zeggen van wat je bedoelt. We zijn er dol op. Een stijlfiguur die heeft geresulteerd in een levenshouding. Hollandse stoa. Het leven is al moeilijk genoeg, we hebben niet overal een antwoord op, het kan vriezen en het kan dooien. We weten dat het spel dat we spelen gemakzuchtige trekken heeft. En met de komst van jullie nieuwkomers, uit vreselijke oorlogsgebieden waar ze hun hand niet omdraaien voor genocide, worden we wakker geschud. De rest van de wereld doet niet aan ironie, want het kwaad is onder hen en ironie kan er geen bescherming tegen bieden. Sterker nog, het zal ze alleen maar verder de verdoemenis in helpen. Wat ze nodig hebben is aan heldenmoed grenzende ernst, het kunnen opbrengen het monster recht in de ogen te kijken, zonder te knipperen.'

'Leg me die Hollandse ironie uit,' zei Milo, 'want het zingt om me heen. Ik weet me geen houding te geven. Het maakt me weerloos. Ik ken het niet uit mijn vaderland. Zoals je zei, bij ons zou het de zaken alleen maar bemoeilijken. De verhouding tussen de volkeren is al precair genoeg; daar lichtzinnige grapjes over maken, onder het mom dat iedereen de dubbele bodem wel begrijpt, kan plotsklaps omslaan in het tegendeel. In moord en brand.

Die ironie van jullie is volgens mij een heel lichtvoetige manier om ons vreemdelingen op afstand te houden. Niemand kan zich ertussen wurmen, zo listig gesloten is het. Je moet honderd worden en veel kinderen krijgen, zodat je kleinkinderen je erin kunnen onderwijzen. Maar mijn leven hangt ervan af. Ik moet die ironie begrijpen als ik kans wil maken hier te blijven. De verwarring kan me de das omdoen. Als ze me vragen stellen, weet ik niet hoe te antwoorden. Meegaand of ernstig. Het zou me helpen jullie ironie te begrijpen. Dan kan ik ze geruststellen, ze laten weten dat ik geen bedreiging voor ze ben, dat ik hun schutkleuren aangenomen heb. Jullie schutkleuren.

Leer het me, Ivo. Ik vind dit een geweldige stad. Ik hou

van de mensen hier, de vrouwen zijn mooi, de kinderen zijn lief, het water geeft me rust. Ik heb geen therapie nodig, of praatsessies. De rivier doet het praten voor me, is voor mij een onzichtbare taal. Een taal die een lang, diep en overvloedig verhaal murmelt. Ik hoor haar in me kabbelen als ik lig te slapen. Ik heb haar nodig, die rivier. Als ik haar moet verlaten, red ik het niet. Snap je? Vertel me over ironie.'

Ivo keek voor zich uit, kauwde op zijn tong: 'Stel. Er was eens een onschuldig man. Een vreemdeling, ook nog eens, die werd verdacht van een misdrijf. Hoe moest hij zijn vege lijf redden? Ze konden hem niet peilen. En wat deed deze vreemdeling? Hij handelde te goeder trouw en begon aan zijn zelfverdediging. Een mooi pleidooi dat hij daar bracht, ten overstaan van de gehele gemeenschap. Maar het ongelofelijke gebeurde. Hoe meer hij zijn onschuld volhield, met al het vuur dat hij in zich had, hoe groter het wantrouwen werd. De omgekeerde wereld. Hij voelde de blikken scheef staan. Wat had hij te verbergen dat hij zijn verdediging niet aan anderen overliet, maar zelf met zoveel emotie ter hand nam? Naïef kon zo iemand niet zijn, want voor een misdrijf heb je toch zeker intelligentie nodig. De verdachte was zichzelf aan het indekken, was prachtige verhalen aan het vertellen om de aandacht af te leiden van zijn schuld, en hoe meer hij sprak, hoe meer men ervan overtuigd raakte dat ze hier te maken hadden met een groot crimineel. Hij werd veroordeeld en opgehangen. Dat was zijn straf. Hij werd dubbel gestraft. Voor de misdaad, en voor al die nutteloze woorden die hij had gebezigd.

'Wat had hij dan moeten doen?'

'De draak steken met zijn schuld. Hem naar zich toe trekken. Volmondig toegeven. Er grapjes over maken. De ironie werkt hier als een dubbel aanvalsmechanisme. Ze creëert afstand en dus superioriteit, en ze dwingt de vragende partij tot heroverwegingen. Hebben we wel de juiste vragen gesteld?

Hebben we deze persoon niet onderschat? Is het niet aan ons om onze moraal bij te stellen? Et cetera. Ironie doet echt wonderen. Het is wonderzalf. Het laat ruimte over voor compassie, voor je reinste hypocrisie. Het is een stijlfiguur waar je een mentaliteitsgeschiedenis over kunt schrijven – daarom ben ik er ook op afgestudeerd. Een aanstelling aan de uni heeft het me niet opgeleverd. Maar ik ben dan ook beter in banden plakken. Daar heeft de maatschappij meer aan. Wat moet de samenleving met een betweterige neerlandicus?'

Een wonder, dacht Milo. Een wonder was wat hij nodig had.

'Waarom ben je na je studie niet verder gegaan op dit thema?'

'Omdat ik er doodziek van werd. Ik wil mijn leven niet opofferen aan een stijlfiguur. Ben je gek.'

Milo dronk zijn biertje op en nam afscheid. Hij moest goed slapen. De volgende dag zou hij aanvallen. Doen waar hij goed in was. Superieur. Stijlvol. Met humor.

Ze stonden voor hem klaar. Dit was het grote gesprek. Bij de rivier had hij geestelijke kracht gehaald, de rust die hij nodig had om deze berg van woorden te beklimmen. De jurist had twee mensen mee en vertelde hem dat zij er waren om te luisteren. Dat de uitkomst van dit gesprek leidend zou zijn voor zijn asielaanvraag.

Of hij had geparticipeerd in acties die landgenoten discrimineerden? Of hem genocide ten laste kon worden gelegd? Of hij zijn positie te danken had aan lippendiensten aan het regime? Zijn antwoorden kwamen snel. Indachtig de woorden van Ivo diende hij ze van repliek. Hij gaf grif toe. Hij lachte ze uit. Hij overdreef. Zo duwde hij ze richting de twijfel. De jurist werd het bleek om de neus, maar de twee personen die alles meeschreven leken het allemaal wel best te vinden. Van de nieuwsgierigheid aan het begin was niets meer te bekennen, alsof ze keken naar een traag vallend blad.

'U hoort van ons.'

Maar hij hoorde niets. Het kamp raakte leeg. Hij bleef alleen achter.

Op een dag raapte hij eindelijk al zijn moed bij elkaar om bij de vrouw met de jurk aan te bellen. Zou ze zich hem nog herinneren? Bij een bloemenwinkel kocht hij verse bloemen. Een rib uit zijn lijf, hij hoopte er een lijf voor terug te krijgen.

Er werd niet opengedaan. De moed zakte hem in de schoenen. Landgenoten van hem aten bloemen om niet van de honger om te komen, terwijl hij bezig was om met bloemen het hart van een vrouw te veroveren. Het schuurde.

Plots ging de deur alsnog open. Het gezicht in de deuropening kwam hem bekend voor. Een landgenoot. Milo herinnerde zich hem vaag uit het kamp – een getraumatiseerde man die wakker lag van de bombardementen, last had van woedeaanvallen en de hulpverleners de huid vol schold. Hij zag er beter uit. Uitgerust. Hij kon tijdelijk in dit huis wonen, dat hij samen met een landgenoot huurde. Ze werkten illegaal in een van de restaurants van de stad.

Milo vroeg hem naar de vrouw.

'Nee,' schudde de man het hoofd, de vorige bewoner kende hij niet. Wel had hij een rode jurk gevonden in het huis. Achtergelaten.

Met de bos bloemen op de bagagedrager fietste Milo naar zijn bankje aan de Waal, om een Mars te eten. Hij propte het snoepgoed naar binnen. Het water stond hoog voor de tijd van het jaar. Het herinnerde hem aan de Zaïrezen. Die waren in eigen land in opstand gekomen voor democratie, daartoe aangespoord door de val van de Berlijnse Muur – het enthousiasme van de vrijheid werkte aanstekelijk. De studentenopstanden werden neergeslagen, activisten werden opgesloten. De Muur van Tirannie laten vallen bleek niet zo makkelijk te zijn. Blijkbaar lag Zaïre te ver weg van de westerse wereld om mensen er wereldwijd warm voor te krijgen. Hij begreep eindelijk waarom die mannen richting Duitsland waren gaan lopen, richting de plek waar hun verlangen naar verandering vandaan kwam. De gevallen Muur.

Wat als hij een dutje deed op het bankje? Hij ging languit liggen. Hij voelde opstandigheid. Niemand die hem van dit bankje ging af krijgen. Dit was het bankje van Milo. Hij sloot zijn ogen, de rivier tilde hem op en nam hem mee.

Een fiets stopte achter hem; hij besloot zijn ogen dicht te houden. De persoon zou vanzelf weggaan.

'Ik wist wel dat jij het was, knapperd.'

Die stem herkende hij. Ze droeg geen jurk, maar een korte broek, de teennagels waren niet rood maar roze. Het haar was onlangs bijgeknipt, de punten dansten om haar wangen; bruine ogen met wat grijs erin. Hij zat rechtop, alsof hij aangehouden was voor een misdrijf. Het misdrijf van verliefd zijn.

Ze ging naast hem zitten.

'Wat brengt jou hier?' Lekker direct. Hij besloot niets te zeggen over het bezoek aan haar oude woning.

'De tijd doden,' zei hij. 'Want de tijd stroomt hier in overvloed. Als je de rivier als tijd ziet, tenminste.'

'Ik geloof er niks van,' reageerde ze.

Hij pakte de bloemen van zijn bagagedrager. 'Die heb ik voor jou gekocht. Ik heb bij je aangebeld.' Ze nam de bloemen aan. 'Zullen we een stukje fietsen?' vroeg hij.

En dat is wat ze deden. Ze stapten op hun fietsen en namen de route richting Duitsland. Het kalme gebied werd steeds heuvelachtiger. Wat hem betrof fietsten ze door, de Zaïrezen achterna.

Die avond bleef hij bij haar slapen. De avond erop ook. En toen hij terugkeerde in het kamp, maakte hij direct plannen om naar haar terug te keren. Misschien wel voor altijd. Hij pakte zijn spullen. Deed nog een laatste ronde over het kamp. Om vaarwel te zeggen, zelfs al was er niet veel meer om afscheid van te nemen.

En die nacht, de nacht waarop hij besloot het kamp voorgoed te verlaten, trof een steek hem in het hart.

Het was de nazomer van 2015 en net buiten de stad werd het grootste vluchtelingenkamp van Nederland uit de grond gestampt. Het terrein werd weer wat het was: een transithaven voor mensen die door de Geschiedenis waren verstoten. Een chaotisch gezelschap van mannen, vrouwen en kinderen voor wie elke nacht van slaap in het kamp een overwinning betekende. 'Een sobere maar humane wijze van opvang, ook voor de wat langere termijn,' werd er uit de mond van de directeur opgetekend. Optimisme voerde de boventoon. *Wir schaffen das.*

Ze zeiden dat Europa overspoeld werd door vluchtelingen. De zee nam, de zee gaf. Alleen de lijken werden geteld. Niemand wist waar de overlevenden zaten, wie ze waren, ook al had iedereen ze ergens weleens gezien. Ze staken over op bootjes, trokken door heuvels, werden belaagd door politie, marechaussee en hun honden; onder hen waren vrouwen, mannen en kinderen. Sommige kinderen liepen alleen, met enkel een telefoonnummer op zak.

Mahmoud was zijn naam. De constante dreiging in Damascus was hem te veel geworden. In Nederland vierde hij zijn dertigste verjaardag, al viel er niks te vieren. Daarvoor had je ruimte nodig om de tijd stil te kunnen zetten. Met dertig had hij een atelier moeten hebben. Een galerie en een gestage stroom van inkomsten. Hij had in Dubai moeten zitten, niet in Heumensoord. God is met de geduldigen. Dat vond hij een mooie geloofsregel om te onthouden. Dus bleef hij geduldig.

De warmte die door het dak van de grote tent prikte, maakte mensen nerveus. Er werd geschreeuwd, er werd gevochten, er werd gesnurkt, maar er werd opvallend weinig gehuild. Huilen kostte te veel energie, pakte de tijd van je af. Niet de daad zelf, maar het bijkomen ervan. Bovendien maakte het een kwetsbare indruk en daar kon misbruik van worden gemaakt. Het boze oog droeg een slachtmes op zak. Wie huilde was kennelijk in de geprivilegieerde positie om de tranen te laten varen. Dat was wat de ouders hun kinderen leerden: stop met huilen.

Het kampement was, nadat het jaren gesloten was geweest, weer opengesteld voor opvang van vluchtelingen. De Joegoslaven hadden hier gezeten, daarvoor de Congolezen, daarna de Afghanen. Er was niets dat nu nog aan deze vorige bewoners herinnerde, behalve het gerucht dat de eerste bewoner hier ergens begraven lag. Een gerucht dat Mahmoud in het hart trof. Als hier iemand kon sterven, overgelaten aan zijn lot, kon hij dan de volgende zijn? Beter om niet te lachen, beter om niet te huilen. Gewoon netjes je mond houden, de ogen het werk laten doen en de handen uit de mouwen steken waar nodig. Alleen dan maakte je kans op overleving.

Met een Afghaan uit de stad, die het kamp regelmatig bezocht om als vrijwilliger verhalen te delen over zijn integratieproces in de Nederlandse samenleving, kon hij het goed vinden. Na zijn vlucht voor de Taliban was de man met zijn Oekraïense vrouw in Nijmegen neergestreken, waar hij migranten hielp met inburgeren. Hij hield van verhalen, en in zijn vrije tijd schreef hij gedichten.

'Ze zijn niet geschreven om gepubliceerd te worden. Ze zijn geschreven zodat ik mijn dochters over een paar jaar antwoord kan geven op de vraag waar ik al die tijd zat met mijn dromerige hoofd. In deze gedichten. Ik zal ze dan aan hen overhandigen. Ze mogen ermee doen wat ze willen. Het is niet aan mij om er iets van te vinden.'

De laconieke levenshouding van de Afghaan beviel Mahmoud wel. Je wist domweg niet wat de toekomst voor je in petto had. De speelse omgang met zijn lot maakte ruimte in hem vrij om te dromen. De Afghaan drukte hem op het hart zijn talent niet op te geven, enkel omdat hij in moeilijke omstandigheden leefde. Wat hij had geleerd, was dat voortgaan op hetzelfde pad, alsof oorlog, vlucht en opvang hem niet konden deren, uiteindelijk juist de sleutel tot succes zou zijn.

'Ik heet Qader,' had hij bij hun eerste ontmoeting verteld. 'Afkorting van Abd-al-Qader, Hij die over het Lot beschikt. Je naam is je Lot. Ik heb mijn leven lang geworsteld met het Lot. Gedacht dat ik een grote dichter in Kaboel zou worden. In bevrijd Kaboel. Maar kijk ons hier nou zitten, in een tentenkamp in Heumensoord. En toch zijn we gelukkig, niet? Omdat we hebben geleerd ons niet te verzetten tegen wat het Lot ons brengt. Dit maffe, kronkelige, chaotische bestaan. Ik ben niet religieus, jij ook niet, en toch klampen we ons vast aan het strohalmpje van het Lot. Als ik verdrietig of radeloos ben, wil ik echt geloven dat het allemaal een bedoeling heeft. Bijvoorbeeld dat ik jou moest tegenkomen, een gelijkgestemde.'

Qader gaf hem een stapel blanco papier. Uit zijn rugzak haalde Mahmoud het setje houtskool, dat de hele reis goed verpakt had gelegen in bubbelplastic onder in de tas. Hij groef zijn schat op.

Zijn zwager had, net als hij, de kunstacademie in Damascus gedaan, alleen niet afgemaakt. Ze waren praktisch jaargenoten, idealisme en haantjesgedrag streden om voorrang. Uiteindelijk had Mahmoud gewonnen. Zijn zwager was afgehaakt en het leger in gegaan, om in het noorden van het land opstandige plattelandsgemeenschappen te bombarderen. Hij was bereid zijn leven te geven opdat het regime zou overleven. Maar Mahmoud was er niet zo zeker van dat hij zijn leven zeker was bij dit regime; was er ook niet zo zeker van of hij wel kon rekenen op zijn zwager, die per slot van rekening jaloers was dat hij wél door had gezet, hij zich wél kunstenaar mocht noemen. Die jaloezie zag Mahmoud in de ogen. Een bepaalde halsstarrigheid om zijn talent te ontkennen.

De tekenspullen van zijn zwager hadden onaangeroerd op diens bureau gelegen. Elke keer dat Mahmoud hem bezocht, om te bespreken of hij mogelijkheden zag om hem veilig over de grens te brengen, zag hij ze weer liggen. Zijn zwager ontving hem kort en werd bij elke ontmoeting korzeliger. Werk slokte al zijn energie op, en met Mahmoud praten over vluchten bracht zijn positie in gevaar – het leger bood enkel prachtige carrièrekansen als je binnen de lijntjes leerde kleuren. Na de zoveelste vruchteloze poging om de man van zijn zus mee te laten werken aan zijn vluchtplan besloot Mahmoud dan maar de tekenspullen mee te nemen: potjes Oost-Indische inkt, kleurpotloden, takjes houtskool en tekenpapier. Zijn zwager zou ze toch niet missen, zou misschien zelfs blij zijn dat hij ervan af was. Het vermoeden dat er een kunstenaarsziel in de militair school moest uitgebannen worden.

Omdat Mahmoud niet in slaap kon komen, begon hij met de benen gekruist op zijn veldbedje te tekenen. Hij waande zich onbespied. Als vrijgezelle man zat hij ver van de families, maar dichtbij genoeg om hun uitgeteerde gelaatstrekken te zien. Mannen en vrouwen sliepen gescheiden van elkaar, de mannen kwamen heel dichtbij, hij kon in de verhitte gesprekken hun adem ruiken. De vrouwen bleven op afstand, ze leken als ecoline in elkaar over te stromen. Hij moest raden naar wat de gebaren te betekenen hadden, wat er werd besproken, welk verdriet er werd gedeeld. Die mannen, daar had hij genoeg van getekend. Hij wilde die andere wereld verbeelden, die wereld een paar meter verderop.

Tekenen bracht hem in een verhoogde staat van intensiteit. Het veldbedje was de reusachtige lelie die dreef op het onderbewustzijn van alle pijn die door het tentenkamp stroomde. De academie van Damascus was goed geweest, maar dit was de échte academie. De Academie van het leven. Toch kon Mahmoud niet voorkomen dat geregeld de punten braken – door de lange reis en vochtigheid was het materiaal poreus geworden. Aan de rand van zijn tekening schetste hij de kronkelige rivier die achter zijn rug liep. Zoals de rivier liep, ging zijn leven.

De zachte toets die hij aanhield, zoals hij het had geleerd, de ononderbroken lijn die alles gedetailleerd en feilloos aanschouwt, onderworpen aan het onverbiddelijke beeld, ging langzaam over in korte, felle streken. Deze veranderden, hoe meer grip hij kreeg op het beeld dat hij wilde maken – halfnaakte vrouwen, kinderen, aangetast door de wrattenplaag van het fosfor – in krassen. Een regen van krassen, waar niemand aan kon ontsnappen. Krassen die een uiting waren van woede, die de muur van zijn isolement wegschraapten. En hoe hard hij ook kraste om de chaos om hem heen vorm te geven, uiteindelijk kwamen uit die wirwar altijd weer vogels tevoorschijn, die met hun gefladder aan diezelfde chaos leken te ontsnappen.

Naderhand ontdekte hij dat hij water uit de houtskool had geperst. Het had gehageld in Beiroet, het had geregend in Turkije, het had gestormd op het bootje dat hem aan land had gebracht in Griekenland. De gesel van het water was ook de gesel van het fosfor; het kwam uit de lucht, in dunne, ijle strepen, en bracht een verstommende boodschap. Uitgeput zeeg hij terug neer op zijn bedje. Dus zo voelde een echte kunstenaar zich. Altijd moe van het energiek zijn. Een versleten pendule, die hoognodig aan vervanging toe was. Alleen was de grote Horlogemaker even op vakantie. Mahmoud kon er wel om lachen.

De vrijwilligster vroeg naar zijn beroep. Ze was aardig. Hij had gezien dat ze naar hem zocht. Zonder dat het hem uitgelegd hoefde te worden, wist hij van de onzichtbare grens tussen de hulpverleners en de vluchtelingen. De meeste vluchtelingen respecteerden deze grens. Men sprak met twee woorden. Sommige sloegen de ogen neer als teken van respect. Sommige kwamen niet uit hun woorden, omdat ze te veel opkeken tegen de mensen die hulp boden. Vele schaamden zich voor hun toestand, wat de communicatie bemoeilijkte. Andere waren juist boos – ze moesten weg en hadden grote moeite om hun woede daarover te onderdrukken. Zonder het in acht nemen van de grens zou er allang chaos zijn uitgebroken.

Maar bij deze vrouw wilde Mahmoud de grens oversteken, om te zien waar het hem brengen zou. Hij zou tevreden zijn met wat hij kreeg. Een oogopslag, een aardig woordje, een zachte hand. Onder andere omstandigheden zou hij erom gelachen hebben, dit overdreven gehunker naar aandacht. Hier hield het hem op de been. Het deed hem boven de rest uitsteken, gaf hem perspectief. Zij zou hem buiten deze wereld brengen.

'Tekenaar,' zei hij en liet een van zijn tekeningen zien, waarop ze haar hand voor haar mond sloeg.

'Wat mooi! Dus je bent een kunstenaar.'

Haar was geleerd dat ze mensen bijstond die zowat bezweken onder de wanhoop. Het was daarom belangrijk niets te beloven wat vervolgens niet waargemaakt kon worden. Het gesprek mocht vloeiend verlopen, maar geen ruimte bieden aan verwachtingen. Ze merkte iedere dag weer dat mensen woorden en signalen naar willekeur interpreteerden. Je kon niet 'gewoon' aardig zijn. Zelfs door te opperen dat hij een kunstenaar was, ging ze een grens over.

Kunstenaar. Als je het woord vaak genoeg herhaalde, ging je erin geloven. Maar geloven in de status die mensen je toeschreven was gevaarlijk. Voor je het wist, beeldde je jezelf van alles in. Teleurstelling was een moeras. Eerder al had hij foto's van zijn tekeningen naar zijn Afghaanse vriend gestuurd. Die vond ze ook mooi. Hij zou her en der kijken of er instellingen geïnteresseerd waren om ze te tonen. Hij kon niets beloven. Beloof me niets, dacht Mahmoud. Laat me gewoon zijn.

De vrijwilligster bracht hem een sterke kop koffie. Een stuk lekkerder dan hij gewend was. Hij genoot ervan. Smaakt hij anders omdat zij hem hem had aangeboden?

'Deze komt uit een echte koffiemachine. Het is voor de medewerkers en vrijwilligers. Het ding staat de hele dag te malen. Zonder deze koffie kan je ons oprapen.' Ze vertelde over de zware gesprekken die ze elke dag voerde. Zonder naam of toenaam te noemen, want dat mocht absoluut niet. Toch kon hij uit de details soms herleiden over wie er gesproken werd. Er was huiselijk geweld, zieke kinderen die midden in de nacht naar het ziekenhuis gebracht moesten worden, verschillende culturen die niet bij elkaar wilden slapen, de inhaligheid van sommigen, de overrompelende zachtheid van anderen.

'Het verrijkt mijn leven, maar ik ben aan het einde van de dag wel helemaal kapot.' Ze gaf toe dat ze in het begin veel moest huilen, totdat haar beste vriendin haar de goede raad gaf om of te stoppen met het werk of te stoppen met huilen. Allebei kon echt niet, daar was niemand mee geholpen. Zij niet en de vluchteling niet. Mahmoud concludeerde dat deze vrouw zich had omringd met wijze vriendinnen.

Ze vroeg of ze nog wat tekeningen kon zien. Hij schoof er haar een paar toe, waar ze ademloos naar bleef kijken. Hij had er een fan bij. Met de tekeningen kwamen ook de vragen. Vooruit dan maar.

Nationaliteit: Palestijn.

Geboortegrond: Syrië.

Hoe komt een Palestijn in Syrië terecht? Lang verhaal.
'Vertel het me.'
'Een volgende keer.'

Overdag liep hij wat door het kamp, mensen knoopten een praatje met hem aan. De beschrijving van een landschap, een belegerde stad, een gebarricadeerd huis; de beelden sloeg hij op in zijn innerlijke archief. Vooral de verhalen van de vrouwen boeiden hem. Zij hadden het meeste te verliezen, het meeste meegemaakt, het meeste te vertellen. Sommige hadden kinderen achtergelaten. Van het woord gezinshereniging durfden ze niet eens te dromen. Omdat hij zo makkelijk in contact kwam met de vrijwilligers van het kamp, dachten deze vrouwen dat hij hun zaak aanhangig kon maken. Ze smeekten hem hun wanhoop door te laten dringen bij wie hen maar kon helpen. Hoewel hij zeker wist dat wat ze wilden kansloos was, beloofde hij zijn best te doen.

Stiekem genoot hij van deze rol. Het beschermde hem tegen lastige gesprekken over wat hem hier had gebracht. De gearriveerde mensen klampten hem aan met steeds dezelfde vragen. Wanneer konden ze vertrekken? Hoelang moest dit vernederende verblijf duren? Had hij al nieuws? Kon hij bellen? Hij schudde zijn hoofd. Het had geen zin om lange gesprekken te voeren. Mensen verdroegen de teleurstelling niet en hij wilde ze er ook zo min mogelijk aan blootstellen.

De politieke spanningen tussen de bewoners negeerde hij zo veel mogelijk. Voor- en tegenstanders van het regime vermeden elkaar als de pest; zonder elkaar te bevragen wisten ze precies hoe het zat. Er deden geruchten de ronde over de aanwezigheid van een voormalige veiligheidsofficier. Die zou informatie doorspelen naar de autoriteiten thuis, van twee walletjes eten, de Nederlanders om de tuin leiden met leugens en vervalste geboortecertificaten.

Geruchten hadden een functie. Ze gaven structuur aan de

dag. Ze zetten op scherp, leidden af en waren, wanneer ze onzin bleken te zijn, ook snel weer vergeten. Alle geruchten gingen op dezelfde manier dood.

De vrijwilliger die zijn tekeningen zo mooi vond, vertelde hem dat ze opschoof naar een andere functie. 'Maar je bent in goede handen bij mijn opvolger. Ik heb haar al over je verteld.' Met teleurstelling over het verlies, maar ook met verwachtingen ging hij die avond slapen. Hij zou de nieuwe vrijwilliger vragen om met hem de stad in te gaan, zodat hij nieuwe tekenspullen kon kopen.

Ze bleek een jonge vrouw van eind twintig te zijn, die zowaar een paar woorden Arabisch sprak. 'Ik heet Eva, hoe heet jij?'

Haar vader werkte als ingenieur in het Midden-Oosten; ze had Dubai bezocht. *Ma'salama. Shukran. Kif halak? Min fadlek.*

'Jij bent de kunstenaar?'

Hij voelde zich uitgedaagd. Ze verwachtte iets van hem. Wilde zijn Nederlands testen, dat zwaar te wensen overliet. In tegenstelling tot zijn Engels, dat sterk was verbeterd door de route die hij had gelopen om in het veilige Europa aan te komen. Desalniettemin was het een lingua franca waarin vele talen onderdak hadden gevonden, van Arabisch tot Grieks, van Koerdisch tot Turks en Perzisch, en geen Engels dat door iemand die niet dezelfde weg was gegaan volledig begrepen kon worden.

'Mijn collega vertelde me dat je graag Nederlands wilde spreken. Ben je er klaar voor?' Haar lach was een uitnodiging tot kletsen. 'We doen het stapje voor stapje.'

Eva droeg een T-shirt met daarop een afbeelding van Mona Lisa. 'Leonardo da Vinci,' zei Mahmoud, terwijl hij naar haar knikte. Het knikje was niet per se voor haar boezem bedoeld, maar voor Mona Lisa. Ze mocht niet denken dat hij zo'n man was, dus hij wendde snel zijn blik af.

'Oh,' riep ze, 'nu valt het kwartje.' Ze lachte.

'Ik was nooit fan van Da Vinci,' zei hij in hakkelend Nederlands. In het Engels ging hij verder: 'Maar toen ik verbleef in het vluchtelingenkamp in Syrië zag ik een documentaire over de *Mona Lisa*. En toen werd hij mijn favoriete schilder. Hij schilderde de droom die in ons allemaal zit. Het geheim dat we in ons dragen, wat we niet kunnen laten zien in een wrede, gevaarlijke wereld, maar dat zich enkel openbaart wanneer we slapen of zachtjes in onszelf fantaseren. Die zoete, wat flauwe glimlach. Ze is een Arabische vrouw. Ik zie mijn moeder in dat portret. Ik zie mijn zussen.'

'Misschien een geliefde?' vroeg Eva.

'Een geliefde, waarom niet.'

Hij ging verder. 'Je kunt haar niet peilen. Ook niet als je haar geportretteerd meent te hebben. Je hijst haar op de allerhoogste zetel, om haar voor altijd te vereeuwigen, en wat je terugkrijgt is een glimlachje. Vanbinnen viert ze feest. Ze heeft je te pakken. Je komt nooit meer van haar af. Het staat 11-0 voor Mona Lisa. Je wist niet dat zachtheid zo'n mokerslag kon toebrengen. Of draaf ik door?'

Mahmoud vertelde een anekdote uit de documentaire, iets wat zijn prille kunstenaarschap had geïnspireerd. 'Het werk was door Napoleon uit het museum gestolen en opgehangen in de slaapkamer van zijn vrouw Joséphine. Schoonheid kan zo'n onweerstaanbare kracht uitoefenen dat zelfs de machtigste man op aarde er geen weerstand aan kan bieden. Wat moet zijn echtgenote ervan gevonden hebben, nog een vrouw in de slaapkamer? Hij deed wat mannen doen als ze in paniek raken om hun huwelijk. Dan menen ze de hoop te kunnen vinden bij een andere vrouw. Maar daarmee wordt het probleem alleen maar verlegd, niet opgelost.'

'Ik mag jou wel,' zei ze.

Daar wist hij niet op te antwoorden. Het was beter om

gewoon zijn mond te houden. Mona Lisa had ineens wel erg veel macht over zijn doen en laten. Haar blik, of was het die van Eva, schudde iets in hem los.

Ze keek hem in de ogen, alsof daar wat te ontdekken viel. Hij onderging het. Het regende hier sowieso observaties. 'Zou je de Mona Lisa willen zien?' vroeg ze.

Níét naar haar boezem kijken. Hij zag de Mona Lisa voor zich. Ze zat voor hem op een gammel campingstoeltje naar zijn lotgevallen te luisteren. Ze dwaalde met hem over het vluchtelingenkamp in Syrië. Klom met hem aan boord van het bootje naar Griekenland en ontsnapte met hem aan de blaffende honden op het Europese vastenland.

Eva stond net zo abrupt op als ze aangekomen was. 'Ik moet weer door. Er wachten nog andere mensen op me. Ik vond het fijn met je te spreken. Ben je al in de stad geweest?'

In dit land waren mensen snel. Sneller dan het licht. In een halfuur werd je levensbiografie beschreven, het lichaam begraven, de glazen afgeruimd.

'Jij hebt mijn blik op de Mona Lisa veranderd,' ging ze verder, zonder zijn antwoord af te wachten. 'Ik weet niet wat ik leer als ik een T-shirt aantrek met daarop een kunstwerk van Salvador Dalí.'

Trek het aan, trek het aan.

'*Slamak*,' zei hij. Met genoegen. En weg was ze.

De damp kwam zijn oren uit. Hij ontspande. Nog meer damp uit zijn oren. Hij gooide zijn notitieboek open en tekende haar gezicht. Was dit het eerste westerse gezicht dat hij tekende? Vast wel. Had hij daar ooit bij stilgestaan? Verloor een gezicht zijn etniciteit niet zodra het opgetekend was door een kunstenaar? Da Vinci tekende Mona Lisa en ze werd voor hem een Arabische vrouw. Alle vrouwen. Toch twijfelde hij. Kroop er in een tekening van haar gezicht niet een vooroordeel? Te bedacht, te idealistisch. Te weinig Mona Lisa, te veel Nijmegen.

Was het anders dan de gezichten die hij in Damascus had getekend? Het laatste wat hij moest doen was dit gezicht idealiseren. Het moment dat hij dat zou doen zou ze voor altijd vertekend blijven. Zijn Mona Lisa.

De volgende ochtend sloeg hij zijn notitieboek open om naar het portretje te kijken dat hij van haar had gemaakt. Hij tekende er de Mona Lisa bij, uit de losse pols, beetje Francis Bacon, een vrouw die lijdt onder haar wellustigheid. Er is te veel naar haar gekeken.

Een paar dagen later was Eva er weer.

'Ga je mee?'

Ze liepen naar de bushalte en stapten in een bus die hen naar het centrum van de stad zou brengen. Op dit uur van de dag vulde het voertuig zich voornamelijk met ouderen. Een enkele jongeman. Het was stil in de bus. Het rubberachtige geluid van de openslaande deuren overstemde de stilte. Daar, op dat moment, wist Mahmoud direct dat hij dit geluid nooit meer zou vergeten. De eerste indrukken van de nieuwe wereld klampten zich aan hem vast als mosselen aan een rots. Zo moest hij ook gaan tekenen: het nieuwe verbinden met het oude, het onverwachte met het onvermijdelijke. Mossel. Rots. En daartussenin de zee. Die van iedereen is. Althans, dat zeggen ze. Hij geloofde er niets van. De zee was alleen van zichzelf.

Eenmaal in de stad had hij honger. Zelf lustte ze ook wat. Ze aten friet, staand op straat bij de kraam. Toen viel hem op dat de mensen, terwijl ze liepen, in een broodje hapten of hun lippen aan een beker koffie zetten. Die vluchtigheid beviel hem, daar kon hij wel aan wennen. Zou hij op een dag net als zij in een broodje kaas happend en aan een koffiebeker lurkend haastig door de straten lopen? Ergens klonk een carillon; het speelde een aangenaam deuntje. Hij herkende er het wonderkind uit Salzburg in.

'Mozart,' zei Mahmoud. 'Een lawine van een symfonie, teruggebracht tot aangename tingeltangel. Ik vind dat mooi. Niet alles hoeft ingewikkeld te zijn. Als een kind het mooi vindt, vindt iedereen het mooi.'

Zijn vingers dropen van de mayonaise en Eva reikte hem servetjes aan. 'Patat eten is een werkje op zich,' zei ze.

Hij voelde zich door haar geobserveerd, schaamteloos gewoon. Voor liefde was hij niet naar dit land gekomen. Hoeveel jaar zou hij in dit land moeten doorbrengen voordat hij hiertegen geharnast was? Hij had haar getekend, tot in detail, zonder haar op de hoogte te brengen. Is dat wel toegestaan? Was dat geen schending van privacy? Hij had zijn blik op haar geworpen. Een mannelijke blik. Hielden dergelijke vragen Leonardo da Vinci ook bezig?

Hij wilde zijn vingers van de vettige glans ontdoen, en hij wilde dat ze met de hare naar de zijne kwam. Niet uit lust, maar uit vriendschap. Niet uit liefde, maar om te voelen dat hij nooit meer alleen zou zijn.

'Het museum is dicht,' zei ze, nadat ze een stukje gelopen hadden. Het klonk niet als een teleurstelling. Eerder een constatering. Ze had het kunnen weten. 'Altijd op maandag. Stom, ik was wat te enthousiast.' Mahmouds borst zwol op. 'Ik wilde je heel graag het masker laten zien. Het topstuk van het museum.'

'Morgen?'

'Dan kan ik niet. Maar er is een andere manier. Kom!'

Alsof hij een keus had. Eva pakte door, er was duidelijk een programma voor hem uitgerold. Ze draaiden en keerden door de stad, als deuren die dan weer naar binnen en dan weer naar buiten werden opengegooid. Zo simpel kon het dus gaan, een wandeling als teken van gastvrijheid. Wat zouden ze er in de opvanglocatie van zeggen? Door op haar uitnodiging in te gaan, had hij de grens tussen vluchteling en vrijwilliger overschreden. Niemand had hem om zijn paspoort gevraagd toen hij over die grens stapte; het was er blijkbaar eentje waarbij papieren er niet toe deden. Deze voelde nochtans zwaarder dan alle andere die hij ooit had gepasseerd. In de verte hoorde hij een hond blaffen. Het beest kwam de hoek om, zwart en zwaar, gelijkend op zijn baas, in opperbeste stemming. De hond werd, net als Mahmoud, gedreven door vriendschap, en voor het eerst in jaren merkte hij dat hij werelden toeliet. Hij hoefde voorlopig niet meer te putten uit herinneringen, er was genoeg in het hier-en-nu te beleven.

Samen liepen ze over de Waalbrug. Door te lopen werd je je bewust van de tijd. De tijd die je had en de tijd die je achter je liet. De rivier onder hen kwam en ging. Je kon er hier niet omheen; als een guirlande slingerde hij om je hals. Mahmoud voelde aan zijn kuiten dat hij een andere kritische grens had bereikt: nog niet eerder had hij in dit land zoveel gelopen. Het was een veel kortere afstand dan tijdens de hachelijke tocht door de bossen van de Balkan, maar zijn gerichtheid op Eva vermoeide hem. Hij wilde niet teleurstellen. Hij dacht aan zijn gesprekken met Qader. Geen verwachtingen koesteren, anders ging je nat. Maar hoe je ertegen te beschermen wanneer ze in zo'n verrukkelijke gedaante verschenen?

Ze was anders dan de vorige vrijwilliger. Vrijer. Sneller. Guller. Of was hij door de vertrouwdheid met nieuwe mensen gaan openstaan voor nieuwe omgangsvormen? Was schuchterheid afscheid van hem aan het nemen? Wat er ook met hem gebeurde, de wandeling met deze vrouw deed zijn verbeelding goed. Hij zou dit later allemaal optekenen, om te begrijpen hoe het precies zat. Schetsen had hem altijd geholpen verder te komen op het hachelijke pad dat hij bewandelde en dat zou het deze keer vast ook doen.

Ze wees naar het eilandje dat met drie bruggen verbonden was aan het vasteland. Het project van haar vader. 'Niet alleen van hem natuurlijk. Honderden mensen hebben hieraan gewerkt. Het is onmogelijk om je op dit eiland claustrofobisch te voelen, er is altijd wel een ontsnappingsroute terug naar het vasteland.'

Hij zag tijdens het vertellen duidelijk de trots op haar vader. 'De stad werd bedreigd door overstromingen. Als er niet werd ingegrepen zou Atlantis ontstaan, een onderwaterstad. De rivier komt met volle kracht op de stad af, als een auto die met maximale snelheid op een muur afgaat. De muur kan niet bewegen, de auto kan niet remmen. De haakse bocht die de rivier in de loop van de eeuwen is gaan maken, zorgt voor een immense druk op het land. Door het water aan twee kanten te laten lopen, reguleren we die druk. Mijn vader is een held al weet hij het zelf niet. Je bouwt een eiland om de rest van het land te redden.'

'Je weet het goed uit te leggen. Alle details. Ik zie het voor me.'

'Dat heb ik van mijn vader. Die legde me alles heel precies uit. Op mij oefende hij zijn praatje, waarmee hij in de dagen erop mensen zonder ingenieursachtergrond zou uitleggen wat het project behelsde.'

Allemaal goed en wel, maar pijn aan zijn voeten had hij gekregen. Mahmoud had maar één paar schoenen. Daar moest hij zuinig op zijn, daar wilde hij niet van af. Ze hoorden bij hem. Ze wegdoen nog voordat hun tijd gekomen was, voelde niet alleen als totaal onnodig, het voelde ook als verraad. Met zijn gedragen kleding en schoeisel was hij vergroeid geraakt; het was wie hij was. Echter, bij het berekenen van het leefgeld voor vluchtelingen was niet voorzien dat een knappe vrouw weleens een lange wandeling met hen kon gaan maken.

Eva wees naar een gebouw in de verte, omringd door bomen, dat in kubusachtige vorm boven het gebladerte opsteeg. Dat was het kantoor van haar vader. 'Hij keek letterlijk op zijn project neer, alsof het een maquette was.' Het deed hem denken aan de ziggoerats, de piramiden van Irak. Verbeeld je iets en het bestaat. En wanneer het bestaat kan je niet meer terug. Dan word je gedragen op de vleugels van de verbeelding.

Links en rechts werden ze gepasseerd door fanatieke hardlopers en fietsers. Stond er hier ooit weleens iemand stil? Zelfs op de terrassen waar ze aan voorbij waren gelopen gonsde het van de activiteit.

'Het komt door dit eiland dat ik wat Arabisch spreek. In het Midden-Oosten willen ze ook zulke plekken. Stukken land midden in de woestijn met water eromheen, opgepompt van honderden meters diep, om een nieuw ecosysteem op te bouwen waar mens en natuur zij aan zij kunnen bestaan. Eilanden waar mensen hun eigen gang kunnen gaan met gelijkgestemden. Eilanden waar tot diep in de nacht gedanst en gefeest kan worden, zonder dat iemand er last van heeft; zones die buiten de jurisdictie van traditie en sociale controle liggen. Weer andere eilanden waar vogels komen broeden en een stilteprotocol heerst. En er is vraag naar kunstmatige eilanden die het omringende land kunnen redden van uitdroging.

Ik was erbij, met mijn vader, toen ze in Dubai een geheim project onthulden. Het overplaatsen van een historische stad naar de woestijn. Krankzinnig, natuurlijk. Maar niet geheel onvoorstelbaar. Onze wereld gaat naar de knoppen. Het water stijgt. Onze beschaving krijgt natte voeten. Ze hebben het zich daar in hun hoofd gehaald dat het hun verplichting aan de geschiedenis is om die stad te redden.'

'Maar de woestijn heeft geen water. Niet in die mate om een stad tot leven te brengen.'

'Dat was de uitdaging. Water knijpen uit een steen. Het was een project voor meerdere generaties. De toekomst zou oplossingen brengen. Het gaat erom de ambitie te formuleren. Durven dromen!'

Ze was onder de indruk geraakt van de tomeloze ambitie van haar vaders opdrachtgevers. Eén van de projectleiders had haar en haar vader meegenomen op een reis naar de woestijn. Ze gingen per helikopter en verbleven in tenten met airconditioning; buiten werd er een kamelenrace gehouden en werden haviken losgelaten in de lucht. Het was *Duizend-en-een-nacht* op steroïden. Alles klopte. Terug in Nederland besloot ze Arabisch aan de universiteit te gaan studeren, wat ze na een paar lessen alweer opgaf.

'Die magische wereld was, toen ik de ontzagwekkende grammatica onder de knie moest krijgen, ineens heel ver weg.' Maar de fascinatie bleef. 'Als Venetië in de woestijn opgebouwd kan worden, kan er ook vrede komen. Ik denk dat dat de boodschap is die ze willen overbrengen. Niets is onmogelijk. Gebrek aan middelen is niet het probleem, maar gebrek aan wilskracht. Hier kennen we dergelijke wilskracht niet meer. Alle ruimte is al ingenomen. Te veel geschiedenis voor te veel mensen. En dan komt de natuur op onze deur kloppen om er een flink stuk van af te halen. Jullie zijn op de vlucht, maar hier is de beschaving zelf toe aan een vlucht. Aan een wederopbouw.'

Bovenaan de brug, vlakbij waar de trap begon die toegang bood tot het strandje, trok Mahmoud zijn linkervoet uit zijn schoen. Hij had een blaar, en zijn grote teen liep blauw aan. Hij ging haar er niet mee confronteren. Zijn voeten zagen er niet uit: gekloofde, gebroken nagels, eelt aan alle kanten. Ze hadden van zijn lichaam het meeste meegemaakt. Ze waren een zintuig op zich.

Eva draaide zich om en wees naar beneden. 'Hier komen we op het eiland.'

Hij zwaaide terug. Er zat niets anders op dan de blaar open te snijden. Uit zijn binnenzak trok hij een zakmes tevoorschijn. Een onschuldig ding, maar het had hem tijdens zijn reis lang de illusie van veiligheid gegeven, zelfs al had hij het nooit hoeven te gebruiken. Nu drukte hij er met een schuine hoek de blaar, ter grootte van een tiencentmuntje, mee in. De pus gleed eruit, als eigeel uit een spiegelei, met een druppeltje bloed. Snel rolde hij zijn sok terug over de voet.

Op het strandje aangekomen gooide Eva haar jasje uit. Haar blote armen en een rug vol sproeten vielen ten prooi aan de zon. Gelukkig had ze zonnebrandcrème bij zich, en ze vroeg of hij haar rug wilde insmeren. Hij gehoorzaamde. Hoelang geleden was het dat hij een vrouw had aangeraakt? Dat hij überhaupt een andere huid dan de zijne had aangeraakt? Hij smeerde de crème in een dunne laag over haar rug. Met zijn vingers gleed hij over haar schouderbladen, pakte de hals mee, het ging allemaal heel natuurlijk. Hij gaf haar de crème terug, trok zijn schoenen uit en ging naast haar zitten. De binnenvaartschepen die voorbijtrokken, leken wel spookschepen. Niemand te zien.

Eva pakte een boek uit haar tas, zette haar zonnebril op en begon te lezen. Hij verdween uit het zicht, werd onzichtbaar. Dat vond hij niet erg; het gaf hem de kans om even op adem te komen. Rustig op een rijtje te zetten wat hij aan het meemaken was.

Hij schrok op. Eva had het boek weggelegd en hing boven hem met haar sproeten. 'Je hebt een mooi gezicht als je slaapt. Heel anders dan wanneer je wakker bent. Als je slaapt, verdwijnt alle angst.'

Observeren ging haar goed af. Hij was niet de enige die zijn ogen niet in de zak had zitten. Het was mooi om complimenten te krijgen, maar hij had gewild dat hij erop voorbereid was. Nu kon hij alleen maar aarzelend lachen, iets tussen een grimas en doodsangst in. Verliefdheid, was dat wat er gebeurde? Hij vond haar leuk. Dat ze uitgebreid de tijd nam om met hem de stad te verkennen maakte hem ook verlegen. Wat kon hij daar tegenoverstellen? Hij kon haar een tekening geven. Op de achterkant zou hij schrijven dat het de eerste tekening in dit land was die hij weggaf.

‘En nu even cultuur happen, want je begrijpt dat we er in dit land alles aan doen om het aangename met het nuttige te verenigen. Je dacht toch niet dat we de hele dag op het strand gingen liggen?’

‘Volgende keer neem ik spulletjes mee om te barbecueën,’ zei hij. ‘Als je van vlees houdt.’

‘Ik hou van alles wat rauw is.’ Ze sprong omhoog, pakte haar espadrilles op en sjokte over het zand. Ze duwde daarbij haar voeten diep weg in het zand, alsof dat de enige manier was om vooruit te komen. Wie kon die heupen van zoveel zwaartekracht verlossen? Het zand was op sommige plekken vochtig en rook naar urine van honden. ‘Er speelt zich hier ’s nachts heel wat af,’ zei ze en knipoogde naar hem.

Zij aan zij liepen ze naar het grote beeld van een gezicht dat naar de rivier stond gericht. In het gezicht kon je makkelijk staan. ‘Een Romeins masker,’ legde ze uit. ‘Dit wilde ik je laten zien, want ik vind het prachtig. Mijn vader nam me mee naar het museum, waar ik het voor het eerst zag. Daar is het niet groter dan een hand. Het heeft niets van zijn schoonheid verloren door de uitvergroting. In zijn gezicht staat zijn naam gekrast: Marcianus. Het gezichtsmasker moet een man voorstellen. Maar hoe langer ik ernaar kijk, hoe meer ik er een vrouw in zie. Voor mij is het een vrouw. Of een vrouw én een man.’

‘Ben je een feministe?’ vroeg Mahmoud. ‘In mijn land ben ik voor jullie gewaarschuwd.’ Het viel in goede aarde, hij mocht haar ook plagen.

‘Hangt van je definitie af,’ zei ze. ‘Maar als je zegt dat de vrouwelijke kracht die dit beeld uitstraalt mij raakt, ben ik inderdaad een feministe.’ Door de opstelling keek het beeld deels uit over het land en deels over de rivier. ‘Deze Romeinse godin is in de klei gevonden. Voor de Romeinen begon en eindigde hier hun wereldrijk. Dit was de grens. De stad die ze bouwden, werd bevolkt door ambachtslieden. Weet je dat de gerekruteerde soldaten die hier zaten soms helemaal uit Syrië kwamen?

De stad heette toentertijd Oppidum Batavorum. De lokale mensen kwamen in opstand tegen de Romeinen. Ze wilden de verplichte belasting niet betalen. Ze vonden het onrechtvaardig dat ze een in hun ogen buitenlandse bezettingsmacht moesten financieren. Vanuit deze plaats beschermden de Romeinen hun wereldrijk. Maar wie had die Romeinen gevraagd om hier te komen? De mensen staken de stad in brand.

Dit masker is door ambachtsmensen gemaakt; als ik het zie, wil ik het kussen. Ze zijn blijkbaar goed betaald door een rijke officier, of misschien wel door de burgemeester van de stad, want het vergt tijd en concentratie om zoiets te maken. Ze gaven het masker uit handen en daarmee verloren ze de macht erover.'

'Waar diende het voor?'

Ze bracht haar hand voor haar gezicht. 'Op speciale dagen trokken de ruiters eropuit om met hun paarden een show te geven. Dergelijke maskers werden opgezet om indruk te maken op de toeschouwers. Moet je je voorstellen dat er tientallen van die maskers langs je heen draven.'

'Heeft je vader dit verteld als onderdeel van een lezing?'

'Ik heb als vakantiebaantje als zaalwacht in het museum gestaan. Mijn vader kende de directeur. Ik koos ervoor om in de zaal met het masker te staan. Daar hoorde ik de gidsen in vier talen vertellen hoe het met dit masker zat.'

'Je wordt herinnerd om wat je achterlaat,' zei Mahmoud in het Arabisch en vertaalde het voor haar. Hij haalde pen en papier uit zijn rugzak en begon schetsen te maken van het beeld. Na een paar pogingen zonder een voor zijn gevoel bevredigend resultaat scheurde hij het papier weg, frommelde het in elkaar en stopte het in zijn zak.

'Je leek zo fijn bezig,' zei Eva. 'Ga lekker verder.'

Hij haalde het verfrommelde papiertje uit zijn binnenzak. 'Dit is wie we zijn. Schetsen die van de tekentafel af vallen. We eindigen in de prullenbak. We zullen geluk hebben als iemand ons er op een dag weer uithaalt.'

Ze ging naast hem zitten en stak haar duim in de lucht. Die tikkeltje brutale omgangsvorm maakte hem onzeker. Ze ging hem te snel. Of was dat juist de bedoeling? Hem op het verkeerde been zetten om erachter te komen wie hij nog meer was. Het ging hier enkel om vriendschap, toch? Hij wist zich geen houding te geven. Ze was zo dichtbij gekomen dat hij haar zonnebrandcrème rook en de lucht van zweet en patat. Hoelang hier nog weerstand aan te bieden?

Eva leek door te hebben dat hij zich opgelaten voelde. Ze bracht haar neus naar haar oksel en snoof diep. Ze lachte hard. 'The summer is magic.' Hij stond op en liep een rondje om haar heen. Wat had hij zin gekregen om deze vrouw in al haar gedaanten te vangen! Maar het werd langzaamaan tijd om terug te keren naar het opvangcentrum. Hoewel hij een officiële reprimande niet hoefde te vrezen, ze had hem keurig netjes afgemeld, zat hij niet te wachten op een reputatie in het kamp als een donjuan die er met het mooiste meisje vandoor ging. Dat zou zijn contact met de Arabische vrouwen bemoeilijken en dat contact was hem zeer dierbaar.

Met de neergaande zon werd het licht zachter en veranderde de ingetogen, wijze blik van het masker in een dromerig gelaat. Een vrouw die wil gaan slapen. Het licht scheen door de ogen, en zette de randen in lichterlaaie. Hij trok met zijn vinger een rondje om haar gezicht.

'Dit gelaat komt uit mijn wereld,' zei hij. 'Ook ik zie er een vrouwelijk wezen in. Sowieso hebben de goden iets met onze vrouwen. De Griekse god Zeus werd verliefd op een meisje dat aan de oevers van de rivier in Libanon bloemetjes aan het plukken was. Hij veranderde in een stier om haar te kidnappen. De stier knielde voor haar, ze ging nietsvermoedend op zijn sterke schouders zitten en weg waren ze. Haar naam was Europa.

Voor mij kan dit masker ook een oosterse godin zijn. Duizenden jaren voordat mijn voeten naar het noorden trokken, wees zij ons al de weg. Wat het betekent is dat er geen ontsnappen is aan de geschiedenis. Zij is de ontbrekende schakel in mijn verhaal. Waar zij gaat, komen wij uiteindelijk ook.'

Hij vertelde verder, over deze vruchtbaarheidsgodin, Astarte, die lang voor de opkomst van de mannelijke goden werd aanbeden in de Levant en Syrië. 'De zeevarende Phoeniciërs namen haar mee op hun reizen, als talisman. Als aandenken aan thuis. Waar zij kwam, daar zou het goed zijn, dus wanneer ze ergens aan land gingen, ging zij voorop. Zo veroverden ze de Middellandse Zee. Waar Astarte kwam lag fortuin in het verschiet, baarden vrouwen kinderen en bleef mannen geweld bespaard. En eenmaal aangekomen was het alsof ze er altijd was geweest. Ik weet zeker dat deze vrouw de dochter van Astarte is.'

Eva had nog nooit van deze godin gehoord.

'Het feminisme is dus eeuwenoud,' zei ze. 'En niet alleen aan het Westen voorbehouden. Is dat geen belangrijke les? Wie had dat gedacht, na zo'n onbezonnen dag.'

De zon ging nu helemaal onder. Het laatste licht verdween achter de hoogste kerktorens, het carillon sloeg een lui en traag deuntje. Mahmouds maag begon in opstand te komen: het frietje was verbrand en er moest nieuwe brandstof in de tank. Hij was bang dat ze hem mee uit eten zou vragen en hij nog verder in haar netten verstrikt zou raken. Hoe graag hij dat ook wilde, het kwam er nu op aan zich zo subtiel mogelijk van haar te ontdoen. Ook omdat hij geen aanleiding wilde geven tot verdere geruchten. Hij was niet doof voor de praatjes. Ze vonden hem nu al een buitenbeentje, en overmatig optrekken met een medewerker zou zijn positie er niet beter op maken. Gelukkig konden de kinderen het goed met hem vinden; hij leende tekenspullen aan hen uit en gaf ze opdrachten. Ze tekenden verbrande zonnebloemen en ineengestorte huizen. Hij had ze de *Mona Lisa* op zijn telefoon laten zien. Ze tekenden haar na, met duivelsoren en hoektandjes. Hilariteit alom. Iemand had onder een tekening geschreven: 'Ze lijkt op mijn buurmeisje. Ik mis haar.'

Ze staken de brug weer over, terug de stad in.

'Ik ben moe, ik ga terug naar het kamp. Welke bus moet ik hebben?'

'Ik kan met je meegaan,' stelde ze voor.

'Dat hoeft niet, hoor.'

Dat ze hem met haar het kamp hadden zien verlaten had vast al genoeg wenkbrauwen doen fronsen. Hij minachtte de kleinstedelijke mentaliteit wanneer het aankwam op contact tussen mannen en vrouwen. Het maakte hem niet eens uit of dat contact met een Arabier was of niet. Maar in het kamp lagen de mores een tikkeltje anders. Een ontmoeting was het contactmoment tussen twee lijnen die een splitsing veroorzaakten waar altijd op teruggekeken kon worden. In verwondering of afschuw, tussen die uitersten zat het wel zo'n beetje, maar toch, er kon teruggekeken worden. En die terugblik vormt het derde punt in de ruimte. Zo filosofisch als hij erin stond, gevoed door de vele poëzie- en kunstboeken die hij aan de academie had verslonden, zo banaal stonden veel van zijn medebewoners erin. Ze zagen er een handigheidje van hem in om een wit voetje te halen bij een dame die hem kon helpen bij de continuering van zijn verblijf. Wanneer hij aan hun kwade gedachten dacht, riep dat al maagzuur op. Laat staan aan de gluiperige blikken van sommigen, als ze hem observeerden alsof ze op zijn lichaam het merkteken zochten dat zij, de blonde furie, had achtergelaten. Ontsnapt aan het systeem door zichzelf te ketenen aan gekmakende liefde.

Dit legde hij Eva allemaal niet uit. Uit zijn welgekozen stilte moest ze kunnen opmaken dat het hier niet om haar ging, niet om hen, maar om de onbegrijpelijke wereld. Hij wist heus wel dat hij bij haar terecht kon voor begrip. Echter, om na een eerste lange wandeling al helemaal leeg te lopen over zijn medebewoners... Niet zo snel en niet zo vroeg, dat was hem zijn eer te na. Bovendien zou hij ook niet weten hoe het aan te pakken.

Ze bracht hem naar de bushalte, waar ze hem vertelde dat de bus waarschijnlijk op tijd zou komen. Immers, het was niet druk op de weg. Dat de tijden op het rooster konden samenvallen met de komst van de bus, grensde voor Mahmoud aan een wonder.

In zijn hoofd voelde hij de seconden tot aan zijn vertrek samenklonteren tot minuten. Hij wilde zich niet van haar verlossen, hij wilde haar verlossen van hemzelf. Hij, die vanbinnen totaal overwoekerd was door verwarrende hersenspinsels – geen goede conditie om afscheid van haar te nemen. Kon het toch zijn dat hij meer zag in haar dan hij wilde toegeven?

Vooralsnog kwam de bus niet. Hij dacht aan de meisjes in Damascus, zijn stad, die halfnaakt op de vlucht waren voor fosforbombardementen, en beschutting vonden in een bushokje waar het rooster aangaf dat de bus op maar één moment zou langskomen. Uit hun tepels groeiden bloedende rozen. Het waren twee meisjes, eentje had het gelaat van een havik, de ander het gelaat van het Romeinse beeld. Eenmaal in de bus moest hij zo snel mogelijk deze schetsen maken. Als hij zijn vingers kon laten bloeden op het papier was deze dag een gezegende. Dankzij haar.

'Nou, dan ga ik maar.'

'Waarom?'

'Omdat de bus eraan komt.' Haar adelaarsoog had het voertuig al gesignaleerd. Hij had nog nooit in zijn leven bij een bus afscheid genomen van een vrouw.

'Tot ziens, kunstenaar,' zei ze.

'Jij, ook tot ziens. Het was een fijne dag. Ik heb veel water gezien.'

'Is dat een Arabische uitdrukking?'

'Nee. Het betekent letterlijk wat het betekent. Het water heeft me goedgedaan. Ik geniet van het water. Het betekent veel voor me.' De bus stopte, de deuren gingen open, de chauffeur keek ongeduldig naar het stel. Ging er nog ingestapt worden?

Met zijn blik op Eva gericht stapte Mahmoud de bus in. Ze beantwoordde zijn oogcontact met een glimlach. Pas toen de deuren dichtgingen, draaide hij zich om naar de chauffeur om zijn kaartje te laten zien. De bus schokschouderde in beweging. Hij plofte neer in de stoel. Hij was al bezig met wanneer hij haar weer zou zien. Hij was verwachtingen aan het koesteren. Over morgen. Overmorgen. Alle dagen erna.

De volgende dag kwam ze niet. De daaropvolgende dagen ook niet. Ze had dit baantje ingeruild voor een andere dienstbetrekking. Hij was er zeker van dat ze na die wandeling uitgekeken op hem was geraakt; genoeg vluchtelingen gesproken. De eerste was nog een verrassing, de tweede een schok, bij de derde begon haar aandacht al wat te verslappen. Met hem had ze een kunstenaar in handen gehad. Leuk voor een bezoekje aan een Romeins beeld. Warme handen om de rug mee in te smeren. En toen moest ze door. Nieuwe werelden ontdekken. Erover pochen tegen vrienden dat ze toegang had gehad tot een verschrikkelijke wereld vol pijnlijke ooggetuigenverslagen. Ze had in het trauma gedeeld, er veel bij gevoeld. Tranen in de ogen. Totdat de dag kwam om weer verder te gaan.

Hij moest denken aan het overvolle terras dat ze waren overgestoken. Niemand zat stil, de verhalen gingen in moordend tempo over tafel, de aandacht mocht geen seconde verslappen. De honger naar nieuws was verslavend en uitputtend. Uit die wereld kwam zij en naar die wereld was ze teruggegaan.

Mahmoud was door bombardementen heen geslapen, maar nu hield het geroddel over hem hem wakker. Flarden van zinnen die zijn oren bereikten en hem deden opschrikken. Gelukkig sleet ook dat, en langzaamaan begon hij weer vaste slaap te krijgen. De plek waar hij vrij was, waar niemand hem lastigviel met vragen. Toch werden de dromen er vooralsnog niet behulpzamer op. Hij miste Eva meer dan hij wilde toegeven. Was dat de verborgen boodschap van zijn dromen? Het gigantische gezicht dat zich 's nachts aan hem openbaarde als een kletskous; ze stond voor zijn neus met een tong die sneller ging dan een mitrailleur. Elke vraag een verscholen schuldbekentenis. De dampende hitte zorgde voor een broeierig gevoel, het rook er naar een terrarium. De vragen bleven maar komen. En dat terwijl het alsmaar stijgende water van de Waal inmiddels aan haar lippen stond. Wat aan water binnenkwam, spoot ze uit met woorden, totdat het droge seizoen zich aandiende, het omringende land droogviel. Uit haar mond kropen halfnaakte meisjes die, in afwachting van voorspoed, al die tijd tussen haar lippen en huig hadden gebivakkeerd. Ze keken hem aan en vroegen in wanhopig Arabisch waar ze waren. Hij praatte, maar ze verstonden hem niet. Er stroomde bloed uit hun ogen. Hij schoot wakker, de muggen waren hem nog niet zat.

Hij trok naar de rand van het kampement met een campingstoeltje. Daar vond hij privacy, een absolute voorwaarde om rustig te kunnen tekenen, de barrière tussen de beelden in zijn hoofd en het lege blad op te heffen. Maar als hij had gedacht dat die rust blijvend was, had hij buiten de pottenkijkers gerekend. Zijn tekenlessen had hij, nadat er ouders waren die hadden geklaagd, opgegeven – de goeden leden onder de kwaden, het moest maar – maar sommige ouders bleven hem lastigvallen.

'Wat doe je daar,' riep een man. Een vader die tekenles totaal onzinnig had gevonden. Een stuk ouder dan hij, eelt op de knokkels, broek met opgerolde pijpen, zwarte sandalen van de goedkope soort, nagels omhooggeduwd door schimmel. Een vermoeide reiziger.

'Mijn zaak. Niet de jouwe, zoon van een ezel,' zei Mahmoud lachend. De man verloor zijn wolvengrijns, het was goed. Ze hoorden aan elkaars stem dat ze Damascenen waren. Dit was de beste manier om pottenkijkers af te wimpelen: ze de huid volschelden met de ene na de andere kwinkslag, op een gemoedelijke manier de grenzen bewaken. Op hoeveel manieren kon je zeggen dat iemand de zoon van een nietsnut was?

Geen illustraties tonen. Dat bracht iedereen maar in verwarring, dan kwamen er alleen maar meer vragen. Voorlopig vermeed hij naakttekeningen. Als slechts één paar ogen dat zag, kon hij wel inpakken. Viezerik. Perverseling. Maar zijn hoofd was sterker dan zijn handen, en de aangespoelde meisjes op het strand waren op hun ondergoed na naakt. Ze dansten op het zand en haalden hun handen door hun lokken.

Wat hij deed was een heimelijke poging orde aan te brengen. Net als eten, drinken en slapen, zorgde tekenen voor een gezond mentaal gestel. Buiten het zicht van iedereen accepteerde hij iedereen.

'Er is een man gestorven. Ze gaan voor hem bidden.' De overledene liet vrouw en drie kinderen achter. Eentje, een jongen van nog geen twaalf, was ontroostbaar. Zijn vriendjes omringden hem. Ze stonden er hulpeloos bij.

De woorden waren afkomstig van Khalil, de man die zich na het eerste ruwe contact opgeworpen had als Mahmouds beschermer. Hij waarschuwde pottenkijkers dat ze bij Mahmoud uit de buurt moesten blijven; hij had natuurlijk gezag over de andere mannen, met zijn acht kinderen was hij een grootbezitter. God was hem goedgezind.

Mahmoud kwam overeind en liep achter Khalil aan. Hij schoof aan bij de achterste rij, kuste de grond. Zijn voorhoofd drukte de grond, door het plastic bidmatje prikte de harde, uitgedroogde grassoort in zijn gezicht. Het lichaam lag in een houten kist. Vanaf de zijkant keken medewerkers van het kamp en de mensen van de begrafenisondernemer mee. Ergens in het land was een hoekje vrijgemaakt voor overleden moslims, daar zou hij naartoe gaan. De dood was niet van zins het kamp over te slaan.

Toen het gebed voorbij was en Mahmoud opstond om naar de uiterste oostkant terug te sjokken, zag hij haar. Eva keek hem vol aan, haar blik plakte tegen zijn huid. Natte ogen. Hij bleef even als vastgenageld staan. Ze kwam op hem afgelopen alsof ze op weg was naar de balie om in te checken voor een lange, avontuurlijke reis. Was hij haar reisbestemming?

Hij zeeg neer in zijn stoel en trof zijn tekenspullen precies aan zoals hij ze had neergelegd. De dode was geen bekende van hem. Dat kan ook niet op een terrein waar drieduizend mensen bivakkeerden. Toch was er iets wezenlijks veranderd. Deze man was hier gestorven, dat kon Mahmoud dus ook overkomen. Hij schetste de overledene, die vanaf de rand van het kamp naar binnen keek, in afwachting van de volgende dode. Zolang er hier mensen waren, zou er daar iemand op ze staan te wachten. Was dat geen reden tot hoop?

Eva was naast hem komen zitten. Dan moest ze maar kennismaken met zijn korzeligheid.

'Wat wil je?'

Hij schoof snel zijn handen over de pasgemaakte schets, om haar niet met zijn nachtmerrieachtige beelden te confronteren.

'Als je in dit land wilt blijven, kan ik je daarmee helpen.'

'Hoezo?'

'Er is een manier.'

Liefde is een ongetemde gazelle, niemand die haar grijpen kan. Maar de kans op een langdurig verblijf moest met beide handen aangegrepen worden. Op geen enkele manier mocht hij zijn enthousiasme hierover onderdrukken. Hij moest haar er direct van overtuigen dat een vaste standplaats hem liever was dan duizend Mona Lisa's.

Waren die priemende ogen een poging om de gazelle te schieten? Uit haar wellustige mond sprong een gazelle recht zijn schoot in, en maakte daar, net onder de lever, een wond. Hij stond op, en tot zijn grote schrik viel het vel met haar beeltenis uit zijn map. Hij raapte het snel op. Te laat.

Ze trok het uit zijn zachte handen. Hield het in haar zachte handen.

'Prachtig,' zei ze. 'Prachtig.'

Een beetje schaapachtig lachen kon hij wel; knikken met het hoofd, hopen dat dit snel voorbij was.

'Dit wilde ik je geven. Op een geschikt moment.'

'Wat kan jij liegen zeg,' zei ze, schaterlachend.

'Je bent weggegaan.'

'Ik liet niets van me horen, dat is wat anders. Maar het had een reden. Mijn vader is ziek. Hij heeft niet lang meer te leven. Op sommige dagen voelt hij zich goed genoeg om me aanwijzingen te geven bij het orde aanbrengen in zijn archief. Ik heb de plannen rond dat nieuwe Venetië gevonden. Die wil ik je geven.'

'Waarom aan mij?'

'Hij heeft al die Arabische steden bezocht, toen er nog geen oorlog was. Als jongeman is hij gaan liften door het

Midden-Oosten. Hij maakte foto's van de mensen. Ik heb hem over jou verteld. Hij denkt dat hij je er een plezier mee doet.'

De gift van een stervende neem je aan.

'Dat vind ik heel attent. Het is een eer.'

'Dan krijg je dat alles. Ik zal het voor je apart houden.'

'Denk je dat ik mag blijven?'

'Je bent een kunstenaar. Misschien dat ze daar een uitzondering voor maken.'

'Ook als ze me terugsturen zal ik blijven tekenen.'

'Zou je veilig zijn?'

'Niet meer, want ze zouden denken dat ik een spion ben, mijn tekengereedschap het instrument om te observeren.'

'Ik zou gek worden. De achterdocht. De paranoia. De onzekerheid.'

'Wie zegt dat ik niet allang gek ben geworden?'

'Ik zal iedereen die ertoe doet vertellen dat je moet blijven.'

Hij knikte.

'Ik kwam eigenlijk met een uitnodiging. Mijn jaargenoten organiseren een openluchttheater. Ga je mee?'

'Wanneer?'

'Vanavond.'

'Dat is laat. Ik moet op tijd terug zijn. De vorige keer werd er gepraat.'

Ze trok een pasje uit haar kontzak en zwaaide ermee voor zijn ogen. Zijn ogen gleden naar haar heupen, naar het pasje, de ogen. 'Ik krijg je wel mee hoor.'

Ze had hem. Overmoedig geworden door haar warme woorden en zachte vormen nam hij de uitnodiging aan. Op één dag bidden voor de dode én het leven vieren, daar was nog nooit iemand slechter van geworden. Het zou in ieder geval de zwaarmoedigheid verdrijven die Khalil met zijn sombere praatjes bij hem had veroorzaakt. De weegschaal was doorgeslagen naar pessimisme, dat de kleur van Oost-Indische inkt had aangenomen; het deed zijn werk geen goed. In Damascus werd hij geroemd om zijn werk, waarin kleuren als een nietsontziende stormram de grauwe wereld van oppressie en onmondigheid opengooiden, 'een zwangere lente in een uitgevroten winter,' daar moest hij aan terugdenken.

Ze beloofde hem aan het begin van de avond op te halen. Tot op de minuut was ze precies over het ophaalmoment. Die precisie bracht een grens aan in de tijd, maakte de ontmoeting op een voor hem ongewenste manier officieel. Was ze zich bewust van de macht die ze daarmee uitstraalde?

Het was een warme avond, broeierig. Hij had geen avondkleding – de kleding die hij had, was de kleding die hij droeg. Het zou ook potsierlijk zijn als een vluchteling een hagelwit overhemd zou dragen, als hij al aan een overhemd kon komen. Uit het wasje dat hij had gedraaid, en dat in de felle zon in een oogwenk was gedroogd, koos hij een zwart T-shirt dat hij van een vrijwilliger had gekregen. Het viel ruim over zijn tanige lichaam. Precies wat hij wilde dragen; iets wat ruim viel, als de avond. Zo'n avond waarop alles samenkomt om zijn hoogste graad van rijpheid te bereiken, waarna de verrotting zich inzet. De warmste dag van de zomer en iedereen voelt dat het hierna voorbij is.

Ze had wat bakjes eten meegenomen. Plastic bestek erbij. Veel fruit. Stukjes mango. En druiven. 'Je mag je eigen eten meenemen. En drinken. Alles is vegetarisch, dus halal.'

Hoe moest hij laten blijken dat hij haar gastvrijheid waardeerde? Hij kon haar toch niet vertellen dat hij in Damascus erg op zichzelf was, en in gezelschappen geen handige prater? Dat het vrouwelijke gezelschap dat hij onderhield uit kunstenaars bestond, die, net als hij, niet veel woorden nodig hadden? Dat je kon praten enkel door te knikken, en dat het in bepaald gezelschap soms beter was niet uit de school te klappen, om bescheidenheid te veinzen, er ongelukkiger uit te zien dan je je voelde?

'Ik houd van fruit. Dat herinnert me aan thuis.' In Damascus was er altijd wel fruit. Ook tijdens de oorlog wist het zijn weg naar de stad te vinden. In de zomer lagen de pruimen, peren en watermeloenen in kratjes weg te rotten.

Het was al druk op het festivalterrein. Veel jongeren, allemaal een stuk jonger dan hijzelf. Een stuk onschuldiger ook. Bijna iedereen droeg een T-shirt, en Mahmoud haalde opgelucht adem. Jurkjes, tatoeages, piercings, navels, blote bovenarmen, nagels alle kleuren van de regenboog. Komen die allemaal voor theater? Is dit publiek? Of zijn dit de spelers? Hij voelde dat zijn handen losjes langs zijn lichaam hingen. Hij ging al bijna lopen als de locals: ontspannen en de voeten nauwelijks van de aarde lichtend. Zijn gezelschap werd aangeklampt door leeftijdgenoten; ze knuffelden en zoenden haar. Ze trok hem erbij om hem voor te stellen. Ze hield hem dan weer bij de pols vast, dan weer bij zijn tintelende vingers.

Het waren maar korte gesprekken. De paar zinnen Engels die hij kende kwamen goed van pas. Hij ontdekte dat hij zijn lexicon van woorden op ontelbare manieren kon recyclen. I am good. Good I am. Am I good? Ze kon wel lachen om zijn onhandigheid. Later zou hij er vast ook met plezier aan terugdenken, voorlopig moest hij het ondergaan. 'You good? Yes, good. Okay, good. Good. Good.'

De deuren van het buitenhek gingen open. De menigte stroomde naar binnen en nam plaats op de hoge tribunes, die als in een Grieks theater een halve cirkel rond het speelveld vormden. Mahmoud controleerde de hemel, om te concluderen dat het ernaar uitzag dat het over honderd jaar zou regenen, maar niet vandaag. Steeds meer mensen kwamen erbij, zodat ze moesten opschuiven – Eva's billen raakten de zijne.

Bier werd gedronken, uit zakjes kwamen boterhammen. Hij zag een man een paar plaatsen lager een banaan naar binnen proppen. Het kauwen ervan leek eindeloos te duren. Ze tikte hem aan. 'Waar kijk je naar?'

Hij haalde zijn schouders op. Hoeveel bezoekers waren er hier samengekomen? Toch wel een paar honderd. Het deed hem denken aan de zomerconcerten van volkszangers in de openlucht, die trokken duizenden mensen. Een verschil in volume, maar toch was de mate van opwinding hetzelfde. Samen optrekken, stilzitten en het ondergaan. De vloed.

Omdat hij niet verstond wat er om hem heen werd gezegd, begon hij te tellen. Hij telde hoeveel mensen op hoeveel bankjes zaten. Hoeveel van die mensen vrouw waren, en hoeveel man. Hoeveel kinderen er waren. Langharigen. Kalen. Hoeveel blond, hoeveel bruin, hoeveel zwart.

Zo bracht hij diepte aan in de dingen, en de massa werd er een tikkeltje minder gevaarlijk van. Het beangstigende platte maakte plaats voor iets wat hij kon vasthouden, meenemen, tekenen, en onder de streep bleef er een banaan etende man over. Die zou hij nooit meer vergeten.

'Ben je er nog?' Hij draaide zich om naar Eva. Haar had hij nog niet geteld. Ze was de dans ontsprongen. 'Spectaculair toneel,' zei ze. 'Gesponsord door het bedrijf waar mijn vader voor werkte. Klimaatopwarming speelt er een rol in. Dat spreekt ze aan, theater dat gaat over de toekomst. Slim van ze, want zo creëer je goodwill onder hoogopgeleide mensen om bij het bedrijf te komen werken.'

Het toneel, eerder een platform waar van weerszijden stalen trappen naartoe leidden, was een cirkelvormig bassin gevuld met water, met op een paar plekken verhogingen. Daar stonden twee mannen met elkaar te praten, gekleed in alledaagse kleding. Hun broekspijpen waren flink opgerold, de kuiten goed zichtbaar. Ze stonden blootvoets met elkaar te kletsen, wat ze tegen elkaar zeiden was niet te horen. Eén van hen was donker, de ander hoogblond. Eén had een rugzak om, de ander droeg een T-shirt met daarop de tekst: '*We are all Moors.*'

We zijn allemaal Moren. De Moren kwamen uit islamitisch Spanje, waar ze zevenhonderd jaar een beschaving hadden. Na de val van Granada in 1492 werden ze verdreven, samen met de Joden. Moor werd een scheldwoord. Moeders zeiden tegen hun kinderen: 'Wees lief of de Moor komt je halen.' Mahmoud wist dit, omdat zijn stad Damascus de blauwdruk was geweest voor de parel van Andalusië, Córdoba. Een gevluchte prins uit Syrië vestigde zich in Spanje om daar een nieuw bestaan op te bouwen. Uiteindelijk zijn we allemaal vluchtelingen. Als Mahmouds verblijfspapieren in orde waren, zou hij naar Córdoba afreizen om de pracht en praal van zijn voorouders te bezoeken.

Ze dronken een limonadeachtige substantie uit grote, doorzichtige plastic glazen. Eva fluisterde hem in het oor dat de voorstelling in het Engels was, anders had ze hem natuurlijk niet meegenomen. Ze meende dat zijn Engels goed genoeg was om het te begrijpen. Hij was dankbaar dat hij zo gestegen was in haar achting.

Plots werd er op een gong geslagen en het geroezemoes verstomde meteen. Discipline van het publiek. De omslag was bijna magisch, zo snel ging het. De acteurs begonnen harder te praten. Het was duidelijk te volgen nu; het Engels was niet moeilijk en ze bedienden zich van grote gebaren. Hier werd gespeeld om op een warme nazomeravond de hele wereld te bereiken, en de hele wereld zat op de achterste rijen. Zoals hij. Men hield de adem in om maar niets te missen van het gekonkel in de plas met water.

'Deze stad, weldra een modderpoel. Deze stad waar iedereen jaloers op was, ontvangt medelijden. Het zal niet lang duren of hij blaast zijn laatste adem uit.'

Er viel ook te lachen. De regisseur had goed nagedacht hoe

de stichtelijke boodschap – de wereld gaat naar de knoppen doordat we onze rijkdom niet willen delen – met lichtheid gebracht kon worden. Maar de grappen bereikten Mahmoud nauwelijks. Het ging over Shell en een verdwaalde witte ijsbeer (het ging lang door over de witheid van het beest), die kopje-onder ging door de smeltende ijsberg onder zijn poten. Het verhaal van de Moor van Venetië was hem wel duidelijk. Hij had het eerder gezien, op de middelbare school.

De zwarte man die door zijn onderknuppel, Jago, ten val wordt gebracht door hem te manipuleren met jaloezie. Jaloezie die hem tot razernij drijft en hem aanzet tot de moord op zijn geliefde Desdemona. De zwarte man was hier een Arabier en runde een consultancybedrijf in Dubai. Othello wordt binnengehaald als de redder in nood, maar is eigenlijk de verloren zoon. Hij komt oorspronkelijk uit Venetië, waar hij onder moeilijke omstandigheden is opgegroeid. Hij zoekt een vader. Iemand die hem beschutting biedt, iemand bij wie hij zichzelf kan zijn. Maar dat hij een vader ontbeert, heeft hem ook tot de man gemaakt die hij is: selfmade, gewiekst, charismatisch, behendig. Iemand die uitstraalt dat er geen berg te hoog is voor zijn ambitie en intellect.

Hij keert terug naar Venetië om het naderende onheil van de overstroming af te wenden. De assistent die hij onder zich krijgt heet Jago, een overambitieuze manager die Othello adoreert. Jago is bepaald geen hoogvlieger en moet het van hard werken hebben. Maar de gehoopte promotie loopt hij mis; het is Othello die opschuift in de hiërarchie. Jago mag zich bezighouden met het ontwerpen van duurzame, honderd procent fossielvrije ecolodges. Een plan dat, als het ooit al ten uitvoer wordt gebracht, in een verre toekomst ligt. Jago ervaart een statusval: hij is niet alleen weggepromoveerd, hij heeft ook een baan gekregen die niet bijdraagt aan de onmiddellijke behoefte van de stad. En dat was nou juist waarmee hij zich had verbonden, de redding ervan.

Iemand moet boeten voor zijn pijn. En die iemand is Othello, zich van geen onheil bewust. Het zijn immers gewoonweg orders van boven. Othello is tot over zijn oren verliefd op Desdemona, aanstormend ingenieur, een buitenbeentje en, ondanks haar voorname afkomst als dochter van een van de machtigste mannen van de stad, is ze niet uit de hoogte. Ze is toegankelijk, heeft oog voor Othello. Het klikt. Voor hem is Desdemona het beste van alle werelden.

Zodra Desdemona opkwam, klonk er applaus van de tribunes. Blijkbaar was ze een populaire speler. Dat Othello deze vrouw, 'deze parel gewassen in het zout van de Middellandse Zee', zijn vrouw mocht noemen, was niet de vervulling van een droom, maar de gelukkige wijze waarop de schikgodinnen soms samenspannen om je met de neus in de boter te laten vallen.

'Habibi,' riep hij uit. Grote glimlach op de lippen van Mahmoud: dat Othello zich vrij voelde om zijn afkomst te vieren, droeg bij aan de gunfactor. Dit was een aaibare Othello, niemand hoefde bang voor hem te zijn. Othello en Desdemona zouden snel trouwen.

Maar eerst is er werk aan de winkel. Venetië heeft te maken met een stijgende zeespiegel, het tast de funderingen aan. De vijand is niet langer de Turk of de moslim, maar het doorzichtige, chloorachtige water, dat geen natie of etniciteit kent. Haar kracht om, naargelang het seizoen, te stijgen of te dalen, kon weleens de ondergang inluiden en daarom staat de Doge op het punt een commissaris voor Waternood in te stellen. Jago weet dat hij de beste kaarten heeft. Hij heeft bij Greenpeace en Oxfam Novib gewerkt (weer gelach), waterhuishouding gestudeerd in Wageningen en aan de basis gestaan van een activistische beweging die vanuit Nijmegen grote vervuilers het vuur aan de schenen heeft gelegd om ze tot verandering te dwingen. Wat dat betreft deert het niet dat hij de looks niet heeft.

'Wat ik ontbeer aan charisma compenseer ik met daadkracht. Niets kan mij in de weg staan om deze stad te dienen. Wat voor jou Desdemona is, de eerzuchtige vrouw die jouw ambities versterkt, die de toekomst mogelijk maakt, die hoop ontbrandt op nageslacht, is deze functie voor mij. Ik ben tenslotte, zoals je weet, onvruchtbaar verklaard, hartstikke impotent; het kraantje lekt, maar stromen doet het niet. Afijn, al rennen er duizend fotomodellen op me af, het komt niet van zijn plek. Ik vind het geweldig voor jou, Othello, dat je er twaalf mag maken, maar ik heb de wereld tot mijn nageslacht verklaard. Haar zal ik dienen, daar zal ik voor zorgen, haar opvoeden, bijsturen, goed en gezond en vol zelfvertrouwen achterlaten, niet vervuild, uitgeput en voorgoed aangetast door de kaalslag die we aanrichten.' Applaus.

'Juist en juist, Jago.' Aan de zijkant zag Mahmoud Desdemona lachen. Wie ze uitlachte, was hem niet duidelijk. Haar blonde haar een kluwen van dreadlocks, de lipstick dieprood, hoge leren cowboylaarzen van latex; het peervormige lichaam straalde zowel zachtheid uit als kracht, zodat je niet wist of het in de armen van Othello zou gaan vallen of een daverend lied ten gehore zou gaan brengen.

Mahmoud zag Eva genieten. Ze vond Desdemona geweldig. Een sterke vrouw. Iemand die koos voor de outsider. Hij vond haar overweldigend, verstikkend bijna. Ze nam veel meer ruimte in dan ze feitelijk aankon, gepermitteerd door haar hoge afkomst – waar ze zich van had losgemaakt – en de hoge functie van haar man, die ook nog eens een buitenlander was, een uit zwart marmer gehouwen geweldenaar.

Jago was een smeerlap, dat voelde Mahmoud meteen. Die zou zijn eigen linkerhand nog verkopen om de rechterhand mee te spekken. Welke gedaante Jago ook aan zou nemen, of het nou die van vriend was, manager, visionair, beleidsmaker of mens, in de kern was het een beschadigd mens die andere mensen zou schaden om zelf geen pijn te hoeven voelen. Dat soort beschadigden leefden van eer en status, hoe hard ze ook riepen daar niet mee bezig te zijn. Ze verscholen zich achter grote woorden, maar wanneer het erop aankwam, deinsden ze er niet voor terug hun beste vriend voor de bus te gooien. Jago deed hem denken aan de corrupte agenten in de Balkan, die hun doortraptheid verborgen achter hun formele kostuum.

Mahmoud keek naar de schoonvader van Othello, die het toneel betrad. Een grote, grijze man – hij torende als een kasteel boven iedereen uit – op hoge kaplaarzen, die in zijn massieve benen leken te snijden. Als je politieke macht zou moeten uitbeelden, dan zo: benen zo zwaar behaard dat ze samen leken te smelten met zijn baard. Voor de rest droeg hij niet veel, enkel een witte singlet, die weinig verhulde. Wat de patriarch ontbrak aan jeugdigheid, compenseerde hij met vaderlijk gezag.

Van dit soort mannen had je er in Damascus duizenden rondlopen, maar niemand speelde hem beter dan deze man. Mahmoud bestuurde hem aandachtig, terwijl hij Othello en Jago bij elkaar zette en in de schouders kneep, alsof ze deeg waren. 'Genoeg praatjes. Het water wacht niet tot we klaar zijn met snoeven om haar vernietigende werk te doen.'

Het moment van de waarheid was aangebroken: Jago zou loon naar werken krijgen, de langverwachte promotie. De bulderende stem van Desdemona's vader, die grote harige man, verkondigde dat het hem behaagde de hoge positie van Commissaris voor Waterbeheer met heel zijn hart te gunnen aan Othello.

Mahmoud zag de acteur die Jago speelde van kleur verschieten en zo diep door zijn knieën zakken dat ze bijna het water raakten, en direct weer omhoogschieten, teruggeplooid in de man die hij was.

Natuurlijk had hij Jago kunnen benoemen, wat logisch was geweest, maar omdat het hier zo'n nieuw fenomeen betrof, waarin ingewikkelde zaken speelden die niet alleen klimatologisch van aard waren, maar ook sociaal, economisch, politiek en religieus, had Desdemona's vader besloten om de verantwoordelijkheid bij Othello neer te leggen. Die had met zijn vluchtgeschiedenis, internationale ervaring, meertaligheid en veelkleurigheid de perfecte kaarten om breed draagvlak te creëren onder de bevolking.

'En nu naar het banket,' riep hij.

Iedereen verdween. Alleen Jago bleef achter, stampvoetend in het water. Het leek te koken. Zwavel. Mahmoud begon ergens toch ook sympathie te krijgen voor deze gevallen nerd. Het masker afgerukt was hij de vleesgeworden wrok. Het maakte hem menselijk.

'Allochtoon. Buitenlander. Migrant. Vreemdeling. En dat wordt dan boven mij geplaatst. Ik neem hem niks kwalijk. Vrienden kunnen we zijn. Maar dat het systeem hem als pion naar voren schuift om mij, het hinkende paard, de pas af te snijden, dat nooit. Ik haat de Moor niet. Ik haat alles om hem heen. Zij die hem opgevangen hebben, gekoesterd, gevoed, hem papieren hebben gegeven om zijn levensverhaal op te schrijven, zijn verhaal hebben doorverteld, hem kleding en voedsel hebben gebracht. Maar die mensen haat ik nog minder dan diegenen die, zonder hem te kennen, zonder zijn lage listen te doorgronden, zich zand in de ogen hebben laten strooien en dachten dat hij hun nuttig kon zijn. De Moor is een vluchteling die mijn competentie ondermijnt, die de vooruitgang en verandering tegenhoudt, niet doorheeft dat hij wordt gebruikt door het establishment. Dat neem ik hem kwalijk. Zal ik hem dan toch haten, omdat hij denkt dat hij zich qua intelligentie met mij kan meten? Niet dus. Hadden ze zijn werkelijke naam geweten was hij allang uitgeprocedeerd. Dan was hij teruggestuurd naar waar hij vandaan kwam. Dat stoffige tentenkamp, waar de bommen van het regime hem vroeg of laat zouden raken.' Jago trapte en schopte tegen het water.

Toen was het pauze. Mahmoud voelde zich niet goed, alsof de mensen naar hem keken. Alsof ze wat ze hadden gehoord op hem betrokken.

'Biertje?' vroeg Eva.

Mahmoud verliet het festivalterrein. Hij wist niet of er bussen gingen. Het maakte niet uit. Hij liep al, het hele stuk naar het kamp, in de hoop van zijn woede af te komen.

Liever was hij na de voorstelling direct vertrokken. Na de staande ovatie stroomde het publiek van de tribunes af, verspreidde zich over het ganse terrein, deed zich tegoed aan consumpties en de bekers gingen tot de rand vol. De zomer smeulde niet meer na, maar stond opnieuw in lichterlaaie, wat zag hij toch veel bleke huidjes in brand staan. Waar de menigte rechts afsloeg, pakte Eva hem bij de hand om hem naar de achterkant van het complex te brengen. Daar stonden de uitgeputte maar voldane spelers al klaar om felicitaties, bloemen en omhelzingen in ontvangst te nemen. Ze nam de kortste route om bij de acteur die Jago had vertolkt uit te komen, die er in spijkerbroek en T-shirt een stuk kleiner uit zag. Ze waren duidelijk geen vreemden van elkaar. De man zette grote ogen op, wurmde zich naar voren en stortte zich in haar armen, waarna een innig kussen volgde dat niets aan duidelijkheid te wensen overliet. Dit was de man van haar leven. In ieder geval van haar leven nu.

Mahmoud voelde zich een prul. Verstoten uit het land van zoete zaligheid, waar hij tot zo-even meende een adresje te hebben, of dat nu tijdelijk was of niet.

'Lekker,' zei ze tegen hem. 'Je was lekker bezig, vanavond.'

De sterspeler stak zijn hand uit naar Mahmoud. 'Dus jij bent Mahmoud, waar ik zoveel over heb gehoord.'

Dat was hij. Mahmoud. De vertrouwelijkheid die werd gesuggereerd drukte het mes nog wat dieper: ze had hem niet verborgen gehouden, want er viel niets te verbergen. Haar vriend haalde zijn hand door zijn haar en kamde het met zijn lange, slanke vingers naar achteren. Spatte het gel nou alle kanten op? Of was dat zweet? Overwinningszweet?

Mahmoud voelde de haartjes in zijn nek rijzen. Omstanders en de acteurs klonterden samen. De enige die er niet bij was, was de Moor. Mahmoud zocht naar hem, met hem voelde hij zich plots het meest verbonden. Hij drong naar voren, dieper de ruimte in waar de provisorische kleedkamers waren opgesteld, en daar vond hij in een hoekje, met de rug naar de buitenwereld, Othello, zittend op een klapstoel, zachtjes snikkend.

Mahmoud legde zijn hand op zijn schouders. Hij meende te voelen waarom de acteur huilde. Het was het huilen van een man die zich verraden voelt door de wereld die hij eerder nog als de zijne zag. Een huilen uit het oog van het publiek.

Othello stond op en keek hem aan. 'Je hoort hier niet te zijn.'

'Je speelde zo goed!'

'Dit was de laatste voorstelling. Nu heb ik geen werk meer. Ik heb maanden in deze voorstelling geïnvesteerd en geen seconde gedacht aan wat erna zou komen. Ergens dacht ik dat de impresariaten drie rijen dik zouden staan om me rollen aan te bieden. Dit hoogtepunt is einde carrière.'

Op zijn weg terug naar het kamp trapte Mahmoud her en der tegen een prullenbak aan om zijn woede te bekoelen. Hij liep, zonder precies te weten in welke richting hij zich begaf, terug naar zijn veldbedje. In de grote villa's die hij passeerde verdwenen hardlopers. De stad één groot trainingskamp. Er stopte een politiewagen, het raampje ging open. De agent vroeg hem of ze hem konden helpen.

Ze leverden hem af en zeiden dat het bij een waarschuwing bleef. In het kamp had Khalil een vuurtje gemaakt, hij keek in de opspattende vonken en zag hem niet. Mahmoud droomde dat het water in de theaterbak plotseling begon te stijgen, het publiek bereikte en iedereen verslond. Alleen de man die zichzelf Othello was gaan noemen overleefde het.

Het kamp raakte in de maanden erna snel leger. Niet alleen omdat meer en meer mensen vertrokken, maar ook omdat aanwas uitbleef. De grootste golf was voorbij. Het natuurfenomeen was weer gaan liggen, al wist niemand voor hoelang.

Families werden verspreid over het land. Ook Khalil kwam afscheid van hem nemen; waar hij naartoe ging kon hij Mahmoud niet zeggen.

'Het is een naam die ik onmogelijk kan uitspreken. Ik zal alleen niet in dit land blijven. Ik heb een paar neven in Duitsland. Ik hoop daar aansluiting te vinden.' En weg was hij. En met hem zijn gezin. Als Mahmoud weg zou gaan, zou hij de enige zijn. Niemand die in zijn spoor volgde. In de ogen van de mensen hier was hij als vrijgezelle man gedoemd ongelukkig te eindigen. In zijn eigen ogen ook steeds meer.

De zomer was voorbij. Nieuwe verplichtingen slokten alle energie op. De plicht om vooruit te kijken, waar hij voortdurend aan herinnerd werd, maakte korte metten met de neiging om beschutting te vinden in terugkijken. Vooruit met die handel. Inpakken en wegwezen. Dat het gekscherend werd gezegd deed niets af aan de druk die ermee werd opgebouwd, tot het punt waarop mensen enkel nog tussen totale verstikking of een vlucht naar voren konden kiezen. Ze konden hem niet vertellen wanneer hij weg kon. Wat ze hem wel konden vertellen was dat hij weg moest.

Hij was een alleenstaande man; die waren niet makkelijk te plaatsen. Men was bang dat ze dronken en dus agressief werden, of hun uitkering er doorheen zouden jagen met drugs en gokken. Dat de roekeloosheid, die zich onder de huid had opgebouwd, als een pestbuil aan de oppervlakte zou komen.

Alsnog stelde Mahmoud het op prijs dat er rekening werd gehouden met zijn burgerlijke status. Zijn voorkeur had een kunstenaarsatelier. Zolang hij ruimte had om te werken, kon hij leven met een minimale wooninrichting. Voor zijn part, en dat gaf hij ook bij elk voortgangsgesprek aan (hoeveel voortgangsgesprekken moest de mens voeren voordat hij voort kon?), was het atelier tevens de woonruimte. Op een matrasje slapen vond hij geen bezwaar; een elektrisch kookplaatje en een waterkoker waren wat hem betrof al een keuken. Met zijn vingers tekenend in de lucht stelde hij zich zijn huisje voor. Tien vierkante meter was voor hem al een villa.

Hij stelde zich meegaander op dan hij strikt genomen wilde. Wat was het hem veel waard om op een echt matras te slapen, het veldbedje bezorgde hem een hernia! Maar het ging om zijn carrière als tekenaar, die wilde hij veiligstellen. En wat hij daarvoor nodig had, waren een bureau, een stoel en een koelkast met een paar blikjes bier. Met het beetje ondersteuning dat hij ontving, kon hij de eerste maanden uitzingen, totdat hij een baantje had gevonden om in zijn levensbehoeftes te voorzien. De maatschappij zou geen last van hem hebben.

Alles mooi en wel, dat magere wensenlijstje, maar konden ze hem verleiden om voor een andere stad te kiezen? Hij schudde met zijn hoofd. Daarvoor was het te laat. Hij kon niet meer zonder dit water, was inmiddels met zijn geestelijke navelstreng verbonden aan de rivier. Die bracht onverwachte hymnen, en als je goed luisterde werden het beelden.

Ze tekenden het allemaal op en zeiden dat ze van zich zouden laten horen. Bij de volgende afspraak droeg een van de hulpverleners exact hetzelfde Mona Lisa-shirt dat Eva ook gedragen had.

'Vind je het mooi?' vroeg de hulpverlener.
'Ja, waarom?'
'Je kijkt er al twee minuten naar.'

De afgetrapte schoenen gooide hij in de vuilniszak. In de stad had hij afgeprijsde bergschoenen aangeschaft en nu werd zijn tengere lichaam op zijn plek gehouden door twee grijze betonbakken. Hij betrad er een nieuwe ruimte mee. Hij liep de oevers van de rivier af om onvindbaar te worden. Zijn rechterbeen bleef hangen in een blubberige plas, die hij had aangezien voor aarde, en hij had er een heel werk aan om de klei tussen het reliëf van de zolen weg te krijgen. Met een takje tikte hij de steentjes en de opgedroogde modder eruit. Zijn tekenspullen had hij thuisgelaten.

Hij hoefde niet de stroom af te gaan om het geheim van de rivier te leren kennen. Het geheim stroomde voor zijn ogen. Slechts één keer nog bezocht hij opnieuw het Romeinse masker. Alles wat het had kunnen zeggen had het in zijn droom al gezegd. Hij bracht zijn hand naar zijn hart. 'Houd een oogje voor me in het zeil,' riep hij tegen het beeld.

Bouwvakkers kwamen iedere ochtend heel vroeg om het tentenkamp te ontmantelen. Mahmoud bewonderde hoe geconcentreerd ze werkten. Dit was niet alleen hun scholing, het vereiste talent om de wereld leeg te maken.

Soms werd hij pas wakker als de bouwvakkers er al een halve dag werk op hadden zitten. Er ging steeds meer af, er bleef steeds minder over. Hij tekende de gang van zaken. Hier zou hij zijn eerste tentoonstelling mee openen. 'Het einde van het kamp' wilde hij het noemen. Maar dat einde moest als een begin opgevat worden. Het kamp was een open huis.

De dikke kunststofplaten, waar het kamp op was gebouwd, werden weggehaald en brachten gele aarde aan het licht. Het was alsof Mahmoud op nieuwe grond stond. Hij tekende de stukken die verstoken waren van zonlicht. Dit gebeurde er als je een stad bouwde – het ging ten koste van zonlicht.

Samen met nog vier mannen bleef hij over. Die vier hadden eerder nauwelijks contact met elkaar gehad en zelfs nu ze met elkaar opgescheept zaten, lukte het ze niet om echt met elkaar in gesprek te raken. Hij groette ze aan het begin van de ochtend, wetende dat de kans groot was dat er bij terugkeer een man minder zou zijn,

Er kon niet meer voor ze gekookt worden, daarvoor waren ze met te weinig. Met boodschappenbonnen moesten ze daarom zelf in hun dagelijkse voedsel voorzien. Hun tijd zat erop. Langzaam maar onafwendbaar werden ze richting de uitgang geduwd.

Met de bonnen konden ze, in overleg, ook tegen een gereduceerd tarief eten in een aantal restaurants. Een lekkermakertje, om de klap te verzachten die straks zou komen als ze er alleen voor stonden. Mahmoud genoot van deze restaurants. Niet om het eten – het eten van Damascus was superieur aan alles wat hij tot nu toe had gegeten – maar omdat het aan een tafel zitten en bediend worden de mens in hem terugbracht. Hier was hij een klant. Door te eten werd je door hogere machten aangeraakt, kreeg je vleugels omgebonden en stroomde er met elke hap weer hoop door de aderen. Echter, met elke voedselbon die hij gaf in ruil voor eten en service kwam ook het eindpunt van zijn verblijf dichterbij.

Zijn favoriete restaurant serveerde Turkse kost. Ze keken inmiddels niet meer op als hij binnenkwam, serveerden hem zijn gebruikelijke gerecht en een half karafje witte wijn. De eigenaar kwam uit het Arabischsprekende gebied van Turkije, waar tijdens de Ottomaanse tijd een lappendeken van etniciteiten zich tot elkaar had verhouden. Met hem sprak hij Arabisch. De eigenaar kende de Syrische cultuur en zette voor de speciale gast op de achtergrond zachtjes zijn muziek op.

Hij vond het prettig om tijdens het eten door zijn tekeningen te bladeren – met een volle maag waardeerde hij zijn werken meer. Kreeg hij energie om toekomstplannen te maken.

Van tijd tot tijd schoof zijn Afghaanse vriend aan. Hij had een goed woordje voor hem gedaan bij de woningcorporatie. Ze waren voor hem aan het zoeken. De meegebrachte brieven, waarin de gang van zaken rond zijn nieuwe woonruimte stond beschreven, liet hij door Qader lezen om te vertalen. De lessen Nederlands die hij volgde waren bij lange na niet toereikend om de bureaucratie mee te doorgronden. Bij sommige passages sloeg Qader naar het hoofd. 'In nog geen honderd jaar dat ik dit kan vertalen,' brieste hij uit. 'Het is nodeloos ingewikkeld gemaakt. Het moment dat je vrijgelaten wordt uit het kamp, word je gevangene van de taal. Maar het duurt veel langer om daaraan te ontsnappen. Zelfs ik, die gewend ben om de taal der Bataven te spreken, weet niet zo goed wat hier staat. Ik stel voor dat we een jurist opzoeken. Ik ken er wel eentje. Is ook een vluchteling, trouwens.'

De opvang was, op zijn hoekje na, inmiddels volkomen leeg. De definitieve sluiting kon elk moment volgen. Nog vier kunststofplaten en het kamp was weg.

Bij het binnenlopen van het Turkse restaurant zag hij dat op zijn plaats een man achter een laptop zat. Hij was driftig aan het schrijven. Mahmoud ging aan de bar zitten. Hij wachtte wel tot de man weg zou gaan. Het was nog vroeg.

De dame van de bediening kwam naast hem staan. 'Die gaat daar niet meer weg. Hij eet niks. Hij drinkt koffie. En schrijft. Uren achter elkaar.'

'Dan ga ik tekenen,' zei Mahmoud en trok tekenmateriaal en papier uit zijn rugzak.

Ze wees naar de tekening van de vrouw. 'Dat vind ik nou

een prachtige tekening. Is dat niet dat masker aan de rivier? Ik heet Jasmijn. En jij?'

'Mahmoud.'

Ze wist dat hij uit het kamp kwam. 'Ze sturen alle mensen naar ons. Mijn vader kwam in dat kamp aan. Lang geleden. Ik heb hem nooit gekend. Gevlucht uit Bosnië. Hij kwam mijn moeder tegen in de stad, waar ze woonde. Ze hebben maar heel even liefgehad. Hij stierf in het kamp. Hij was de laatste Joegoslaaf. Zielig, hè?'

Ze zette hem een glas witte wijn voor. 'Mijn dienst duurt tot negen uur. Als je tot die tijd kan wachten, gaan we wat drinken. Ik heb alleen geen zin in vluchtverhalen.'

16

Sinds mijn terugkomst heb ik niets meer vernomen van Sarah, of van De Waal en Partners. Ergens komt dat me wel goed uit, en is daarmee mijn stille wens in vervulling gegaan – een paar weken om op adem te komen. Er ontstaat ruimte. Ruimte die nodig is om wat ik heb meegemaakt achter me te laten.

Ik vul de dagen met lange wandelingen door een voor mij nog onbekend gebied. Het eerste deel doe ik met de fiets, ik ga in noordelijke richting totdat het land begint te glooien, en ik weet dat ik de komende uren zoet zal zijn met dalen en klimmen door het beboste landschap. Eenmaal de plek bereikt waar ik het diepste uitzicht heb op de stad, maak ik de draai terug naar mijn fiets, ik ga een andere route dan ik ben gekomen – dat bespaart me tijd en maakt de wandelafstand een stuk korter.

Ik ben steeds meer met de omgeving vergroeid geraakt; meestal ben ik alleen, de paar keer dat ik iemand anders tegenkom, knik ik beleefd en loop door. We hebben hier de taal achtergelaten.

Mijn vrouw spreekt over vlinders in haar buik. Ze trekt het warme kussen onder haar kont vandaan en klopt het op. Schudt met de schouders. Kreunt. 'Omar, als dit het moment is dan wil ik het weten ook.' Het verwart me niet, het bevestigt mijn vermoeden.

Ze heeft een test gedaan – ik had de verpakking al op het aanrecht zien liggen – en ik glimlach. Ze zag aan mijn gezicht wat ze zelf ook voelde: als het kan, dan mag het. We gaan het kind verwelkomen.

Ik houd van mijn zwangere vrouw. Haar wangen zijn zo rood dat ze licht lijken te geven. Haar heupen zetten uit; ik kan er niets aan doen dat ik aandrang voel om op haar billen te tikken. Ze vast te grijpen en dicht tegen me aan te trekken, ermee samen te smelten. Ik wil wat jij hebt. Ze zijn smakelijk sappig en rond geworden.

We rekenen terug dat de conceptie vlak na mijn terugkomst uit Venetië heeft plaatsgevonden. 'Je had honger,' zegt ze plagerig. Ik maak een grap over vruchtwater dat door de kanalen klotst. Of kan het zijn dat er in mijn afwezigheid een andere schipper aan boord is gekomen? Ze kan er niet echt om lachen. 'Vroeger ging de schipper lange maanden weg en was het maar de vraag of hij terug zou komen. Zwanger worden was een levensverzekering. Wie moest er anders voor de vrouw zorgen?'

'Tijden zijn veranderd,' zeg ik.

Ik haal een extra pak melk. Ze wil per se havermelk – ze wil van de dierlijke vetten af. En ik wil per se even de deur uit. Voelen hoe het is om vader te worden, uit de buurt van de zwangerschapsprikkels. Het voelt niet anders dan anders en misschien is dat wel de eenzaamheid van de vader, het besef dat er verdomd weinig is veranderd. Eenmaal thuis is mijn vrouw op de bank in slaap gevallen. Ik gooi een dekentje over haar heen. Ik kijk naar het slapende gezicht; ze haalt diep adem, valt even stil en perst de lucht er dan uit, in één keer.

Ik keer terug naar mijn novelle. Het gaat me makkelijker af dan voorheen. Er komt een kind aan, doorbuffelen! De discipline die ik heb opgebouwd in Venetië komt me goed van pas, elke dag opnieuw werk ik eraan verder. Het broodschrijven heeft me, naast een gevulde bankrekening, ook een dwingend automatisme opgeleverd. Eén keer treft mijn vrouw me gebogen over mijn laptop aan, in diepe slaap. Ze maakt er een foto van.

'Dit was jij net.'

'Goh.' Ik zie een man gekleed in stinkende kleding met slijmdraadjes uit zijn meurende mond.

'Moet jij De Waal en Partners niet eens bellen om te vragen hoe het ermee staat?' vraagt mijn vrouw op een dag. Haar buik is een hard bolletje geworden.

'Ik ben niet zo'n beller,' zeg ik.

'Ben je bang afgewezen te worden?'

'Gevoelig punt. Ze reageren niet op mijn mails.' Ik toon haar de afwezigheidsmail die ik gisteren had ontvangen als antwoord. Tot nader order gesloten.

'Een automatische boodschap. En dit al een paar weken.'

'Zo'n groot bedrijf en masse afwezig? Wat raar.'

'Niemand die kan bevroeden wat zich in dat soort bedrijven afspeelt. Dit is tenslotte een geheim project. Het kan zijn dat ze hiermee pottenkijkers weren. Ze doen alsof ze gesloten zijn, maar ondertussen zitten ze in Dubai vierentwintig uur per dag non-stop te werken aan het nieuwe Venetië... Ik meen me te herinneren dat Sarah het erover had. Een en ander moest onder de radar gebeuren. Er spelen zoveel belangen. Nationale belangen. De relatie met Italië, de Europese Unie. Intern speelt er ook nog van alles in die familie. En dit project heeft ook gevolgen voor de verhoudingen met de buurlanden. Het is een concurrentiestrijd op het hoogste niveau. Dus ik dacht: ik laat het maar.'

'Waarom betrekken ze jou er niet meer bij?'

'Wil je zo graag naar Dubai dan? Ik ben geen partner. Ik heb mijn werk gedaan met die nieuwsbrieven met verhalen. Ze hebben me netjes betaald. En dat is het einde van het spel.'

'Ik vind het een kinderachtig spelletje.'

'Met die kinderachtige spelletjes wordt precies het geld verdiend.'

Plots is mijn novelle af. Althans, voor zover dat kan, dat iets plotseling af is. Ik voel rust bij de gedachte dat ik niet verder hoef te schrijven, het is wat het moet zijn. Al mijn folders en knipsels over Heumensoord berg ik op in het mapje *Novelle. Kamp 1994-2022.* Op Spotify luister ik naar muziek van Manu Chao – ik hoop dat iets van de vitaliteit van zijn muziek in mijn boek is terechtgekomen. Tijdens het opruimen dringt de vraag van mijn vrouw zich bij me op. Misschien heeft ze gelijk, en moet ik toch eens gaan kijken bij De Waal en Partners. Dus ik besluit mijn fiets uit de schuur te pakken en fiets ernaartoe.

Bij aankomst biedt het gebouw een troosteloze aanblik: de parkeergarage is verlaten op een paar elektrische auto's na, die gebruikt werden voor korte ritjes om gasten van het station af te halen. Er hangen overal spinnenwebben, en een bezem staat tegen een muur tevergeefs te wachten op een schoonmaker. De aanblik van een groot bedrijf onwaardig. Zouden ze echt en masse naar Dubai zijn gegaan? Heb ik iets gemist?

Mijn fiets plaats ik in het lege hok en wanneer ik het gebouw binnenga, word ik tegemoetgelopen door een man die ik me vagelijk herinner. Is hij niet een partner? Hij loopt zonder te groeten voorbij, veel te snel om het hem te vragen.

De receptionist werpt de handen in de lucht; wie ik ook zoek, de kans is klein dat hij er is. 'Het is hier chaos. Waarmee kan ik u helpen?' Hij is onlangs aangenomen, vertelt hij, als invalkracht. Er valt alleen niet zoveel te doen. Hij is vooral druk met mensen wegsturen, al is de grootste drukte inmiddels voorbij. In feite verdient hij geld met nietsdoen, en hij kijkt me aan alsof hij de kip met de gouden eieren bij zijn benen heeft zitten.

'Kan ik naar boven?' vraag ik hem.

'Kunt u iets laten zien dat u toestemming geeft?'

Ik schuif het pasje naar voren dat ik maanden geleden heb gekregen. Niet het gouden pasje, maar eentje van plastic, met mijn foto erop. Chief Storytelling.

'Dit is wel de tofste titel die ik ooit heb gelezen. Een wereldbaan!' roept de receptionist uit.

'Is er iemand boven?'

'Soms.' Hij drukt op een knop om me door te laten.

Ik pak de lift naar de bovenste verdieping, waar ik de sjeik had ontmoet. Verlaten gangen, een schoonmaakkarretje met de chemische spuitflessen op de bovenkant, de burelen leeg. Had ik nou maar de krant gelezen, dan wist ik wat er gaande was. De koffiemachine functioneert ook niet, en dat is in Nederland een teken dat er iets grondig mis is. Apocalypse now. Alleen Sarah zou me nog kunnen vertellen wat er is gebeurd, maar ook Sarah wordt steeds meer deel van een herinnering nu ik zo lang niets van haar heb gehoord.

Rond de bovenste verdieping kringelen sluierwolken – het gaat zo regenen. Heel even ga ik in een van de stoelen zitten om naar de voorbijtrekkende regen boven de rivier te kijken. De rivier is hetzelfde en toch elke dag anders.

Zonder verder iemand te hebben gesproken, verlaat ik een halfuur later het gebouw, en spring ik weer op mijn fiets.

Thuis blijkt mijn vrouw zich erg slecht te voelen – ze is al dagen zo misselijk dat ze nauwelijks eten binnenhoudt – en samen haasten we ons naar de huisartsenpost, die we na een uur weer verlaten met onder de arm medicijnen om de ergste misselijkheid tegen te gaan. Thuis gaat ze weer in bed liggen en kotst ze haar maaginhoud in een emmertje. Hoewel ze me vervloekt, zeg ik ter troost dat ze er volgend jaar om zal lachen. Ze lacht me uit, door haar tranen heen.

De herinnering aan Al-Falak drijft door de toestand met mijn vrouw naar de achtergrond, totdat er een week na mijn bezoek eindelijk een reactie komt van Sarah. Vijf whatsappjes. Ze is terug en wil afspreken in een café in de binnenstad, diezelfde middag komt haar goed uit.

Nieuwsgierig loop ik die middag de stad in; er hangt mist over de Waal. Geen schip te zien.

Ik drink een kopje koffie als ze het café binnenloopt en tegenover me komt zitten. Over haar ogen hangt een flinke bos krullen, als ze ze wegschudt zie ik ogen die op hun hoede zijn. Wat ze me ook gaat vertellen, ik besluit haar niets kwalijk te nemen. Ze is oneindig goed voor me geweest en ik heb haar niets te verwijten. Ik ben gekomen om iets af te sluiten, liefst in vriendschap.

'Ik heb je gemist. Was je naar Tunesië?' vraag ik.

'Ik was naar Duitsland. Over de grens. Een retraite.'

Ik denk aan haar prachtige zonnegroet. 'Good for you! Maar wat is er gebeurd? De Waal en Partners lijkt niet meer te bestaan. De back-office lijkt kapot. Niemand beantwoordt mijn mails. Niet eens een bot die me te woord kan staan.'

'Je betalingen zijn wel gedaan, toch?'

'Ja.'

'Het bedrijf is weg. De Waal en Partners is de stad uit.'

'Het voelt alsof wat we voor hen hebben gedaan nooit heeft plaatsgehad. Laat staan dat het zin heeft gehad. Weet jij meer?'

Sarah zucht. 'Het spijt me, Omar, ik heb een contract moeten ondertekenen hier niets over naar buiten te brengen.'

'Het werd aangekondigd als een project voor tientallen jaren, en het ging om het humane verhaal: redden wat ons dierbaar is, voor de komende generaties. Uitzicht bieden. Wat is er gebeurd met die mooie plannen?'

'Al-Falak vond dat ook echt prachtig.' Sarah buigt over de tafel naar me toe. 'Hun marktwaarde knalde omhoog. Al-Falak was ondertussen bezig de negatieve effecten van internationale migratie en klimaatverandering terug te dringen. Je verplaatst een historische stad naar het gebied waar de mensen vandaan komen die het hardst om werk verlegen zitten. Je creëert een stad met minimale uitstoot. Het was een nieuwe vorm van duurzaam toerisme die ook nog eens de monden van miljoenen mensen zou voeden. Maar Al-Falak werd te groot, de sjeik werd door de politieke elite meer en meer als een bedreiging gezien. Zo'n stad moet immers ook mensenrechten eerbiedigen en migranten uitzicht bieden op een paspoort zodat ze een familie kunnen stichten. En dat was niet de bedoeling.'

'Dat deze utopie realiteit zou worden is toch waarom we er ons voor in hebben gezet?'

Sarah knikt. 'De sjeik stond achter ons. Ook al leek het hele plan onhaalbaar, hij vond het de moeite waard om erin te investeren, om het te proberen. Maar hij heeft moeten buigen voor de druk van buitenaf. Er werd een spoedzitting belegd, waarin de kinderen van de sjeik De Waal en Partners te kennen gaven dat het project on hold werd gezet, dat is Arabisch voor opgeschort. Ze hebben de stekker eruit getrokken, waarmee De Waal en Partners zijn grootste opdrachtgever kwijtraakte. Voor hen betekende dat ook einde verhaal.' Ze slaakt opnieuw een diepe zucht en veegt een traan weg, waarna ze haar verhaal hervat alsof er niets in haar was omgewoeld. 'Al-Falak heeft het contract met mij ontbonden. De Waal en Partners beschuldigt me ervan dat ik bedrijfsgeheimen zou hebben gelekt. Ik ben gevlucht voor de stress. In Duitsland kwam ik tot rust. Ik geloofde dat we de wind in de rug hadden. Dat dit bedrijf het beste samenbracht van de werelden die we met ons meedragen. Utopisch en realistisch, Oost en West, water en land, lokaal en universeel. Arabisch en westers. Noem het maar op, al die verschrikkelijke clichés waar we zo'n hekel aan hebben, en waar we toch warm voor blijven lopen, zelfs al zijn ze te mooi om waar te zijn. Mogen wij ons talent niet inzetten voor een prachtig sprookje? We waren bezig om de nieuwe tijd vorm te geven, eindelijk, maar aan het einde van de rit worden we afgedankt. Ik kan niemand uitleggen wat ik heb gedaan. Er zit een gat in mijn cv, al is dat nog mijn minste zorg. Ik kom nog wel aan de bak, als vertaler of als tolk. Maar het gevoel dat ik het verschil kan maken hebben ze van me afgenomen. Ik hoop dat ik dat ooit nog terugkrijg.'

We kijken elkaar aan en zwijgen.

'Misschien krijg je iets anders terug. Niet noodzakelijkerwijs beter. Ik weet niet of ik daarop zou kunnen hopen. Dat het weer wordt zoals het was. Ik kan me voorstellen dat je voor altijd niemand meer kunt vertrouwen,' zeg ik.

'Beter zal het niet worden. Hoop jij dat je iets beters krijgt?'

'Ik kan nauwelijks geloven dat ik deze reis heb gemaakt.'

Ze knikt. 'Ik ook niet. Nog steeds niet.'

'Koffie?' Ik ga het maar zelf halen. Er is een rij gevormd, de rust van een uur geleden is weg. Achter de bar moest een dienst afgewisseld worden, waardoor het allemaal wat langer duurt. Ik denk aan de wandeling die ik over het Lido naar de duinen maakte. Ik moet Sarah vertellen dat ik daar even volmaakt gelukkig was.

Dan ben ik aan de beurt en ik plaats mijn bestelling, neem de koffies in ontvangst en loop terug naar het tafeltje. Sarah blijkt er niet meer te zitten, dus ik ga zitten en drink mijn koffie. Ik drink koffie omdat iets anders doen zinloos is.

Het café stroomt leeg, haar koffie is koud. Ik drink ook die koffie op. De cafeïne stroomt mijn oren uit. Fijn. Ik klap de laptop open.

'Sarah, weglopen is wel een heel stevige manier om mee aan te geven dat je hier de koffie niet lekker vindt, dus ik neem maar aan dat je niet om die reden bent weggegaan. Het moet iets anders zijn geweest. Had ik iets gezegd wat je kwetste? Ik denk het niet. We hadden een geanimeerd gesprek; misschien voelde je je niet helemaal begrepen in de enorme teleurstelling die je ervaart door het verdwijnen van de droom. Ik had dat graag met je willen bespreken.

Maar ik wil iets met je delen: ik heb een novelle geschreven, een verhaal dat zonder jouw interventie en inspiratie nooit had kunnen verschijnen. Wat je niet weet is dat het heel moeilijk voor mij is om een willekeurig project af te maken. Niet alleen stel ik oneindig uit, uiteindelijk verliest het mijn interesse en vergeet ik domweg dat er ooit sprake was van een project. Veel later zal ik het me herinneren en me gefrustreerd voelen over de gemiste kans, waarna ik mezelf voorneem het de volgende keer groter, beter, effectiever aan te pakken. Wat natuurlijk nooit gebeurt. Mijn vrouw weet van mijn chaotische bestaan; ze vindt het een wonder dat ik überhaupt nog de energie opbreng om te werken aan wat ik "de roman" was gaan noemen, en uiteindelijk resulteerde in een vorm die het dichtst in de buurt van een novelle komt.

Ik zou dat verhaal nooit voltooid hebben als ik niet dankzij jou naar Venetië was gegaan. Je dwong me met je charme en scherpe argumenten de opdracht aan te nemen. Je wist niet dat ik mezelf afvroeg of ik die nieuwsbrieven tot een goed einde zou brengen. Eerlijk gezegd deed ik die eerste dagen maar wat, dat weet je vast wel. Het gaf me energie dat ik van huis was, en niet aan dat boek hoefde te denken, voor het eerst in jaren was ik op een plek waar niets me herinnerde aan mijn beperkingen en dromen die me door de vingers glippen. Ik was zorgeloos als een kind, dat heel lang buiten speelt en thuiskomt met spannende verhalen.

Toen ik eenmaal thuiskwam in Nijmegen zag ik in hoe ongelofelijk ik mezelf in de weg had gezeten op die zolderkamer. Dagen, weken gingen daar voorbij zonder dat er iets bruikbaars uit mijn handen kwam. De leugentjes die ik mijn vrouw vertelde om de indruk te wekken dat er voortgang in zat, terwijl het als ik terug las voelde alsof ik in een ondoorzichtige soep roerde. Ik schaamde me.

Hoewel mijn vrouw vroeg waarom ik niet op bezoek ging bij De Waal en Partners, om te praten over de voortgang van het project, hield dat me absoluut niet bezig. Ik was aan het schrijven. Ik was voor het eerst iets aan het afmaken, mijn novelle.

Ik heb dit verhaal geschreven in een periode van luciditeit, waarvan het voorwerk op jouw conto komt. Hoe je mijn nieuwsbrieven ontving, de zachte toon, het enthousiasme en de snelheid die je aan de dag legde om me te antwoorden. Ik had een gesprekspartner gevonden.

Dus, ja... het pessimisme dat leidde tot de tranen die ik vandaag bij je zag, deel ik niet met je. Je tranen deel ik trouwens wel. Iets is ons afgepakt. Het fata morgana dat we het nieuwe Venetië noemden. Natuurlijk was het een fata morgana en wisten we dat er wei-

nig meer van zou overblijven dan een luchtspiegeling veroorzaakt door de opwarming van de grond en ons verlangen om vormen toe te kennen aan plaatsen die er volgens ons moeten zijn. Maar het was wel óns fata morgana.

We kunnen elkaar troosten met verhalen: deze novelle is er wel van gekomen. Ik mail je nu de tekst, zoals die binnenkort uitgebracht gaat worden, om je te bedanken voor wat je voor mij hebt betekend, als inspirator. Iemand die me uit dat schrijfhok trok om de wereld in te gaan. Lees het, als je wilt. Het heeft alles met jou te maken. Dit is wat ik aan het avontuur overgehouden heb: dat we er niet alleen voor staan. Ik hoop van je te horen.'

Ik druk op verzenden. Het is weg.

Onrustig door Sarahs plotselinge afwezigheid dwaal ik een paar minuten later door de stad. Het maakt me niet uit welke kant op, zolang het malen in mijn hoofd maar is gestopt voordat ik naar huis ga. Ik loop naar het eiland, daal af naar het strand en steek mijn voeten in het zand. Hier hadden we al die maanden geleden naar de vissers gekeken en wijn gedronken. Op de brugversterking lees ik in grote letters geschilderd: VLUCHTELINGEN WELKOM. Een vrachtschip vaart langszij. De lampjes in de woonkamer zie ik wel, maar wat het licht verbergt niet. De brug is zo hoog dat geen mens een val ervanaf zou overleven.

Ik stuur mijn vrouw een bericht: 'Ben even uitwaaien. Hoe gaat het met de kleine?'

Ze reageert direct: 'Ik voel het bewegen, het tolt rond in mijn buik. Hoop dat het goed ging met Sarah.'

Ik app haar terug: 'Ik hou van je.'

Berichtje terug: 'Waar ben je?'

'Bij onze brug.'

'Wat doe je daar? Kom naar huis. Vertel me alles.'

In de verte klinkt een scheepshoorn. Iets wat ik, zou ik het beschrijven in een roman, zou duiden als een droomgeluid. Maar dit is echt. Ik sta op, klop het zand van mijn broek. Langzaam loop ik naar boven, naar mijn fiets. Ik heb een novelle geschreven. Met mijn verhalen moet ik het doen.

Ik begin te trappen. Steeds sneller en sneller fiets ik naar huis, de wind in mijn rug. De brug wijst me de weg.

Nawoord

In 1997 of daaromtrent bezocht ik voor de eerste keer Nijmegen. Ik herinner me de trein die traag over de Waalbrug rolde; onder mij voeren de binnenvaartschepen over de kronkelige rivier, in de verte lichtte de Stevenskerk op. Ik meen dat het aan het begin van de zomer was. Ik was uitgenodigd om te komen spreken in O42 over mijn literaire fascinaties. In Nijmegen werd ik ontvangen als schrijver. De benadering was voor mijn gevoel een andere dan die ik na de publicatie van mijn eerste roman had gekregen. Het ging die hele avond over persoonlijke drijfveren en vooral over wat literatuur vermag. Ik was onder gelijkgestemden; we geloofden dat een wereld zonder literatuur in feite een onleefbare wereld is, en dat verhalen maken een manier is om onwetendheid te bestrijden.

Gesterkt door het gesprek ging ik opgewekt terug naar huis om daarna nog vaak terug te komen in de stad, voor een literaire ontmoeting, hardlopen in de Zevenheuvelenloop, of gewoon om vrienden te zien en bij te praten. Nijmegen is de stad van mijn hart – ook omdat de stad een groot hart heeft voor mensen op zoek naar veiligheid en erkenning. Een paar jaar later nodigde dichter en programmamaker Qader Shafiq mij uit om te komen praten over globale vraagstukken. Waar de rest van Nederland migratievraagstukken steeds meer bekeek door de lens van de 'economische opbrengst' of als een onderdeel van een ongewenst fenomeen omdat de nationale identiteit zou worden aangetast, bleef men in Nijmegen het menselijke aspect centraal stellen.

De vrijheid van denken en de vrijheid van zijn, zijn in deze stad gewaarborgd door een sterke keten van instituties, instellingen, pioniers, een schare vrijwilligers en nieuwkomers. Nijmegen tilt iedereen op.

Ik wist toen al dat de stad in een recenter verleden Havana aan de Waal werd genoemd om zijn activistische bewegingen, ik wist ook dat in Nijmegen als het ging om emancipatie van minderheidsgroepen de toon was gezet. Bovendien wist ik al dat Nijmegen een literaire stad is, waar Nescio in zijn *Uitvreter* prachtige regels aan wijdt. Ik begreep dat het vergeten bombardement van 1944 en de lange nasleep ervan de stad anders doet kijken naar vraagstukken rond goed en kwaad. Gebombardeerd worden door een bevriende natie die als bevrijder komt, zorgt voor een moreel litteken dat generaties verder nog steeds op pijnlijke wijze wordt gevoeld. In de gesprekken die men voert klinkt de echo van dat verdriet altijd wel ergens door, het maakt dat 'vrijheid van zijn' resoneert bij de volgende generaties.

Ook als het gaat om opvang speelt Nijmegen een cruciale rol, want in deze stad, bij Heumensoord, werd het eerste vluchtelingenkamp van de Eerste Wereldoorlog opgericht. En toen de vluchtelingen in 2015 weer kwamen werd dat nog een keer gedaan. Mijns inziens is dit een sterk onderbelichte geschiedenis in het collectieve geheugen, ik hoop met deze roman daar verandering in te brengen.

In dat jaar 2015 kwam hier een Palestijns-Syrische kunstenaar aan; zijn naam is Oussama Diab. Zijn werk hangt nu in musea in Nederland en het Midden-Oosten – het maakt indruk op me. Hij was een van de vele nieuwkomers die hier werden ontvangen en gekoesterd. Ooit streken de Romeinen hier neer met hun vreemdelingenlegioen waarvan soldaten wortels hadden in het Midden-Oosten, Spanje en Noord-Afrika; kan het zijn dat die geest van deze oudste stad van ons land hier nog rondwaart?

Een aantal jaren terug verbleef ik in het Besiendershuis waar ik verhalen verzamelde voor een boek over de Zevenheuvelenloop.

Dit is een van de mooiste hardloopwedstrijden in Nederland, eentje die zijn rol als drager van duurzame verandering serieus neemt. Medeoprichter Ton van Lieshout beijvert zich voor het hardlopen als een manier om in contact te komen met de natuur. Hij beheert ook een aantal prachtige moestuinen aan de Waal waar de verschillende gemeenschappen van de stad tuinieren. Rondwandelend in die tuin voerde ik met hem, Qader Shafiq en de gebruikers van de moestuin gesprekken over hoe ecologie, duurzaamheid en gastvrijheid dat gevoel van 'vrijheid van zijn' mogelijk maken. Een gesprek dat, los van de politieke conjunctuur aangaande migratievraagstukken, gewoon verder gaat, als de loop van een rivier.

Deze mensen reken ik tot mijn vrienden. En hun verhalen hebben me tot deze roman geïnspireerd. Laat ik ook de literaire organisatie Wintertuin niet vergeten, waar jong talent een kans krijgt om zich te ontplooien. Het kan geen toeval zijn dat er de afgelopen jaren zoveel avontuurlijke auteurs uit deze club komen.

Ik wil mijn redacteur Esther Hendriks bedanken voor haar doortastendheid en energie om de lange boog van deze roman tot een goed einde brengen. Je weet als geen ander hoe je me weer in de schrijfstand kan zetten. Het was niet altijd makkelijk want soms is het vol in mijn hoofd en loop ik tegen grenzen aan. En dan wist je me toch verder te laten kijken om dáár te komen waar ik wilde zijn. Net als de personages in deze roman: een vol hoofd, aangeraakt door geschiedenis en water, rusteloos op zoek naar een stevige grond onder de voeten, bepakt en bezakt met dromen, op zoek naar een warme kamer om ze uit te pakken.

Sandro van der Leeuw bedank ik voor het adelaarsoog waarmee hij liefdevol door het manuscript vloog om eruit te pikken wat gemist kon worden. Geen betere reisgenoot dan deze echte Nijmegenaar.

Abdelkader Benali